DANIELA ARNOLD

DAS PENTHOUSE

TRAUST DU DEINEN NACHBARN?

THRILLER

DANIELA ARNOLD

DAS PENTHOUSE

TRAUST DU DEINEN NACHBARN?

THRILLER

86179 Augsburg, Almenrauschstr. 6a

www.daniela-arnold.com

Umschlaggestaltung: Kristin Pang

Collage mit Motiven von Shutterstock.com und stock.adobe.com, Shutterstock: 157305995 (Schlüsselloch) Juergen Faelchle, 1928583677 (Flur) jantsarik, 1779514301 (Kinder) Irina Nedikova, 1511833985 (Blut) Tik.tak, Adobestock: 619890441 (Treppe hinten) NikonLamp

Lektorat: Inca Vogt

Korrektorat: Ilka Bredemeier

Buchsatz/Innendesign: Inca Vogt

Depositphotos: 88260876 (London Skyline), 140676642 (Landhaus) 379859574 (Penthouse), 29319451 (Schlüsselloch)

ISBN: 9798867130275

Imprint: Independently published

ÜBER DIE AUTORIN

Die Thriller-Autorin Daniela Arnold wurde 1974 geboren und lebt mit ihrer Familie im schönen Bayern. Daniela Arnold hat Journalismus studiert und viele Jahre als freie Autorin für zahlreiche und namhafte Zeitschriften gearbeitet.

Sie schrieb mit ***Lügenkind*** und ***Scherbenbrut*** zwei Kindle-Top 1 Bestseller und Bild-Bestseller.

Mit ihrem Thriller ***Die Nacht gehört den Schatten*** schaffte es die Autorin unter die Finalisten des Kindle Storyteller Award 2020.

Das Penthouse ist der 44. Thriller der Bestseller-Autorin.

Sie sind Nachbarinnen.

Vielleicht sogar Freundinnen.

Leben beinahe Tür an Tür, in einem luxuriösen Apartmenthaus im Herzen Londons.

Doch eine von ihnen ist eine eiskalte Mörderin. Und auch die andere verbirgt ein finsteres Geheimnis. Ein Geheimnis, das die Frauen auf grauenvolle Weise miteinander verbindet.

Wird eine von beiden am Ende überleben?
Und wenn ja, zu welchem Preis?

Für meinen Sohn Tim

PROLOG

»Weißt du, was ich als Erstes mache, wenn ich es endlich geschafft habe?«

Peter warf ihr einen Seitenblick zu, grinste. »Endlich wieder eine Zehn-Kilometer-Joggingrunde?«

Alma blies entrüstet die Wangen auf. »Spinnst du? Rat weiter!«

»Alle Fenster im Haus putzen?« Er gluckste.

Auch sie musste sich ein Grinsen verkneifen, doch dann schüttelte sie den Kopf, knuffte ihn in die Seite. »Du kennst mich, versuch es noch mal.«

Er umklammerte das Lenkrad fester, sah aus, als würde er ernsthaft nachdenken, doch seine zuckenden Mundwinkel verrieten ihn. »Okay, jetzt hab ich es. Du gibst alle Leggins weg, die du dir in den letzten sieben Monaten gekauft hast, weil dir alle anderen Hosen zu eng geworden sind.«

Kichernd legte sie die Hände auf ihren beeindruckenden Bauch. »Das war schon dicht dran.«

»Aha, wie dicht?«

Sie seufzte theatralisch. »He, denk mal nach. Was vermisse ich gerade ganz fürchterlich?«

»Spontansex auf dem Küchentisch?«

»Hach, du vielleicht. Ich nicht, nicht, wenn ich hinterher die blauen Flecken habe. Aber Küche geht schon mal in die richtige Richtung.«

»Na sag schon.« Schmunzelnd warf er ihr einen Blick zu, bevor er wieder auf die Straße vor ihnen blickte.

»Ich werde mir ein Glas Wein gönnen und dazu endlich wieder ein Steak essen, das nicht zäh wie eine Schuhsohle gebraten ist.«

Er blickte sie betroffen an. Als er sich wieder auf die Straße vor ihnen konzentrierte, bemerkte sie, dass seine Ader am Hals angeschwollen war, wie immer, wenn ihn etwas beschäftigte. »Hast du unseren Hochzeitstag trotzdem ein wenig genossen?«

Sie schluckte. Das hätte sie nicht sagen sollen. »Bist du mir böse, weil ich es nicht länger ausgehalten habe?«

Er schüttelte den Kopf, nahm eine Hand vom Lenkrad, suchte ihre Hand, drückte sie sanft. »Wir hatten ein wundervolles Essen, ein paar Stunden zu zweit und ein riesiges komfortables Bett – was zum Henker soll daran schlecht gewesen sein?«

Immer noch pochte ihr Gewissen, er hatte sich so viel Mühe gegeben und dann hatte sie darauf bestanden, alles abzubrechen und nach Hause zu fahren. »Ich hab es verdorben, oder?«, fragte sie kleinlaut. »Du hast das Zimmer für die ganze Nacht gebucht, bestimmt mit Frühstück, das wir meinetwegen verpassen.«

Er hob die Schultern. »Ich hab gelesen, dass das Frühstücksbuffet und alle À-la-Carte-Angebote eh nur mittelmäßig sind.«

Sie wusste, dass er ihr zuliebe schwindelte. Das Hotel, das er für ihren siebten Hochzeitstag ausgesucht hatte, war eine Fünf-Sterne-Unterkunft am Meer mit Wellnesstempel, Pool und allem Luxus, den man sich nur wünschen konnte. Das Frühstück in diesem Haus war bestimmt fürstlich und dann machte sie solche Mätzchen. »War es wirklich okay für dich, dass wir vorzeitig abgereist sind?«

»Ganz ehrlich? Du hast mir nur eine Entscheidung abgenommen. Mich hat es auch nach Hause gezogen. Ist doch echt widerlich gewesen, dieser ganze Luxus, das überfreundliche Personal – wer hält so was schon aus?« Er zwinkerte ihr zu. »Geht es dir denn inzwischen etwas besser?«

Sie horchte in sich hinein, schluckte. »Ich weiß nicht. Seit ich dieses kleine Würmchen in mir trage, fühlt es sich manchmal an, als würde mein Körper nicht mehr mir gehören, als führte selbst mein Kopf ein Eigenleben.«

»Das sind die Hormone, Schatz. Das weißt du doch.«

Sie schüttelte den Kopf. »Nein, das ist was anderes. Kennst du dieses Gefühl von Dringlichkeit, dass man nicht fassen kann?«

»Ist wirklich alles in Ordnung mit dir, hast du Schmerzen?«

Sie schüttelte vehement den Kopf. »Nein, es ist anders und es hat auch nichts mit Hormonen zu tun oder damit, dass ich schwanger bin. Dieses Gefühl ist mir neu und es ist beängstigend. Es ist, als würde mein Bauch ahnen, dass etwas Schlimmes passiert, verstehst du?«

Peter sah sie irritiert an. »Deine Ärztin sagte doch, es sei alles okay bei dir. Andernfalls wären wir doch gar nicht erst gefahren.«

Alma schluckte. »Ich weiß auch nicht, ich will einfach nur nach Hause. So rasch wie möglich.«

Eine Weile herrschte Schweigen im Wagen. »Zehn Minuten noch«, durchbrach Peter die Stille und warf ihr einen kurzen Blick zu. Auch er wirkte plötzlich verkrampft.

»Was ist, Peter?«

»Jetzt hast du mich tatsächlich angesteckt mit deiner Unruhe. Aber wir sind ja gleich da.«

Ihre Brust verkrampfte sich. »Oh Gott, was wenn ...«

»Beruhig dich, Schatz«, unterbrach Peter sie hastig. »Du wirst sehen, alles ist in bester Ordnung. Wir sind ja nicht zum ersten Mal weg gewesen. Es wird genauso sein wie immer, da bin ich absolut sicher.«

»Aber so viele Stunden waren wir noch nie weg, höchstens mal zum Dinner ...« Alma brach ab, zwang sich, ruhig zu atmen, sah zur Seitenscheibe hinaus. Eine Weile starrte sie einfach nur in die Dunkelheit. Doch als sie sich den Lichtern der Stadt näherten, als sie die vertrauten Häuserfassaden erkannte, schloss sie die Augen. Ihre Anspannung nahm zu.

»Verdammte Scheiße …«, stieß Peter aus, trat auf die Bremse.

Sie riss die Augen auf, drehte sich nach vorn, sah zuerst hektisch blinkende Lichter, dann den Menschenauflauf. Sie schnappte erschrocken nach Luft. »Um Himmels willen, was ist das?«

»Ich weiß es nicht, Schatz.«

Sie konnte nur nach vorne starren, ans Ende der Straße, von der aus eine Schotterzufahrt zu ihrem Haus führte, dahin wo diese grellen Lichter alles erhellten. »Nein, nein, bitte nicht«, flüsterte sie.

Ein Polizist kam auf sie zu, hob den Arm, bedeutete Peter, stehen zu bleiben.

Peter kurbelte die Scheibe hinunter.

»Bitte drehen Sie um«, sagte der Polizist. »Wir mussten die Durchfahrt sperren.«

»Was ist passiert?« Peters Stimme klang gepresst.

»Das darf ich Ihnen nicht sagen. Bitte wenden Sie einfach oder fahren Sie rückwärts. Falls Sie Anwohner sind, dann muss ich Sie bitten, heute woanders zu parken.«

»Hören Sie«, brach es aus Alma hervor. »Sagen Sie mir, was los ist. Wir wohnen dahinten … Bitte … Ich muss wissen, was passiert ist.«

Der Polizist riss die Augen auf. »Sie wohnen in der alten Villa mit dem großen Wintergarten?«

Alma nickte. Ihr gesamter Körper vibrierte vor Anspannung. »Was ist da? Sagen Sie es mir.«

»Was ist los, Officer?« Peters Stimme zitterte.

Der Officer sah sich unbehaglich um, dann wieder zu

ihnen. Als er schließlich sprach, verstand Alma anfangs nur Wortfetzen.

Notruf … Wahrscheinlich ein Einbruch oder Überfall…

Sie sah den Officer an, schüttelte fassungslos den Kopf. Dann reagierte sie, schnallte sich los, öffnete die Tür, sprang hinaus, rannte los. Vorbei an den Gaffern, an zwei weiteren Polizisten, die sie aufzuhalten versuchten.

Sie hörte ihre Stimmen, aber die Haltrufe und Warnungen drangen nicht zu ihr durch.

Nur weiter.

Sie hatte es fast bis zum Gartentor geschafft, als sie innehielt. Mit aufgerissenen Augen starrte sie auf die geöffnete Haustür. Sie sah zwei Sanitäter, die eine Liege hinaustrugen.

Ihr Atem setzte aus, als sie das zusammengekrümmte Bündel Mensch sah.

Da war Blut!

Viel zu viel Blut …

Sie sackte auf die Knie, stieß einen Schrei aus.

Dann spürte sie einen scharfen Schmerz im Leib, ein wenig später Feuchtigkeit zwischen den Beinen.

Sie tastete mit der Hand in ihren Schritt, da war noch mehr Blut. Blut auf ihren Fingerspitzen.

Dann wurde es schwarz um sie.

EINS
LONDON
2022

Das Herz schlug ihr bis zum Hals, als sie in den Aufzug nach oben stieg. Kurz überlegte sie, einfach die Flucht zu ergreifen, sich unpässlich zu melden und einen anderen Termin auszumachen, doch dann glitten die Türen zu und die Chance war vertan.

Sie stieß einen leisen Seufzer aus, strich eine imaginäre Falte an ihrem Rock glatt, als ihr Blick auf ihrem Spiegelbild an der gegenüberliegenden Aufzugswand verharrte.

Frustriert schüttelte sie den Kopf, fragte sich, welchem Idioten es eingefallen sein mochte, die Wände des Aufzugs mit Spiegeln zu bedecken, sodass man zwangsweise sich selbst betrachten musste, während man in dieser klaustrophobisch engen Kabine eingesperrt war. *Konfrontationstherapie mit meinen eigenen Dämonen*, schoss es ihr durch den Kopf. Nur, dass sie diese Konfrontation im Moment am wenigsten brauchte.

Ihr brach der Schweiß aus. Früher hatte es ihr nicht das Geringste ausgemacht, mit Aufzügen zu fahren, zu Geschäftsterminen zu erscheinen, doch inzwischen … und ausgerechnet heute.

Ein Stockwerk hatte sie geschafft.

Elf lagen noch vor ihr.

Sie bemerkte, dass ihr Atem flacher wurde. Ihre Handflächen begannen zu kribbeln. Sie konzentrierte sich auf ihre Atmung, versuchte, den Blick von ihrem Abbild wegzureißen, doch es gelang ihr nicht.

Sie schluckte.

Unbeholfen strich sie sich eine Strähne ihres schwarzen Bobs hinters Ohr, starrte sich selbst ins Gesicht. Sie war dünn geworden, sah geradezu ausgemergelt aus. Bis vor drei Jahren hätte man sie als gut aussehend, vielleicht sogar schön bezeichnet, doch mittlerweile war davon kaum noch etwas übrig. Ihre Wangenknochen stachen hart aus ihrem Gesicht hervor, was ihre müden dunkelblauen Augen und die tiefen Schatten darunter nur umso stärker betonte. Ihre Haut, einst gesund und rosig, wirkte jetzt beinahe grau. Vielleicht hätte sie doch ein wenig Make-up auflegen sollen.

Noch drei Stockwerke …

Die weiße Bluse klebte ihr unangenehm am Rücken und sie bemerkte Feuchtigkeit unter den Achseln. Hoffentlich fing sie während des Gesprächs nicht an, nach Schweiß zu müffeln …

Als der Aufzug endlich stoppte, die Türen aufglitten, stürzte sie aus der Kabine, sog gierig Luft in ihre Lungen.

Die junge Frau am Empfang sah ihr mit einer Mischung aus Professionalität und Gleichgültigkeit entgegen. »Ich nehme an, Sie haben einen Termin?«

Sierra nickte. »Elf Uhr. Mein Name ist Smith. Sierra Smith.«

Die junge Frau studierte den Bildschirm vor sich, nickte. »Bitte nehmen Sie doch kurz Platz. Amanda telefoniert noch. Sobald sie frei ist, wird sie Sie hereinbitten.«

Sie nickte, lief zu der beeindruckenden Sitzgruppe an der gegenüberliegenden Fensterwand. Dort ließ sie sich auf einem der Sofas nieder, blickte hinaus, betrachtete die anderen Wolkenkratzer, die wie Fremdkörper in den Himmel ragten. Sie liebte die Stadt, doch dieser Teil von London war ihr immer ein wenig suspekt gewesen.

Deswegen hatte sie auch noch nie darüber nachgedacht, sich eines dieser schicken Luxusapartments im Gott weiß wievielten Stockwerk eines Wolkenkratzers zu kaufen.

Nicht, dass sie es sich nicht hätte leisten können …

»Sierra, meine Liebe, was für eine Freude, dich zu sehen.« Amanda Hawkins, wie immer perfekt gekleidet und frisiert, schwebte auf sie zu.

Sierras Blick streifte ihre High Heels und fragte sich – nicht zum ersten Mal – wie es ihre Agentin schaffte, in diesen Dingern zu laufen, ohne sich den Hals zu brechen.

Sie stand auf, ließ sich von Amanda in einer überschwänglichen Geste umarmen, folgte ihr dann brav in deren überdimensioniertes Büro. Ihre Agentin klappernd, sie hinterherschleichend, in ihren praktischen Sneakers. So unscheinbar, wie sie sich fühlte.

Dieses Gefühl verstärkte sich, als sie der stets perfekt geschminkten Agentin gegenübersaß. Das würde heute keine einfache Geschichte werden. Allein Amandas Blick ließ sie Übles ahnen.

»Ich habe mit dem Verlag gesprochen«, begann Amanda dann auch mit einem Seufzer.

»Und, sind sie einverstanden?«

»Tja, sie sind nicht begeistert, so viel vorab. Immerhin bist du seit Jahren im Geschäft, bringst jedes Jahr einen neuen Band heraus, auf den deine Leser bereits sehnsüchtig warten. Du weißt, was das bedeutet. Du wirst sie bitter enttäuschen und einige Leser verlieren, während andere dir locker den hart erarbeiteten Rang ablaufen.«

»Das tut mir echt leid, aber …«

»Nicht, warte«, unterbrach Amanda sie mit einer Handbewegung. »Wir haben hin und her überlegt. Wobei feststeht, dass wir den Lesern nicht zumuten können, auf den übernächsten Band nicht nur ein Jahr, sondern zwei Jahre warten zu müssen …« Sie brach ab, schüttelte den Kopf. »Das ist schlicht keine Option! Aber natürlich haben wir dann doch eine Lösung gefunden.«

»Sammelbände, eine Sonderausgabe«, schlug Sierra halbherzig das vor, was ihr selbst eingefallen war, um die Wartezeit zu überbrücken.

»Nein, viel besser. Was hältst du davon, wenn wir dir einen Co-Autor an die Seite stellen? Ihr besprecht euch, du gibst ihm den nötigen Input, ihr entwickelt den Plot und dann legt er los. Er schreibt deine Story, so wie du sie haben willst, und du überarbeitest sie am Ende nur noch und erledigst die Feinarbeit. Das hätte zwei Vorteile: Du gewinnst Zeit und kannst dich darauf konzentrieren, wieder ganz die Alte zu werden. Und das Entscheidende: Die Leser müssen nicht länger als nötig auf Nachschub von dir warten.«

Sierra starrte ihre Agentin an. In ihrem Kopf drehte sich alles. Hatte sie das richtig verstanden? »Ihr wollt mich ersetzen?«, fragte sie entsetzt. »Ihr wollt irgendeinen Fremdautoren beauftragen, meine Serie fortzusetzen?«

Amanda verzog das Gesicht. »Doch nicht auf Dauer. Nur so lange, bis du wieder fit bist.« Sie hielt inne, musterte sie. »Hör zu, Liebes. Wir alle verstehen, dass du nach allem, was passiert ist, angeschlagen bist. Was du durchmachst, ist furchtbar, dafür haben wir vollstes Verständnis. Doch hinter deinen Büchern steckst am Ende nicht nur du, sondern ein ganzes Team, eine komplette Marketing-Abteilung und ein Budget, das bereits investiert ist. Die Kataloge für die Buchhändler sind längst gedruckt, Werbeplätze gebucht – das alles zu verschieben, kostet allein zigtausende Pfund.«

Sierra stieß ein bitteres Lachen aus. »Es geht also nur ums Geld? Bitte, wenn es das ist. Ich zahle meinen Vorschuss zurück. Dann macht niemand irgendwelche Verluste, okay?«

»Liebes, darum allein geht es doch gar nicht. Wir sitzen heute hier zusammen, um eine Lösung zu finden, mit der alle leben können. Auch du.«

»Ein Co-Autor kommt nicht in Frage«, schoss Sierra zurück. »Lee und Donna sind meine Protagonisten, ich habe sie geschaffen und werde einen Teufel tun und sie irgendeinem fremden Schmierfinken überlassen.«

Amanda stieß einen Seufzer aus. »Was schlägst du stattdessen vor? Hast du vielleicht noch eine andere Geschichte in der Schublade, irgendeinen alten Roman, den man nur umschreiben und bearbeiten müsste, damit er in deine Reihe passt?«

Sierra verdrehte die Augen. »Na klar habe ich ein paar unveröffentlichte Manuskripte in der Schublade, so wie die meisten Schriftsteller. Aber was denkst du, wieso die in meiner Schublade vor sich hin dümpeln?« Sie stoppte, sah Amanda gereizt an. »Die Dinger liegen dort, weil ich sie aussortiert, abgebrochen habe oder schlicht für nicht gut genug halte. Die kann ich nicht mal eben umschreiben, damit der Verlag sie in eine bestehende Serie einfügen kann. Wie du weißt, bauen meine Bücher aufeinander auf, genau wie die Entwicklung der Charaktere.«

Amanda lehnte sich zurück, faltete die Hände. »Eine andere Möglichkeit sehe ich nicht, so leid es mir tut. Entweder das oder du stimmst zu, mit einem Co-Autor zu arbeiten.«

Sierra funkelte ihre Agentin an. »Was ist mit Chris?«

»Was soll mit ihm sein?«

»Er bekam einen Aufschub. Ihr habt seinen neuen Thriller um mehr als ein Jahr verschoben.«

Amanda sog die Luft scharf ein. »Chris hatte einen Unfall beim Skifahren in den Alpen. Er lag im Koma.«

»Ja und?«

»Sierra, siehst du denn nicht, dass das etwas völlig anderes ist? Die Presse wusste davon, seine Leser ebenfalls. Das ist etwas, wofür sie Verständnis haben. Da fiebern sie mit dem verunglückten Autor mit und warten auch mal etwas länger.«

»Okay, ich liege nicht im Koma. Aber das, was ich durchmache, dürfte doch auch nachvollziehbar sein. Dafür müssten die Leser auch Verständnis haben.«

»Nein, so funktioniert das bei dir leider nicht. Im Gegensatz zu dir veröffentlicht Chris unter seinem Klarnamen. Du hingegen hast damals darauf bestanden, unter einem geschlossenen Pseudonym zu schreiben. Niemand kennt die echte Person hinter den Bestsellern von Milla Baxter. Niemanden interessiert Sierras tragische Geschichte, weil kein Mensch sie kennt.«

Eine Weile herrschte Schweigen in dem riesigen Büro, dann war es Amanda, die das Schweigen brach. »Hör mal, Liebes, ich verstehe dich, wirklich. Es geht dir nicht gut, das kann ich sehen. Umso dringlicher rate ich dir, über die Idee mit dem Co-Autor nachzudenken. Du wirst sehen, das ist alles halb so schlimm.«

Sierra schüttelte heftig den Kopf, sah Amanda schließlich fest an. »Wie lange?«

»Was meinst du?«

»Wie viel Zeit könntest du für mich maximal rausschlagen?«

Amanda hob die Schultern, sah sie unschlüssig an. »Ich weiß nicht, vielleicht zwei, allerhöchstens drei Monate. Aber auf gar keinen Fall ein ganzes Jahr oder länger …«

»Gut.« Sierra stand auf, starrte Amanda an. »Drei Monate. Das ist es, worum ich dich bitte. Drei Monate, dann hast du das Manuskript auf deinem Schreibtisch liegen.«

Amanda blinzelte perplex. »Sagtest du nicht, dass du noch nichts hast? Kein einziges Wort?«

»Ja, das sagte ich. Was ist? Willst du meine Geschichte in zwölf Wochen auf dem Tisch haben?«

Sierra hob die Schultern, legte all ihre Konzentration in den Versuch, stark und überzeugend zu wirken, auch wenn sie in Wahrheit kurz davor stand, zu kollabieren. Ihr war speiübel, alles in ihr zog sich zusammen. Doch sie hielt Amandas ungläubigem Blick stand.

Was verspreche ich da?

Ihre Agentin schien sich ähnliche Fragen zu stellen. Ihre Augenbrauen wanderten nach oben. »Das ist dein Ernst?«

»Ja! Drei Monate!«

Sie straffte ihren Rücken, marschierte mit entschlossener Miene auf die Tür zu. Auf halbem Weg blieb sie stehen, drehte sich der immer noch verwirrt dreinblickenden Amanda zu. »Und?«

Ein Seufzen. Dann nickte ihre Agentin. »Alles klar, drei Monate. Aber ich warne dich. Du hast keinen verdammten Tag länger Zeit!«

Als Sierra aus dem Aufzug trat und im Stechschritt auf den Ausgang zusteuerte, hatte sie das Gefühl, jeden Augenblick auseinanderzubrechen. Sie hielt inne, sog die Luft ein, zwang sich dann, langsam in Richtung Parkplatz zu laufen.

Nach allem was sie innerhalb kürzester Zeit verloren hatte, war es am Ende nur noch ihre Arbeit, das Schreiben, gewesen, das sie am Leben gehalten hatte. Bereits acht Wochen nach der schlimmsten Tragödie ihres bisherigen Lebens hatte sie wieder am Schreibtisch gesessen, den Vorgängerteil der Serie beendet, das anschließende Drumherum ums Lektorat hinter sich gebracht und sich gleich dem nächsten Buch gewidmet. Jenem, das jetzt kurz vor der Veröffentlichung stand. Danach hatte sie sich ihre jährliche Schreibpause von einem Monat genehmigt, um anschließend wieder voll durchstarten zu können.

Am Ende war es anders gekommen.

Sie hatte Nächte damit zugebracht, auf ihren leeren Notizblock zu starren, hatte nicht mal einen ordentlichen Plot hinbekommen. Kurz hatte sie sogar darüber nachgedacht, es mit einer KI zu versuchen, doch das hatte sich für sie falsch angefühlt. Als sie dann doch noch eine zündende Idee gehabt hatte, war sie erleichtert gewesen. Doch das war es auch gewesen, über die zündende Idee war sie nie hinausgekommen. Ihre Blockade bestand noch immer.

Seit Monaten saß sie täglich vor ihrem Laptop,

hämmerte auf die Tastatur ein, nur um am Abend alles Geschriebene wieder zu löschen. Zum ersten Mal in ihrem Leben passierte ihr das, worüber sie bei anderen früher nur hatte lächeln können. Sie hatte eine handfeste Schreibblockade.

Am Ende hatte sie aufgegeben und Amanda eine Mail geschickt, die in einem wahren Mailbombardement und schlussendlich dem heutigen Termin gipfelte.

Drei Monate …

Sierra legte den Kopf in den Nacken. Selbst in ihren besten Zeiten hätte sie niemals ein Buch so kurzfristig hinbekommen. Sie war keiner dieser Schreiberlinge, die sich hinsetzten und lostippten, um dann tatsächlich so etwas wie eine Geschichte zu erstellen. Sie war eine Autorin, die sorgsam über jedes einzelne Wort nachdachte, das sie zu Papier brachte. In jedem Buchstaben, den sie in die Tastatur ihres Laptops hämmerte, steckte ein winziger Teil ihres Selbst. Während des Schreibprozesses gab sie stets alles. War eine verfluchte Perfektionistin, etwas, was sie jetzt komplett ausbremste.

Was hatte sie da nur geritten?

In drei Monaten einen neuen Teil der Serie hinzubekommen, war nahezu unmöglich.

Und doch hatte sie keine andere Wahl, als es zu versuchen. Entweder das oder …

Ein Ruck ging durch ihren Körper. Sie strauchelte, stolperte gegen einen schwarzen SUV, schaffte es nur mit Mühe, sich auf den Beinen zu halten, registrierte erst jetzt den Mann neben sich, der heftig am Gurt ihrer Handtasche riss.

Sie schrie auf, doch niemand schien von der Situation Notiz zu nehmen, was typisch für London war. Jeder hatte mit sich selbst genug zu tun, hetzte weiter, gefangen in eigenen Nöten und Befindlichkeiten.

»Lass los, du Fotze«, zischte der Typ – ein verloddert aussehender Mann um die zwanzig. Sein Fuß schoss vor, traf sie am Oberschenkel. Ein Schmerz, heiß und stechend, fuhr durch ihr Bein. Sie ließ nicht los, klammerte sich an ihre Tasche, schrie weiter.

»Entweder du lässt los oder ich stech dich ab«, zischte ihr Angreifer, griff mit der zweiten Hand in seiner Jackentasche.

Sierra zweifelte keine Sekunde, dass er es ernst meinte. Sie gab auf, ließ los, überließ ihm seine Beute.

Sie sackte zwischen zwei Autos zu Boden, brach in Tränen aus.

ZWEI
MANCHESTER
2019

»Erde an Lizzy, wo bist du?«

Sam blickte von Lizzy zu Max. »Findest du nicht, dass unsere Lizzy in letzter Zeit komisch drauf ist?«

»Ist mir auch schon aufgefallen«, gab Max grinsend zurück.

»Meinst du, da steckt ein Kerl dahinter?«

Max blies die Backen auf, grunzte frech. »Bestimmt, schau nur, jetzt wird sie verlegen ...«

»Lasst mich in Ruhe, ich will den Film sehen«, wehrte Lizzy sich, ohne ihre Freunde auch nur anzusehen.

Sam schüttelte schmunzelnd den Kopf. »Das wollen wir auch. Im Gegensatz zu dir haben wir sogar etwas davon mitbekommen.«

Lizzy nahm eines der unzähligen Sofakissen – das waren mindestens fünfzehn auf dem nicht gerade riesigen Sofa – und schlug es zuerst nach Sam, dann nach Max. Dann presste sie es sich auf den Bauch, blickte angestrengt auf den Bildschirm. Eigentlich mochte sie Keanu Reeves, doch heute konnte sie sich wirklich kaum konzentrieren, da hatten ihre Mitbewohner recht. Immer wieder drifteten ihre Gedanken weg, zu ihrer Mutter. Mittlerweile waren drei Tage vergangen ohne ein Lebenszeichen von ihr, sie ging nicht mal ans Telefon. Lizzys Handynachrichten hatte sie nicht gelesen. Aber das konnte sich Lizzy noch gerade eben so erklären. Ihre Mom hasste ihr Handy, vergaß oft, es mitzunehmen. Manchmal lag es tagelang nur herum, bis der Akku leer war.

Dabei hatte Lizzy ihr das Smartphone erst an Weihnachten geschenkt, damit sie wenigstens hin und wieder per Videocall telefonieren und sich währenddessen sehen konnten.

Sie zuckte zusammen, als sie Sams Hand auf der ihren spürte.

»Was ist los mit dir, was beschäftigt dich so?«

»Jedenfalls kein Typ«, gab sie gereizter als beabsichtigt zurück.

Wieder wechselten ihre Mitbewohner einen Blick. Doch dieses Mal wirkten sie besorgt.

Inzwischen wohnte sie knapp ein Jahr mit dem Pärchen zusammen. Und obwohl sie sich schwertat, Freundschaften zu schließen, waren die beiden ihr inzwischen ans Herz gewachsen.

Sie würde jetzt nicht so weit gehen, das, was zwischen ihnen war, Freundschaft zu nennen, aber sie mochte die beiden. Samantha und Max studierten an der gleichen Universität wie sie, nur waren sie mittlerweile schon beim Masterstudium angekommen. Mit viel Glück und noch mehr Fleiß könnten sie im kommenden Jahr ihr Studium beenden, während sie erst im dritten Semester war.

Als sie sich für das leer gewordene Zimmer in der WG beworben hatte, war sie nicht die einzige Interessentin gewesen, umso mehr hatte es sie gewundert, dass sie den Zuschlag bekommen hatte.

»Tut mir leid«, sagte sie zerknirscht. »Es ist nur … meine Mutter ...«

»Was ist mit ihr?«, fragte Sam.

»Sie meldet sich einfach nicht.«

»Wie das?«

»Soweit ich das mitbekomme, telefoniert ihr täglich, oft sogar mehrfach.«

»Eben nicht. Sie geht nicht ans Handy und allmählich mache ich mir Sorgen.«

Sam verzog das Gesicht. »Süße, ich will dir ja nicht zu nahe treten, aber du bist einundzwanzig und erwachsen. Deine Mutter weiß das. Sie will dir wahrscheinlich endlich mal Raum lassen. Sei froh, dass deine Mom nicht so eine Glucke ist, wie meine es war, als ich endlich ausgezogen war.«

Lizzy schüttelte den Kopf. »Du verstehst das nicht. Meine Mutter und ich, wir haben nur noch uns. Als mein Dad uns verließ, war ich gerade mal zehn Jahre alt. Meine Mom hat die Trennung nicht gut weggesteckt, sie fiel in ein tiefes Loch.«

»Und du warst noch ein Kind«, warf Sam ein.

»Ja, ich war noch ein Kind, aber ich hab das alles voll mitbekommen. Ich habe erlebt, wie mein Dad, der schon immer ein in sich gekehrter Mensch war, sich noch weiter von uns entfernt hat. Er hat nie viel geredet, schien in seiner eigenen Welt zu leben. Aber das kannten wir ja nicht anders. Niemals hätten meine Mutter und ich vermutet, dass er sich in eine andere Frau verlieben würde. Doch so war es. Er verließ uns, zog zu der anderen. Und meine Mom…«

Lizzy stoppte, wischte sich die Tränen von der Wange. »Sie hat so gelitten, wisst ihr. Ich hätte alles getan, um ihr ein bisschen was von dem Schmerz zu nehmen. Also tat ich, was in meiner Macht stand, und war eben einfach für sie da. Irgendwann schaffte sie es aus diesem finsteren Loch heraus, suchte sich einen neuen Job, gab sich wirklich Mühe, ihr Leben als alleinerziehende Mutter zu meistern. Ich wusste instinktiv, dass sie das nicht für sich, sondern nur für mich tat.«

»Und dein Dad? Hat er sich nicht mehr um euch gekümmert, wenigstens um dich?«, fragte Sam.

»Doch, schon. Aber logischerweise kühlte unser Verhältnis weiter ab. Und dann kam eines Tages dieser Anruf.«

Lizzy holte zitternd Luft. »Das ist jetzt sechs Jahre her. Seine neue Lebensgefährtin meldete sich. Sie stammelte, wirkte völlig durch den Wind. Ich verstand sie kaum, sie wollte meine Mutter sprechen.«

»Und ...?« Sam sah sie erwartungsvoll an. »War was mit deinem Dad?«

Lizzy nickte. »Aber das erfuhr ich erst einen Tag später. Mom brach am Telefon weinend zusammen.« Sie räusperte sich, schluckte. »Mein Dad hatte sich umgebracht. Er hatte sich im Dachboden des Hauses seiner Lebensgefährtin aufgehängt, während sie geschlafen hat.«

Samantha und Max wechselten einen erschütterten Blick, sahen sie mitfühlend an. »Ehrlich, Lizzy, das ist furchtbar.«

»Das war es«, murmelte Lizzy. »Und das ist es noch.« Sie stieß die Luft aus, sah die beiden an. »Ihr könnt euch vorstellen, dass uns das noch fester zusammengeschweißt hat. Jetzt hatten wir wirklich nur noch uns. Meine Mom war, seit ich mich erinnern kann, immer für mich da gewesen. Nach meiner Geburt hörte sie auf zu arbeiten, um sich rund um die Uhr um mich kümmern zu können. Sie war so viel mehr als nur ein Elternteil, sie war auch meine beste Freundin. Unser Verhältnis war so innig und liebevoll, dass ich mir niemals hätte vorstellen können, auch nur einen Tag ohne sie zu sein.«

»Und trotzdem hast du den Absprung geschafft und bist dabei, dir ein eigenes Leben aufzubauen«, bemerkte Sam und griff mitfühlend nach Lizzys Hand.

Lizzy nickte. »Mom war es, die mich nach Abschluss der Highschool drängte, nur an mich und an meine Zukunft zu denken. Dabei wusste ich, wie schwer es ihr gefallen sein musste, mich gehen zu lassen. Deshalb sind unsere täglichen Telefonate wichtig. Entweder ruft sie an oder ich sie.

Seit ich bei euch wohne, ist wirklich kein Tag vergangen, an dem wir nicht telefoniert haben.«

Samantha verzog mitfühlend das Gesicht. »Das wusste ich nicht, Liebes, bitte entschuldige.«

Lizzy nickte, schloss für einen Augenblick die Augen, sah dann Samantha an. »Es sind zwar nur drei Tage, aber für meine Mutter und mich bedeuten sie eine Ewigkeit, versteht ihr? Ich sorge mich um sie und weiß nicht mal, ob es dafür einen Grund gibt.«

»War sie denn beim letzten Telefonat anders als sonst?«

Lizzy schüttelte den Kopf. »Sie war gut gelaunt wie immer. Sie kam mir nur ein wenig müder vor, irgendwie klang ihre Stimme kraftlos. Als ich sie gefragt habe, meinte sie nur, dass sie sich erkältet habe.«

Samantha atmete auf. »Da hast du deine Erklärung. Sie ist heiser und kann nicht sprechen.«

»Und wieso meldet sie sich dann nicht via Handy und schreibt mir, damit ich mir keine Sorgen mache?«

»Vielleicht ist sie wirklich vollkommen am Arsch, so wie ich neulich, als ich diese Virusgrippe hatte. Ehrlich, Lizzy, ich hab die zwei Wochen fast nur gepennt, so fertig war ich.«

Lizzy sah Samantha nachdenklich an. »Wahrscheinlich hast du recht. Vielleicht muss sie auch wieder Doppelschichten fahren, weil eine Kollegin krank ist, und hat deswegen keine Zeit.«

Sie lehnte sich zurück, konzentrierte sich auf den Film mit Keanu, doch es gelang ihr immer noch nicht, sich darauf einzulassen. Als endlich der Abspann lief, stand sie auf, gähnte. »Das wird heut nichts mehr, ich geh schlafen.«

Samantha nickte ihr zu. »Morgen ist Freitag … Warum setzt du dich nach der Vorlesung nicht ins Auto und fährst nach Hause, um nach deiner Mutter zu sehen? Dann bist du auf der sicheren Seite.«

Lizzy stöhnte innerlich. Als ob sie nicht selbst schon darüber nachgedacht hätte. Am liebsten wäre sie schon gestern, spätestens heute nach Kendal gefahren, doch sie hatte diese Woche eine Klausur nach der anderen und konnte es sich nicht leisten, auch nur eine davon zu verpassen.

Hinzukam, dass sie zwei Jobs hatte. Einen in der Campus-Kneipe und einen anderen in einer kleinen Firma für Softwareentwicklung in der City von Manchester. Auf einen oder gar zwei Tageslöhne zu verzichten, kam nicht infrage. Es reichte, dass ihre Mom mit ihrem Job einen Großteil der Studiengebühren bezahlte. Für den Rest und ihren Lebensunterhalt auf dem Campus musste sie selbst aufkommen. »Ich muss das ganze Wochenende arbeiten«, erklärte sie, sah Sam verbissen an. »Wie ihr wisst, schulde ich euch bereits zwei Monatsmieten für mein Zimmer.«

Samantha winkte ab. »Das vergessen wir ganz schnell, okay? Du kümmerst dich jetzt erst mal um deine Mom. Der Rest findet sich.«

Als Lizzy wenig später allein in ihrem Zimmer auf dem Bett lag, nahm sie ihr Smartphone zur Hand, suchte den Kontakt ihrer Mom und bemerkte, dass diese immer noch nicht online gewesen war. Sie drückte auf Wählen, wartete.

Nichts.

Dann wählte sie die Festnetznummer.

Wieder nichts.

Frustriert legte sie das Gerät beiseite, löschte das Licht, um zu schlafen, doch sie fand keine Ruhe.

Wen konnte sie noch nach ihrer Mom fragen?

Ihr fiel nur Margret ein, die mit ihrer Mom befreundet war. Wenn etwas mit ihrer Mom nicht stimmte, wüsste Margret davon.

Sofort war sie wieder hellwach, setzte sich auf und suchte in ihren Kontakten nach deren Nummer, drückte auf Wählen.

Es dauerte eine Weile, dann ertönte Margrets Stimme. »Lizzy Schatz, wie schön, dass du dich meldest. Ist alles in Ordnung bei dir? Ich hab gehört, du bist voll im Prüfungsstress.«

»Morgen ist die letzte Prüfung für die nächsten zwei Wochen. Danach hab ich nur noch drei Klausuren vor den Ferien.«

»Wie schön für dich«, kam es betont munter von Margret, fast schon überschwänglich. Lizzy kaufte ihr das nicht ab. Die Freundin ihrer Mutter übertrieb mit ihrer Fröhlichkeit.

Warum?

Sollte sie sie direkt darauf ansprechen?

Ja, entschied sie.

»Was ist los, Maggy?«, fragte sie gerade heraus. »Mom geht nicht ans Telefon und ruft auch nicht zurück. Wir wissen beide, dass das nicht normal für sie ist. Was geht da bei euch vor?«

Ein ungewohnter Laut drang zu ihr durch, so als würde Margret glucksen ...

»Du weißt doch etwas ...«, redete sie weiter auf sie ein. Dann hörte sie es wieder. Das war kein Glucksen, Maggy weinte leise, versuchte nur, die Laute zu unterdrücken.

Augenblicklich wurde ihr eiskalt.

»Margret, du sagst mir jetzt auf der Stelle, was passiert ist! Geht es meiner Mutter gut?«

Ein leises Schniefen ertönte, dann ein Räuspern. »Sie hat mir verboten, dich anzurufen, verstehst du? Sonst hätte ich das längst getan. Ich musste ihr hoch und heilig versprechen, dass ich dir nichts sage, solange du den Kopf mit Prüfungsvorbereitungen voll hast. Sie wollte dich nicht belasten, bitte versteh das.«

»Was hat sie, Maggy? Sag es mir, sofort!«

Wieder ein Seufzen, dann ein langgezogenes Stöhnen. »Na schön! Deine Mom liegt seit ein paar Tagen im Krankenhaus. Sie dachte, die Ärzte würden sie schon schnell wieder aufpäppeln, damit sie nach Hause kann, so wie immer. Doch es wird schlimmer … ganz so, wie sie es ihr prophezeit hatten.«

»Von was redest du, verdammt?«

»Deine Mom … sie wird mich umbringen, wenn sie erfährt, dass ich es dir gesagt habe. Sie wollte damit warten, bis du deine Klausuren geschafft hast und nach Hause kommst. Sie wollte es dir selbst sagen.«

»Maggy, verdammte Scheiße, rede endlich!«

»Es ist die Bauchspeicheldrüse, Lizzy. Und es gibt keine Hoffnung mehr, keine Therapie, absolut nichts, was man noch tun könnte. Nichts außer zu warten. Warten, bis es zu Ende ist und sie nicht mehr leiden muss.«

DREI
LONDON
2022

»Kann ich Ihnen helfen?« Eine ältere Dame, die gerade dabei war, in ihren Wagen einzusteigen, sah sie besorgt an.

Sierra schluckte gegen ein weiteres Schluchzen an. »Ich bin überfallen worden. Ein Mann hat mir meine Tasche entrissen.«

Die ältere Dame schüttelte schockiert den Kopf. »Du liebe Güte, geht es Ihnen gut? Hat er Ihnen etwas angetan? Sie geschlagen? Sie verletzt?«

Sierra schüttelte den Kopf. »Er hat es mir nur angedroht, wenn ich meine Tasche nicht loslasse.«

»Oh Gott! Da haben Sie das einzig Richtige getan. Kein Besitztum der Welt ist es wert, sein Leben aufs Spiel zu setzen.«

Sierra wischte sich die Tränen aus dem Gesicht, rappelte sich auf. »In der Tasche war alles drin. Mein Autoschlüssel, meine Papiere, Portemonnaie, mein Wohnungsschlüssel.«

Die Frau schlug sich die Hand vors Gesicht. »Daran habe ich jetzt gar nicht gedacht. Sie müssen zur Polizei. Sofort! Haben Sie jemanden, den ich für Sie kontaktieren soll?« Sie brach ab, wirkte plötzlich verlegen. »Ich weiß, normalerweise sollte ich Sie jetzt zur Polizei begleiten, Ihnen helfen, doch ich hab noch einen Arzttermin. Auf diesen Termin hab ich seit Wochen gewartet und ich kann nicht …« Sie wurde rot.

Sierra rang sich ein Lächeln ab. »Machen Sie sich keine Gedanken. Wenn Sie vielleicht nur einen Anruf für mich erledigen könnten? Brady … mein Ex … mein Mann … er wird kommen und mich abholen.«

Die Frau nickte, zog ihr Handy aus der Tasche, reichte es ihr.

Sierra tippte die Nummer ein, drückte auf Wählen. Es dauerte keine zwei Sekunden, bis Brady sich meldete.

»Ich bin es«, sagte Sierra schnell, und war erst einmal erleichtert, dass er trotz der fremden Nummer überhaupt drangegangen war. »Ich bin überfallen worden. Dieser Typ hat meine Tasche gestohlen ...«

Für den Bruchteil einer Sekunde herrschte Schweigen. Dann ein leises Seufzen. »Was ist mit dir? Bist du okay?«

Seine Stimme klang vertraut und doch fremd in Sierras Ohren.

»Nein, ich bin nicht okay«, schoss es aus ihr hervor. »Ich bin fix und fertig. Mein Wagen steht auf Amandas Parkplatz und ich sitze hier fest. Ich kann nicht mal wegfahren, weil dieser Typ auch meinen Autoschlüssel hat. Er hat alles, was in meiner Tasche war.«

»Hast du die Polizei informiert?«

Sierra spürte heiße Wut in sich hochschießen. »Ich habe kein Telefon, verstehst du endlich? Eine nette Dame hat mir ihres geliehen, damit ich wenigstens dich anrufen kann.«

»Und was soll ich da machen?«

»Verdammt, kannst du mir nicht helfen? Ich habe ja nicht einmal Geld, um mir ein Taxi zu rufen, geschweige denn einen Schlüssel zu meiner Wohnung.«

»Okay«, kam es schließlich von Brady. »Ich bin gleich bei dir. Und bleib ruhig.«

Als sie eine knappe halbe Stunde später endlich neben ihrem Ex in dessen Wagen saß, brach sie in Tränen aus.

Brady fuhr langsam los, ließ sie einen Moment vor sich hin schluchzen. Als sie sich einigermaßen im Griff hatte, warf er ihr einen fragenden Blick zu. »Warum warst du bei Amanda? Gab es was Besonderes?«

Sie hob die Schultern. »Es ging um den Termin für das übernächste Buch.«

»Du hast es also fertig?«

Sie erwiderte seinen Blick, blieb ihm jedoch eine Antwort schuldig.

Er konzentrierte sich wieder auf die Straße. Schließlich sog er die Luft scharf ein. »Na gut, wenn du nicht antworten willst. Ich lasse dich bei der Polizei raus und gebe dir Geld. Dann kannst du, nachdem alles geklärt ist, zumindest ein Taxi nehmen und dich nach Hause fahren lassen.«

»Hast du mir eben nicht zugehört? Ich habe keinen Schlüssel.«

Er sah sie kurz an, runzelte die Stirn. »Die Hausverwaltung muss einen Ersatzschlüssel haben.«

Sie schüttelte den Kopf. »Das wollten wir damals nicht, schon vergessen? Wir haben uns alle Schlüssel aushändigen lassen und du hast einen Ersatzschlüssel zu deinen Eltern gebracht, den du mir wiedergegeben hast, als du ausgezogen bist.«

»Und wo genau ist dieser Ersatzschlüssel jetzt?«

»In meiner Wohnung.«

Er seufzte. »Wieso hast du ihn nicht einfach Carol gegeben?«

Sie hob die Schultern.

»Carol ist deine beste Freundin, sie sollte einen haben, für den Notfall.«

»Carol und ich haben schon ewig keinen Kontakt mehr.«

Sie sah zur Seitenscheibe hinaus, spürte seinen Blick auf sich ruhen und fühlte sich unbehaglich. Warum hatte er immer noch diese Wirkung auf sie? Es sollte ihr verdammt noch mal egal sein, was er dachte oder sagte.

»Warum nicht?«

Sie hob die Schultern, kämpfte gegen die Tränen.

»Sierra … was ist los mit dir? Wieso hast du keinen Kontakt mehr zu deiner besten Freundin?«

Sie konnte ihn nicht einmal ansehen, starrte weiter zum Fenster hinaus. »Wir hatten Streit«, stieß sie schließlich aus. »Das war, kurz nachdem du fort warst. Sie hat ein paar Dinge zu mir gesagt, die eine Freundin nicht sagen sollte. Deswegen hab ich …« Sie brach ab.

»Deswegen hast du … was?«

»Ich habe sie rausgeworfen und den Kontakt abgebrochen. Schon vor Monaten. Ich habe mich seither nicht bei ihr gemeldet und ihre Anrufe ignoriert.«

Brady seufzte. »Warum bist du so, Sierra? Sag es mir!«

»Warum bin ich … wie?«

»Selbstzerstörerisch.«

Sierra stieß ein ungläubiges Lachen aus, warf ihm einen erbitterten Blick zu. »Lass mich aussteigen, sofort!«

»Ich dachte, du musst zur Polizei.«

»Das schaff ich ab hier allein. Sind ja nur noch ein paar Blocks.«

Brady warf ihr einen Blick zu. »Das sind noch gute zwanzig Minuten zu Fuß. Lass mich dich einfach vor dem Präsidium absetzen, okay?«

Sie schüttelte den Kopf. »Nein, verdammt. Lass mich raus!«

»Sierra«, seine Stimme klang gereizt, »ich weiß, dass du es nicht ausstehen kannst, wenn jemand ehrlich zu dir ist, und vielleicht war deine Freundin genau das. Sie hat dir wahrscheinlich nur die Wahrheit gesagt, statt dir zu schmeicheln. Und ob dir das nun passt oder nicht, du wirst dir über kurz oder lang überlegen müssen, ob du so weitermachen willst. Du stößt alle vor den Kopf und bleibst allein zurück.«

»Ich will das nicht hören«, gab sie zurück. »Und jetzt lass mich endlich raus!«

Er ignorierte sie, was Sierra nur noch wütender machte. Sie verschränkte die Arme vor dem Körper, wartete, bis sie endlich angekommen waren. Sie wollte schon aus dem Wagen stürzen, als er sie am Arm zurückhielt. »Du hast kein Geld, schon vergessen? Wie willst du später nach Hause kommen?«

Sie starrte ihn an, nickte ergeben, als er seinen Geldbeutel zur Hand nahm, ein paar Scheine daraus nahm. »Das sind zweihundert Pfund, damit solltest du zurechtkommen. Wenn du willst, rufe ich den Schlüsseldienst an und telefoniere auch mit deiner Hausverwaltung. Connor sollte mich ja noch kennen.«

»Ich glaube, dass es schwierig wird, ohne Ausweis in die Wohnung zu kommen. Der Schlüssel gehört zu einer Schließanlage und einen Ersatz machen zu lassen, wird dauern. Vielleicht muss sogar die Anlage im gesamten Haus getauscht werden, da der Schlüssel sowohl für die Haustür als auch für den Keller und das Schwimmbad passt.«

»Die Wohnung gehört uns beiden, wie du weißt. Ich werde also jetzt zu dir fahren, auf den Schlüsseldienst warten und währenddessen mit der Verwaltung telefonieren. Du gehst jetzt einfach los, bringst den Überfall zur Anzeige.« Er wedelte mit den Scheinen vor ihrem Gesicht.

Sie riss ihm das Geld aus der Hand, funkelte ihn an. »Du bekommst es zurück.« Dann drehte sie sich auf dem Absatz um und lief in Richtung Eingang.

Knappe zwei Stunden später stieg sie aus dem Taxi und lief auf das Gebäude zu, in dem sich ihr geliebtes Penthouse befand. Sie seufzte, als sie die verschlossene Haustür sah, drückte auf den Klingelknopf zu ihrer Wohnung.

Es dauerte keine Sekunde, bis ein Summen ertönte. Sie

stemmte sich mit der Schulter gegen das schwere Holz, seufzte erleichtert, als es nachgab und sie endlich wieder im Haus war. Sie wollte gerade zum Aufzug laufen, als ihr die Frau am Briefkasten auffiel.

Wendy Hickman. Wendy war weit über achtzig Jahre alt und lebte seit nunmehr vierzig Jahren in dem Haus, wie sie ihr erst kürzlich erzählt hatte. Die Frau war trotz ihres Alters mehr als nur rüstig, benutzte niemals den Aufzug, sondern lief stets all die Stufen zu Fuß. Im Stillen bewunderte Sierra die Frau, der man das Alter nicht ansah. Sierra hätte Wendy höchstens auf sechzig geschätzt und ihr das auch gesagt. Wendy hatte sich darüber köstlich amüsiert und ein »gewusst wie« geäußert.

Die alte Dame war die einzige Bewohnerin im Haus, zu der Sierra mehr Kontakt hatte als nur ein gelegentliches *Guten Morgen* im Treppenhaus oder Aufzug.

»Ihr Mann hat es mir bereits erzählt«, kam Wendy gleich auf den Punkt. »So ein Mist, nicht wahr?«

Sierra nickte. »Die Polizistin, die meine Anzeige aufgenommen hat, meinte, dass der Dieb es nur auf mein Geld abgesehen habe. Aber was nutzt mir das? In der Tasche war mein Ausweis, mein Wohnungsschlüssel – einfach alles.«

Wendy nickte mitfühlend. »Sie sollten gleich Ihre Karten sperren lassen, ihre SIM-Karte …«

Sierra lächelte. »Das werde ich sofort erledigen.« Sie drückte auf den Aufzugknopf, wartete. Doch Wendy war noch nicht fertig, sie seufzte, als habe sie selbst noch etwas auf dem Herzen.

»Was ist, Wendy? Ist was passiert?«

Wendy schniefte betrübt. »Haben Sie das mit dem armen Leo mitbekommen?«

Sierra runzelte die Stirn, schüttelte den Kopf.

»Er ist gestorben. Vor sechs Wochen schon.«

Sierra erschrak. »Was? Ich habe nichts mitbekommen. Und woher wissen Sie das?«

Wendy seufzte leise. »Jimmy hat es mir gesagt. Ich hab

mich schon gewundert, wieso ich Leo nicht mehr zu Gesicht bekomme.«

»Wissen Sie, was mit ihm passiert ist?«

»Herzinfarkt.«

Sierra riss die Augen auf. »Er war doch erst Mitte dreißig.«

Wendy lächelte traurig. »Mitte vierzig war er. Er sah nur jünger aus.«

»Tut mir leid«, brachte Sierra mühsam hervor und fühlte sich plötzlich mies, weil sie Jimmy, der direkt unter ihr gewohnt hatte, in den letzten Wochen kaum beachtet hatte. Natürlich war ihr aufgefallen, wie mies er aussah, beinahe kränklich, doch hatten ihr die Kraft und die Nerven gefehlt, ihn zu fragen, wie es ihm geht.

»Wann war die Beerdigung?«, fragte sie.

»Schon vor einem Monat.«

Sierra haderte mit sich. Wie konnte sie über ihren eigenen Problemen und Nöten nur die aller anderen übersehen?

»Machen Sie sich keine Sorgen«, kam es sanft von Wendy, die ihr ihren inneren Kampf wohl vom Gesicht ablas. »Ich habe ein großes Blumenbouquet bestellt und es im Namen aller Nachbarn zur Zeremonie liefern lassen.«

»Das ist wirklich lieb von Ihnen.«

Wendy streckte den Arm aus, strich Sierra sanft über den Oberarm. »Schon gut, Kindchen, ich weiß ja, was Sie in der letzten Zeit durchgemacht haben.«

Sierra schluckte, spürte, wie sich ihr Innerstes zusammenzog.

Die Aufzugtür glitt inzwischen zum dritten Mal auf und diesmal setzte Sierra einen Fuß in die Kabine. »Ich muss jetzt«, sagte sie entschuldigend zu Wendy.

Die nickte ihr nur zu.

Als die Tür des Aufzugs sich hinter ihr schloss, legte Sierra den Kopf in den Nacken. Sie spürte, dass eine Migräneattacke im Anmarsch war, und verfluchte den Scheißkerl, der ihre Tasche geklaut hatte. Das hatte ihr gerade noch gefehlt! Als ob nicht schon genug aus dem Ruder lief.

Als der Fahrstuhl sich wieder öffnete, trat sie hinaus und lief Brady in die Arme. »War der Schlüsseldienst da?«

Ihr Ex nickte. »Der Mann hat allerdings nur das Schloss aufgemacht.«

»Wieso hat er es nicht getauscht?«

»Das darf er nicht, wie ich es befürchtet habe, weil es eine Schließanlage ist. Die Hausverwaltung muss entscheiden, was jetzt passiert. Im schlimmsten Fall muss die komplette Anlage getauscht werden und das wird richtig teuer.«

»Und was passiert jetzt? Ich meine, mit mir.«

»Na ja, nichts vorerst. Du kannst wieder in die Wohnung, hast ja die Ersatzschlüssel, also …«

»Der Kerl, der meine Tasche hat, weiß, wo ich wohne. Und er besitzt jetzt meinen Schlüssel.«

»Was sagt die Polizei?«

»Dass er es wahrscheinlich nur aufs Geld abgesehen hatte.«

»Na also. Das denke ich auch. Der Drecksack hat den Inhalt aus deiner Geldbörse genommen und den Rest weggeworfen. Das kennt man ja.«

»Das kannst du nicht wissen.«

»Ach Sierra! In London werden tagtäglich hunderte Menschen beklaut. Diese Penner haben es nur aufs Geld abgesehen und garantiert nicht auf dich.«

»Meine Tasche hat mehr als zweitausend Pfund gekostet … wenn er sich auskennt, erkennt er das und denkt womöglich, da, wo die Tasche herkommt, ist vielleicht noch mehr zu holen als nur ein paar hundert Pfund in Scheinen.«

»Warum sollte er aufgrund einer vagen Vermutung herkommen und riskieren, aufzufliegen und geschnappt zu werden? Sicher bist du nicht sein einziges Opfer.«

»Das heißt, du schlägst vor, dass ich in der Wohnung bleiben soll?«

»Was willst du sonst machen?«

»Ich dachte, dass ich mit zu dir kann, bis das Schloss getauscht ist.«

»Das ist keine gute Idee, Sierra.« Brady klang, als spräche er mit einem Kleinkind. »Wir sind kein Paar mehr, okay? Und das ist auch besser so.« Er stoppte, sah sie an. »Ich kann den Schlüsseldienst anrufen und ihn bitten, dir übergangsweise eine Sicherheitskette anzubringen.«

Sierra lachte bitter. »Was soll der Schwachsinn? Jeder weiß, dass diese Dinger in null Komma nichts durchtrennt werden können.«

»Du bist doch paranoid.«

Sierra funkelte Brady an. »Ich bin überfallen worden, da ist es doch nachvollziehbar, dass ich ein wenig aus dem Takt bin, oder?«

»Du bist schon viel länger nicht mehr die Alte«, schoss Brady zurück. »Und das nicht erst, seit Lucy ...« Er hielt inne, zuckte vor ihr zurück. »He, warum blitzt du mich so wütend an? Was habe ich jetzt schon wieder Falsches gesagt?«

»Du benutzt ihren Namen nur, um mir wehzutun!«

Er schüttelte den Kopf. »Dir wehzutun und die Wahrheit auszusprechen, sind zwei Paar Schuhe.« Er sah sie eine Weile stumm an, dann verfinsterte sich sein Gesicht. »Ich bin nicht mehr dein Prellbock, kapier das endlich.« Er straffte die Schultern. »Zwei Blocks weiter ist ein kleines Hotel, in dem du ganz sicher noch ein Zimmer bekommst.«

VIER
KENDAL

2019

Lizzy zitterte am ganzen Körper, als sie aus dem Wagen ausstieg und in Richtung Eingang des Krankenhauses rannte, in dem ihre Mutter lag. Nach dem Telefonat mit Margret hatte sie innerhalb weniger Minuten ein paar Klamotten in eine Tasche geworfen und war – die Bedenken ihrer Mitbewohner in den Wind schlagend – überstürzt aufgebrochen.

Unterwegs hatte sie immer wieder anhalten und aussteigen müssen, weil sie von der Verzweiflung und den damit einhergehenden Tränen übermannt worden war. So hatte sie für die rund hundert Kilometer am Ende fast drei Stunden gebraucht und inzwischen war es fast Mitternacht.

Am Eingang der Klinik angekommen, stellte sie fest, dass die Tür verschlossen war. Sie seufzte, lief ums Haus herum, bis sie endlich den Zugang zur Notfallambulanz fand, drückte auf die Klingel.

Als die Stimme einer Frau erklang, zwang sie sich, ruhiger zu atmen. »Mein Name ist Lizzy. Lizzy Russel. Meine Mutter wurde vor ein paar Tagen eingeliefert. Sie ist sehr krank, ich muss dringend zu ihr.«

»Hier ist die Notaufnahme«, kam es blechern aus dem

Lautsprecher der Gegensprechanlage. »Sie müssen warten, bis Besuchszeit ist.«

Lizzy schluckte gegen die aufsteigenden Tränen an. »Bitte … Sie müssen mich hereinlassen«, stammelte sie. »Meine Mutter leidet an Krebs im Endstadium. Ich bin seit Stunden unterwegs, ich muss sie sehen.«

Eine Weile herrschte Stille, dann erklang ein blechernes Seufzen. »Der Nachname Ihrer Mutter lautet Russel? Ich sehe, was ich für Sie tun kann. Es kann ein wenig dauern.«

Lizzy stieß die Luft aus, schlang die Arme um ihren Körper. »Ich werde nicht weggehen, ehe ich sie gesehen habe.«

Der Lautsprecher gab einen letzten krächzenden Ton von sich, dann war es ruhig. Zu ruhig, in Anbetracht dessen, dass sie sich im Eingangsbereich der Notaufnahme befand. Sie sah sich um, entdeckte eine kleine Sitzgruppe an der gegenüberliegenden Seite der Glastür, setzte sich.

Die Minuten vergingen, vielleicht eine Stunde und Lizzys Verzweiflung steigerte sich in Panik. Ihre Mutter war todkrank, vielleicht lag sie im Sterben, und sie war dazu verdammt, hier herumzusitzen und wertvolle Zeit zu verschenken, die sie stattdessen mit ihr verbringen könnte.

Sie legte den Kopf in den Nacken, schloss die Augen.

Zum wiederholten Male fragte sie sich, ob sie die Anzeichen der schweren Erkrankung übersehen hatte. Ihre Mutter hatte bei ihren Telefonaten kaum anders geklungen als sonst. Ein wenig ruhiger vielleicht ... Auch als sie sie zum letzten Mal gesehen hatte, war ihr nichts Besonderes aufgefallen.

Oder doch?

Ja, sie hatte ein wenig an Gewicht verloren und blass ausgesehen, was Lizzy allerdings auf Stress im Job geschoben hatte. Auf ihre ständigen Doppelschichten.

Doch ansonsten …

Nichts.

Als Schritte ertönten, riss Lizzy die Augen auf, sprang

von ihrem Stuhl hoch. Ein junger Krankenpfleger kam auf sie zu, lächelte sie freundlich an. »Lizzy Russel?«

Sie nickte. »Ja, die bin ich.«

»Wären Sie so nett, mir Ihren Ausweis zu zeigen?«

Lizzy seufzte erleichtert, fummelte ihre Geldbörse aus der Handtasche, entnahm den Ausweis, hielt ihn dem Mann unter die Nase.

Er sah sie an und nickte. »Diesmal machen wir eine Ausnahme. Aber für die nächsten Tage müssen Sie sich wie alle anderen an die Besuchszeiten halten. Wir können da leider keine Ausnahme machen. Unsere Patienten brauchen dringend ihre Ruhezeiten.«

»Das verstehe ich. Könnte ich auch mit ihrem Arzt sprechen? Meine Mutter, sie hat mir nicht mitgeteilt, wie krank sie ist. Das alles kommt aus heiterem Himmel für mich.«

Der Pfleger warf ihr einen irritierten Blick zu, räusperte sich. »Schauen Sie mal auf die Uhr. Es ist mitten in der Nacht. Die diensthabenden Ärzte sind mit Notfällen beschäftigt. Sie müssen sich bis zur normalen Geschäftszeit gedulden.«

Knapp zehn Minuten später stand Lizzy vor der Tür eines Zimmers im dritten Stock des Krankenhauses. Sie streckte die Hand zur Klinke aus, spürte, wie ihr Puls sich beschleunigte. Obwohl sie die lange Anreise hinter sich hatte und im Wartezimmer versucht hatte, sich mental auf das, was sie erwartete, vorzubereiten, verkrampfte sich alles in ihr.

Sie holte tief Luft, drückte die Klinke herunter und betrat, vorsichtig einen Fuß vor den anderen setzend, das Krankenzimmer. Sofort fiel ihr ein merkwürdiger Geruch auf. Klinikgeruch vermischt mit etwas anderem. Etwas Dunklerem.

Sie hatte etwas Vergleichbares schon einmal gerochen,

als ihre Großmutter väterlicherseits im Sterben gelegen hatte.

Der Geruch des Todes.

Gab es so etwas oder spielten ihre Sinne verrückt?

Sie konnte nicht mal beschreiben, was es war, aber da lag etwas in der Luft, hier im Zimmer ihrer Mutter.

Ganz langsam ging sie auf ihr Bett zu, blickte auf die zierliche Person, die schlafend vor ihr lag. Sie sah aus wie ihre Mutter, doch Lizzys Verstand weigerte sich, sie mit der fröhlichen, lebenslustigen Person in Verbindung zu bringen, die sie im Inneren trug. In ihrer Erinnerung, in ihrem Herzen.

Der Brustkorb ihrer Mutter hob und senkte sich unter der Decke, doch Lizzy bemerkte, dass ihr das Atmen schwerfiel. Ein leises Rasseln drang bei jedem Atemzug aus ihrem leicht geöffneten Mund. Die Stirn ihrer Mutter war schweißbedeckt, das Gesicht sah eingefallen und nahezu grau aus. Sie schlief, doch sah sie dabei alles andere als friedlich aus.

Sie wirkt verkrampft, schoss es Lizzy durch den Kopf. So als litte sie unter starken Schmerzen.

Lizzy spürte, wie ihr der Boden unter den Füßen wankte, schaffte es nur mit Mühe, sich zu dem Stuhl am Fenster zu schleppen, ließ sich darauf nieder.

Eine Weile saß sie einfach nur da, zitternd und um Luft ringend. Dann schluckte sie, riss sich zusammen, rappelte sich wieder auf und ging auf leisen Sohlen zurück zum Bett.

Die Augen ihrer Mutter waren immer noch geschlossen und Lizzy wagte kaum, laut zu atmen. Sie wollte sie auf keinen Fall wecken. Stattdessen nahm sie den Stuhl und stellte ihn direkt neben dem Bett ab, ließ sich darauf nieder, um so lange dort auszuharren, bis ihre Mom von selbst aufwachte.

»Schatz? Lizzy …«

Die Worte erreichten Lizzy im Halbschlaf. Benommen schreckte sie hoch, spürte einen scharfen Schmerz durch ihren Nacken in die Wirbelsäule schießen, unterdrückte ein Stöhnen, als sie realisierte, wo sie war. Sie musste auf dem unbequemen Stuhl neben dem Krankenbett ihrer Mutter eingenickt sein.

Da lag ihre Mom mit einem schwachen Lächeln auf den Lippen und sah sie an.

Lizzy sprang auf, nahm die Hand ihrer Mutter in die ihre. »Maggy hat mir alles erzählt«, erklärte sie leise, verdrängte dabei ihre eigenen Gefühle, wollte nur da sein für ihre Mom. »Ich hab mir solche Sorgen gemacht, weil du dich nicht gemeldet hast.«

Ihre Mutter seufzte leise, schloss die Augen. »Genau das wollte ich nicht«, brachte ihre Mom mühsam hervor. »Du solltest unbeschwert deine Prüfungen durchziehen können. Ich wollte so sehr alles von dir fernhalten, was dich belasten oder dir das Leben schwer machen könnte.«

Lizzy blinzelte gegen die Tränen an. »Das war ein Fehler, Mom«, sagte sie schließlich fest. »Du kannst mich nicht vor allem beschützen. Und in dieser Situation …« Sie brach ab, holte Luft. »Ich hätte für dich da sein müssen. So wie du immer für mich da gewesen bist.«

Ihre Mutter hustete rasselnd, stöhnte schmerzerfüllt. »Du bist jetzt da, Liebes. Nur das zählt.«

»Und ich bleibe hier. Ich will mit einem Arzt sprechen. Irgendeine Behandlung muss es doch geben, damit du wieder gesund wirst oder dich zumindest besser fühlst.«

Ihre Mutter verzog das Gesicht, griff nach ihrer Hand, drückte sie schwach. »Lizzy«, sagte sie mit heiserer Stimme, während ihr Körper vor Anstrengung zitterte, »was dein Vater und ich getan haben … es tut mir leid … bitte glaube mir! Du … du musst dir einen Namen merken, ja? Lennart Jenkins … Er ist ein alter Freund und er wird dir helfen, bei allem, was auf dich zukommt, wenn ich …«

Ein weiterer Hustenanfall erschütterte den Körper ihrer Mutter, dann ertönte plötzlich ein Piepsen, das binnen Sekundenbruchteilen schneller und lauter wurde.

»Hilfe«, schrie Lizzy panisch vor Angst, starrte ihrer Mutter in die weit aufgerissenen Augen. »Du darfst mich nicht verlassen«, stammelte sie, spürte, wie die Welt um sie herum zu schwanken begann.

Sie bemerkte, dass die Tür aufgerissen wurde, es plötzlich von Menschen in dem Zimmer wimmelte.

Dann brach das Chaos aus.

»Schätzchen, es tut mir so leid«, schluchzte Margret, zog sie in ihre Arme. Eine Weile standen sie eng umschlungen und weinend, dann schob die Freundin der Mutter sie auf Armeslänge von sich weg. »Hast du noch ein paar Worte mit ihr wechseln können?«

Lizzy nickte, sah Maggy an. »Warum hat sie das getan? Wieso hat sie mir nicht einfach gesagt, dass sie krank ist? Stell dir vor, ich hätte dich gestern Abend nicht angerufen … Dann wäre sie gestorben, ohne dass wir einander noch einmal hätten sehen können.«

Die Freundin ihrer Mutter blinzelte gegen die Tränen an, schluckte angestrengt. »Am Anfang dachte sie, dass die Ärzte sich täuschten. Sie lief von Arzt zu Arzt, hoffte auf eine gegenteilige Zweitmeinung, doch geändert hat es nichts. Das ist auch der Grund, warum sie die Chemo ablehnte. Sie wusste, dass diese Therapie nur dazu da wäre, Zeit zu schinden und ihr Leiden zu verlängern. Ich vermute, sie wollte nicht, dass du sie nur noch als Schatten ihres Selbst in Erinnerung behältst und ihr Dahinvegetieren mitbekommst. Es war ihr Wunsch, dass du sie so, wie du sie kanntest, in Erinnerung behältst. Egal was sie tat, sie hat immer nur das Beste für dich gewollt.«

Lizzy schüttelte den Kopf. »Das hätte sie nicht tun

dürfen«, flüsterte sie verzweifelt. »Wir hätten ihre letzten Tage und Wochen gemeinsam verbringen können, das wäre das Beste für mich gewesen.«

Maggy sah sie eindringlich an. »So darfst du nicht denken. Sie war am Ende, verstehst du? Sie hatte starke Schmerzen, hohes Fieber, wurde jeden Tag schwächer. Es hat mich fast zerbrochen, dabei zuzusehen. Was denkst du, wie es dir ergangen wäre, wenn du das hättest miterleben müssen?«

Lizzy nickte, erinnerte sich schlagartig an die letzten Worte ihrer Mutter. »Sie hat etwas Seltsames zu mir gesagt, kurz bevor sie …« Sie brach ab, schnappte nach Luft. »Meine Mutter sagte, dass es ihr leidtue, was mein Vater und sie getan haben. Was genau meinte sie damit?«

Maggy starrte sie an, schüttelte irritiert den Kopf. »Ich weiß es nicht, Liebes. Vielleicht hat sie fantasiert?«

Lizzy schüttelte heftig den Kopf. »Sie war vollkommen klar, als sie das zu mir sagte. Und sie meinte, ich solle mir den Namen Lennart Jenkins merken.«

Margret riss die Augen auf. »Lennart Jenkins? Der Mann ist Notar, soweit ich weiß. Er ist ein alter Freund deines Vaters.«

»Warum wollte sie, dass ich mir diesen Namen merke?«

Margret zuckte hilflos mit den Schultern. »Keine Ahnung, Lizzy. Aber was hältst du davon, wenn wir jetzt erst einmal zu mir fahren, damit du zur Ruhe kommst? Du siehst vollkommen fertig aus, brauchst bestimmt ein wenig Schlaf.«

Lizzy hob die Hände, sah Magret gereizt an. »Ich habe gerade meine Mutter verloren … Bitte glaube mir, Schlaf ist das Letzte, was ich im Moment brauche! Und jetzt …«, sie brach ab, schüttelte verzweifelt den Kopf, »wäre ich gerne ein wenig alleine.«

Es war Mittagszeit, als sie die Treppen zur Wohnung ihrer Mutter hinaufstieg. Zuvor war sie stundenlang durch die Stadt gelaufen, in der sie aufgewachsen war, vorbei an ihrer alten Schule zu ihrem früheren Lieblingsspielplatz und all den anderen Orten, an denen sie glücklich gewesen war. Orte, die Erinnerungen an ihre gemeinsame Zeit mit ihrer Mutter bargen. Mit jedem weiteren Platz, an dem sie kurz verweilte, war ihre Verzweiflung gewachsen. Was sollte sie ohne sie nur tun? Sie hatte so viel mehr als nur ihre Mom verloren. Sie war doch auch ihre beste Freundin, ihr Halt im Leben, ihr Ein und Alles gewesen.

Mit einem dumpfen, alles überschattenden Gefühl der Trauer schloss sie die Tür zur Wohnung ihrer Mutter auf, betrat die Räume, in denen sie der vertraute Geruch nach Blumen und Limette empfing – das Parfum ihrer Mutter.

Diesen Duft würde sie unter Tausenden erkennen. Er fühlte sich wie Balsam auf ihrer Seele an, umhüllte sie tröstend, vermittelte ihr den Eindruck, alles würde wieder in Ordnung kommen. Fast rechnete sie damit, dass ihre Mutter jeden Augenblick aus einem der Zimmer käme, um sie in die Arme zu nehmen. Sie sank auf den Boden, brach in Tränen aus.

Eine Weile gab sie sich ihrer Trauer hin, dann rappelte sie sich auf, betrat das gemütliche Wohnzimmer, ließ sich auf das Sofa fallen. Schließlich nahm sie ihr Handy hervor, tippte den Namen ein, den ihre Mutter ihr ans Herz gelegt hatte, fand einen Notar namens Lennart Jenkins direkt in Kendal. Sie drückte auf Anrufen, wartete. Es dauerte nicht lange, dann war eine junge Frau am anderen Ende der Leitung, Jenkins' Sekretärin.

Sie brachte ihr Anliegen hervor, spürte, wie mit jedem ihrer Worte die Anspannung wuchs.

»Wenn ich Sie um einen Augenblick Geduld bitten dürfte«, flötete die junge Frau, gefolgt von Warteschleifenmusik. Keine Minute später rauschte es in der Leitung, dann erklang die Stimme eines Mannes. »Elisabeth? Elisabeth Russel?«

»Ja«, gab sie zurück, irritiert, dass er ihren richtigen Vornahmen kannte.

Ein Räuspern ertönte. »Ich habe gehört, was passiert ist, und möchte Ihnen mein tiefstes Mitgefühl ausdrücken.« Betreten brach er ab, gab ihr einen Augenblick. Dann erneut ein Räuspern. »Wir beide sollten uns schnellstmöglich zusammensetzen«, erklärte er eindringlich. »Ihre Eltern haben mir die Verwaltung und Betreuung des Familienvermögens anvertraut.«

»Familienvermögen?«, wiederholte Lizzy verblüfft. »Was für ein Vermögen? Meine Eltern waren arm wie Kirchenmäuse. Das Geld, das sie verdienten, reichte oft kaum bis zum Ende des Monats. Nach der Scheidung brauchte Mom zwei Jobs, um uns über Wasser halten zu können.«

Eine Weile herrschte Schweigen am anderen Ende der Leitung, dann ertönte ein leises Seufzen. »Als Ihre Eltern mich beauftragten, habe ich sie darauf hingewiesen, wie verwirrend es werden könnte, wenn sie Sie im Unklaren über ihre Vermögensverhältnisse lassen. Aber nun ja. Sie blieben dabei. Warum sie meinen Einwand ignorierten, kann ich nichts sagen, aber Fakt ist, dass Ihre Eltern Ihnen eine beträchtliche Geldsumme hinterlassen haben.«

Lizzy spürte ein Rumoren im Bauch, dann schoss bittere Galle in ihren Mund. Sie schluckte dagegen an. »Was meinen Sie mit beträchtlich?«, brachte sie mühsam hervor.

»Am besten kommen Sie in mein Büro. Die Angelegenheit ist zu heikel, um sie am Telefon zu besprechen. Ich hoffe, Sie sehen es mir nach.«

FÜNF
LONDON
2022

Lautes Gelächter riss sie aus dem Schlaf und zum gefühlt zehnten Mal verfluchte sie ihre Entscheidung, nicht in eine dieser Luxusbuden in der City gezogen zu sein, sondern in das winzige Hotel, das Brady vorgeschlagen hatte. Zwar befand es sich keine zehn Minuten Fußmarsch von ihrer Wohnung entfernt, das war aber auch das einzig Positive an ihrem Not-Domizil.

Eigentlich hätte sie sich in diesem Hotelzimmer sicher fühlen müssen, inmitten von Touristen und in der absoluten Anonymität einer Millionenmetropole. Dennoch war sie auch zwei Tage nach dem Überfall noch viel zu aufgewühlt, um ruhig schlafen zu können. Bis zum Morgengrauen hatte sie wach gelegen und gegrübelt, nur um beim ersten Sonnenstrahl, der durchs Fenster brach, in einen unruhigen Schlaf zu fallen.

Dabei hatte sie früh aufstehen und versuchen wollen, ein paar Seiten zu schreiben.

Mühsam blinzelnd richtete sie sich auf, schwang die Beine aus dem Bett, tappte los in Richtung Bad, als das Telefon klingelte. Außer Brady und der Polizei wusste keine Menschenseele, dass sie sich in diesem Hotel befand, was die möglichen Anrufer schon mal eingrenzte. Sie riss den

Hörer aus der Station, wusste selbst, dass sie zickig und gereizt klang, als sie ihren Namen nannte. Doch sie war noch immer sauer auf Brady, und falls er der Anrufer war, sollte er das ruhig hören.

Aber anstelle von Brady hörte sie die beflissen freundliche Stimme des Rezeptionisten. Eine junge Dame von der Polizei erwarte sie in der Lobby.

Sierra bedankte sich, schlüpfte in Windeseile in ihre Klamotten, machte sich ungeachtet dessen, dass sie sich weder gewaschen noch ihre Zähne geputzt hatte, auf den Weg nach unten.

Die junge Beamtin lächelte ihr freundlich entgegen. Ihr Name war Rosi, wie sich Sierra sofort erinnerte. Sie hielt etwas hinter ihrem Rücken verborgen.

Erst als Sierra vor ihr stand, zog sie es hervor, sodass Sierra ihre gestohlene Tasche erkannte.

»Sie wurde abgegeben?«, fragte sie verblüfft.

Die Polizistin nickte. »Gestern Abend schon. Eine Joggerin hat sie im Hydepark gefunden. Das gute Stück lag im Müll. Doch die junge Frau hat erkannt, dass sie dort nicht hingehört, und sie auf die Wache gebracht.« Sie reichte Sierra die Tasche. »Wären Sie so nett, nachzusehen, ob etwas fehlt?«

Sierra öffnete den Riegel, sah auf Anhieb, dass ihr Handy in seinem Fach steckte, genau wie ihr Schlüsselbund. Das Portemonnaie lag geöffnet am Boden der Tasche. Sie nahm es hervor, warf einen Blick in die einzelnen Fächer. »Das Geld ist weg«, erklärte sie der Beamtin. »Wie bereits bei meiner Anzeige erwähnt, weiß ich nicht exakt, wie viel ich bei mir hatte. Etwa vierhundert Pfund können es gewesen sein.«

»Und die Kreditkarten?«

Sierra hob die Schultern. »Ich hab nur Amex und Visa – beide sind noch da.«

»Haben Sie die Karten sperren lassen?«

»Ja, selbstverständlich.«

»Gut, ich rate Ihnen dennoch, sich neue schicken zu lassen mit geänderten Pins – nur für alle Fälle.«

Sierra nickte dankbar. »Und was meinen Schlüssel angeht? Würden Sie mir raten, ein neues Schloss in meine Wohnungstür einbauen zu lassen? Es handelt sich um eine hochwertige Schließanlage, die im Fall der Fälle komplett getauscht werden müsste. Nicht nur für meine Wohnung, sondern auch für den Keller, die Pooletage und die Tiefgarage sowie für alle Haustüren, ggf. sogar für die Wohnungstüren der anderen Bewohner.«

Die Polizistin runzelte die Stirn. »Sind denn alle Schlüssel noch vorhanden?«

Sierra zog den Bund hervor, ging jeden einzelnen Schlüssel durch, nickte. »Meinen Wagen konnte ich dank meines Ersatzschlüssels noch am Tag des Überfalls abholen. Er steht seither an einem sicheren Ort. Aber was die Wohnung angeht … Ich hatte schreckliche Angst, dort alleine zu sein, nachdem die Tasche mit jeglichem Inhalt fort war, und bin erst einmal in ein Hotel ausgewichen.«

»Das verstehe ich natürlich, doch nachdem sie wieder da ist und bis auf das Geld nichts fehlt, denke ich, dass Sie sich keine Sorgen machen müssen. Der Täter hatte es sicherlich nur auf Bares abgesehen, wie die meisten Diebe. Nachdem Sie die Tasche und alle Schlüssel zurückhaben, können Sie nach meiner Einschätzung wieder in ihre Wohnung zurückgehen.«

Eine knappe Stunde später hatte Sierra ihre Sachen gepackt und aus dem Hotel ausgecheckt. Gut gelaunt, aber todmüde machte sie sich auf den Weg nach Hause. Während des Packens hatte sie die Hausverwaltung angerufen, die gute Nachricht überbracht, dass der Schlüssel wieder da war. Dennoch wollte die Verwaltung zuerst mit den anderen Eigentümern sprechen, bevor eine Entscheidung hinsichtlich einer eventuellen neuen Schließanlage getroffen werden konnte.

Sie fühlte sich noch immer beschwingt, als sie die Haustür aufstieß und ins Treppenhaus trat. Sofort empfing sie der vertraute Geruch nach altem Holz und all den Düften, die vom Leben in diesem Haus zeugten.

Sie legte den Kopf in den Nacken, schnupperte. Ein neuer Duft lag in der Luft, übertönte alles Vertraute. Er roch nach frischen Blumen, gemischt mit süßen Beeren und ein klein wenig Popcorn. Ein Parfum, das einem jungen Mädchen gehören könnte. Allerdings gab es in diesem Haus kein junges Mädchen, zu dem dieser Duft passte. Als sie einen Windhauch im Nacken spürte, erschrak sie, wirbelte herum.

»Sorry, ich wollte Sie nicht erschrecken.«

Sierra wich zurück, starrte ins Gesicht der jungen Frau, die in einem Meter Abstand vor ihr stand und eine Kiste auf den Händen balancierte.

»Ich bin Hope«, stellte sie sich verschmitzt lächelnd vor. »Hope Clark. Ich habe die Wohnung im dritten Stock links gemietet.«

Sierra riss verwundert sie Augen auf. »Bei Jimmy? Sie ziehen bei Jimmy ein?«

Die junge Frau schmunzelte noch breiter. »Nicht ganz. Jimmy hat mir das Apartment für den Zeitraum von einem halben Jahr vermietet. Er sagte irgendwas von einem schlimmen Verlust und dass er deswegen erst einmal Abstand gewinnen wolle. Er möchte eine Weile verreisen, um auf andere Gedanken zu kommen, sich abzulenken.«

Sierra nickte. »Das verstehe ich. Und woher kennen Sie Jimmy?«

»Persönlich habe ich ihn nur zweimal getroffen. Einmal für das Bewerbungsgespräch und einmal zur Schlüsselübergabe. Ein guter Freund von mir arbeitet in Jimmys Firma. Er hat mir erzählt, dass sein Boss einen Untermieter braucht, der sich während seiner Abwesenheit um die Wohnung kümmert und sie in Schuss hält.«

Sierra legte den Kopf schräg, betrachtete die junge Frau etwas genauer. Sie hatte das Haar zu einem schulterlangen Stufenschnitt frisiert, war nicht geschminkt und trug hippe Klamotten, was es Außenstehenden schwer machte, ihr Alter zu schätzen. Sie konnte knapp achtzehn oder jünger, vielleicht aber auch schon dreißig sein. Aber das war es nicht, was sie fesselte. Sie hatte das Gefühl, sie zu kennen. Gut zu kennen.

Sie schüttelte den Gedanken ab, konzentrierte sich auf das, was Hope ihr mitgeteilt hatte. Es klang plausibel. Jimmy hätte seine Wohnung sicher nicht an eine Frau vermietet, der er nicht vertraute und die nicht mindestens volljährig war.

»Wenn Sie mögen, koche ich uns einen Tee?«, schlug Hope vor, sah sie abwartend an.

Sierra schüttelte etwas zu heftig den Kopf. Nach einem Plausch mit einer neuen Bewohnerin stand ihr nun wirklich nicht der Sinn. »Ich hab zu tun«, erklärte sie und sah sich kurz um. Erst jetzt bemerkte sie die gestapelten Kartons im Flur. Sie sah Hope an, grinste. »Außerdem vermute ich, dass Sie heute noch genug zu tun haben. Kommen Sie erst einmal an.«

Hope seufzte hörbar. »Wenn das ganze Zeug nur schon oben wäre …«

Sierra schmunzelte und deutete in Richtung Fahrstuhl. »Damit geht es deutlich leichter aufwärts. Sie müssen nicht alles in den dritten Stock schleppen.«

Hope biss sich auf die Unterlippe, sah Sierra an, als befürchte sie, sie könnte sie für irre halten. »Gute Idee für die falsche Person«, sagte sie zerknirscht. »Ich leide unter Klaustrophobie. Enge Räume bringen mich dazu, durchzudrehen. Deswegen bin ich auch noch niemals in meinem Leben in einen Aufzug gestiegen.«

Sierra lachte auf. »Sie müssen ja gar nicht selbst mit nach

oben fahren. Stellen Sie einfach ihre Kartons in die Kabine, drücken Sie auf den dritten Stock und laufen hoch, während ihre Sachen mit dem Aufzug unterwegs sind. Das ist ein altes Haus und ein in die Jahre gekommener Aufzug. So schnell ist der nicht. Wahrscheinlich überholen Sie das Ding locker.«

Hope biss sich verlegen auf die Lippe.

»Was ist, falscher Tipp?«, fragte Sierra auf den vorigen Tonfall Hopes eingehend.

»Das nicht, es liegt an mir ...« Sie zögerte. »Na schön, ich bin wohl ein krasser Sonderfall. Ich schaff nicht mal das. Ich kann nicht mal in eine Aufzugkabine hineinsehen, geschweige, etwas ins Innere schieben. Ich habe panische Angst davor, dass die Tür zugleitet, mich einklemmt … Ich weiß, das klingt ziemlich dämlich.« Sie lachte bitter, schüttelte den Kopf, während Sierra völlig verwirrt zum zweiten Mal ihre Gesichtszüge genauer studierte. Inzwischen wusste sie auch, an wen Hope sie erinnerte. Diese Ähnlichkeit … Die war einfach verblüffend.

»Stimmt etwas nicht?«, wollte Hope wissen und holte Sierra ins Hier und Jetzt zurück.

Sierra zuckte zusammen. »Nein, alles okay, aber wissen Sie was? Ich helfe Ihnen, die Kartons nach oben zu schaffen. Ich stelle Sie in den Aufzug und hole sie auch oben für Sie heraus und schiebe sie einfach in den Gang. Damit dürfte Ihnen doch geholfen sein, oder nicht?«

Hope stieß befreit den Atem aus. »Das wäre echt cool, danke!«

Knapp zehn Minuten später ließ Sierra sich mit einem Drink auf ihr Sofa fallen, schloss die Augen und visualisierte Hopes Antlitz.

Wie konnte es sein, dass jemand einer anderen Person auf so beängstigende Art und Weise glich? Und das nicht nur rein äußerlich. Da war noch so viel mehr an Hope, das sie an Lucy erinnerte.

Tränen schossen ihr in die Augen. Schnell trank sie ihr Glas leer, dann nahm sie ihr Handy, rief Brady an. Zwar war sie noch immer angepisst wegen seines gestrigen Verhaltens, doch sie wollte ihm unbedingt auch die guten Neuigkeiten mitteilen. Immerhin hatte er ihr trotz allem, was zwischen ihnen stand, geholfen.

Es dauerte einen Augenblick, doch als er schließlich dranging, seufzte Sierra erleichtert. »Ah, da bist du ja, ich wollte dir nur rasch Bescheid geben. Meine Tasche ist gefunden worden. Eine Joggerin hat sie zur Wache gebracht und es ist alles da, bis auf das Bargeld, das ich bei mir hatte.«

»Dann bist du wieder zu Hause?«

»Gerade eben angekommen.«

»Geht es dir gut?«

»Absolut fantastisch«, erklärte sie.

»Du hörst dich seltsam an, irgendwie aufgekratzt. So kenn ich dich gar nicht mehr. Das letzte Mal, dass du so geklungen hast, ist bestimmt ein Jahr her. Ist sonst noch was?«

Sierra überlegte kurz, ob sie die andere Neuigkeit für sich behalten sollte, entschied sich dann aber, es Brady zu sagen. »In Jimmys Wohnung ist eine junge Frau eingezogen«, erklärte sie.

»Was? Jimmy hat seine Wohnung vermietet?«

»Sieht ganz danach aus.«

»Wegen Leo?«

»Du wusstest davon?«

»Wir haben jahrelang im selben Haus gelebt. Natürlich weiß ich, dass Jimmys Lebensgefährte gestorben ist.«

Sierra holte tief Luft, schloss die Augen. »Diese Frau in Jimmys Wohnung …« Sie brach ab, als sie spürte, dass ihre Stimme zitterte.

»Was ist mit ihr?«

»Sie erinnert mich total an Lucy. Sie sieht aus wie sie, riecht wie sie und benimmt sich wie sie.«

»Was willst du damit sagen, verdammt?«

»Vielleicht ist das ein Zeichen, Brady.«

»Ein Zeichen? Wofür?«

Sierra überlegte fieberhaft, schnappte nach Luft. »Auf jeden Fall ein gutes Zeichen. Irgendwie war sie mir, obwohl wir einander gerade erst kennengelernt haben, auf Anhieb vertraut. Seit ich ihr begegnet bin, fühle ich mich … besser.«

»Moment mal, hab ich was verpasst?«

»Hast du nicht. Das ist alles, was ich sagen kann. Aber irgendwie fühle ich mich, als wäre ich Lucy begegnet – einer älteren Version von ihr. Einer Version, wie sie hätte sein können, wäre sie nicht …«

»Stopp!« Brady schnaubte zornig. »Sie war dreizehn, Sierra … Wie kann eine Erwachsene wie ein Teenager aussehen? Das ist nicht Lucy und auch nicht ein älteres Abbild von ihr. Du verrennst dich wieder mal völlig und drehst am Ende durch, wenn du merkst, dass alles nur ein Luftschloss war.«

Sierra schüttelte den Kopf. Sie hätte es wissen sollen, dass Brady so reagieren würde. Das tat er immer. Jedes verfluchte Mal, wenn sie etwas Positives sagte, hielt er dagegen und brachte sie damit auf die Palme. Gab ihr das Gefühl, als zweifelte er an ihrem Verstand.

Das war einer der Gründe dafür gewesen, warum sie in den letzten Monaten ihrer Ehe kaum noch ein vernünftiges Wort gewechselt hatten.

Sie holte tief Luft, dann räusperte sie sich. »Diesmal ziehst du mich nicht runter, klar! Dr. Friedman sagt, dass ich jeden Strohhalm ergreifen soll, um meine Trauer verarbeiten zu können. Und diese Frau … diese Hope … Sie ist für mich wie ein Licht am Ende des Tunnels.«

SECHS
KENDAL

2019

»Schön, Sie kennenzulernen«, begrüßte Jenkins sie und reichte ihr seine Hand. »Wenngleich die Umstände auch traurig sind.«

Lizzy nickte und folgte seiner einladenden Geste, mit der er sie in sein Büro bat.

»Setzen wir uns doch«, sagte er und wies auf eine Sitzgruppe, die aus zwei Sesseln und einem kleinen Tisch bestand. »Darf ich Ihnen einen Tee anbieten? Was Stärkeres vielleicht?«

Lizzy schüttelte den Kopf. »Ich möchte nichts, danke.«

Er setzte sich, wiegte den Kopf, seufzte. »Vielleicht eins vorab: Ihre Mutter und ich haben in den letzten Wochen viel Zeit miteinander verbracht.«

Lizzy zuckte zusammen.

»Rein auf geschäftlicher Basis natürlich«, warf er hastig hinterher. »Sie wollte alles in trockenen Tüchern wissen, damit es für Sie so einfach wie möglich wird.«

»Dann wussten Sie, wie krank sie war?«

Jenkins schüttelte den Kopf. »Wie schlecht es um sie stand, hat sie nicht gesagt, aber ich ahnte, dass etwas im Argen liegt. Dass es jedoch so schnell gehen würde …« Er räusperte sich, brach ab.

»Mir hat sie nichts gesagt«, stieß Lizzy aus. »Ich bin letzte Nacht ins eiskalte Wasser gestoßen worden und weiß noch immer nicht, wie ich damit fertig werden soll. Alles fühlt sich für mich völlig irrational an.«

Jenkins nickte ihr mitfühlend zu. »Das ist mehr als verständlich«, antwortete er. »Aber zumindest müssen Sie sich keine Geldsorgen mehr machen. Ihre Eltern haben all die Jahre sparsam gelebt, nichts von ihrem Vermögen angerührt, weil sie alles Ihnen vermachen wollten, damit Sie es einmal besser haben.«

Lizzy schluckte. »Das ist auch so eine Sache, die ich nicht verstehe. Woher kommt dieses Vermögen? Von wie viel Geld sprechen wir eigentlich?«

Jenkins setzte seine Geschäftsmiene auf, holte Luft. »Es handelt sich um knapp zwei Millionen Pfund.«

Lizzy stieß ein erschrockenes Grunzen aus, starrte den Notar an. »Das ist ein Scherz, nicht wahr?«

Er schüttelte den Kopf, stand auf und ging zu seinem Schreibtisch, kam wenig später mit ein paar Unterlagen zurück. »Das sind Ihre Kopien der Nachlassverträge. Sie werden sehen, dass ich keineswegs scherze.«

Sie klappte den Deckel des Hefters auf, las die ersten Zeilen auf dem obersten Papier, blätterte weiter, hatte innerhalb weniger Sekunden den Sinn der Formulare erfasst. Es stimmte, was Jenkins behauptet hatte. Ihre Eltern hatten ihr ein Vermögen hinterlassen, das aus annähernd zwei Millionen Pfund bestand.

»Was soll ich damit?«, fragte Lizzy vollkommen überfordert. »Hatten meine Eltern etwas Spezielles im Sinn, als sie Sie damit betraut haben, das Geld für mich zu verwalten?«

Jenkins schüttelte den Kopf. »Ich glaube, sie wollten einfach nur, dass sie versorgt sind.«

»Und woher stammt das Geld? Wie können zwei einfache Leute so viel Geld auf die Seite legen?«

Jenkins hob die Schultern. »Das haben Sie niemals erwähnt«, sagte er, doch Lizzy spürte, dass er etwas vor ihr verbarg. »Vielleicht haben sie es ebenfalls geerbt oder im Lotto gewonnen«, fuhr der Notar fort, als er ihren skeptischen Blick bemerkte. »Da gibt es viele Möglichkeiten und ich bin nicht da, um das zu hinterfragen.«,

Lizzy nickte, starrte erneut auf die Zeilen vor sich, lehnte sich schließlich zurück.

»Sobald wir es offiziell gemacht haben, lasse ich die Summe auf Ihr Konto anweisen«, teilte Jenkins ihr mit.

»Was brauchen Sie dafür?«

»Wir machen einen Termin für die Testamentseröffnung, bei dem meine Angestellte anwesend sein wird, um den ordnungsgemäßen Ablauf zu beglaubigen. Das war es dann auch schon. Passt es Ihnen im Laufe des nächsten Monats?«

»Ich fahre morgen zurück nach Manchester, komme aber zur Beerdigung nächste Woche wieder her. Wäre es möglich, beides zu verbinden?«

Jenkins schüttelte bedauernd den Kopf. »Das könnte knapp werden. Ihre Mutter hat mich damit betraut, eine Firma zu beauftragen, die sich um die Wohnungsauflösung kümmert. Ich würde das gerne baldmöglichst angehen, weil die anfallenden Kosten noch vom Nachlass abgehen, verstehen Sie?«

Lizzy zuckte zusammen. »Ihre Wohnung? Warum sollte sie gewollt haben, dass fremde Leute in ihrem Zeug herumwühlen?«

Jenkins verzog das Gesicht. »Es war ihr wichtig, dass sie damit nicht belastet werden.«

Lizzy stieß ein bitteres Lachen aus. »Mich nicht belastet? Sie ist gestorben. Und ich wäre um ein Haar zu spät gekommen, um sie ein letztes Mal zu sehen.«

»Ich verstehe, dass Sie wütend sind, vielleicht sogar verletzt, aber glauben Sie mir, Ihre Mutter wollte nur das Beste für Sie.«

Plötzlich fiel Lizzy etwas ein. Sie kramte in ihrer Hosentasche, zog einen Umschlag hervor, wedelte damit vor Jenkins Nase herum. »Den hab ich im Gang auf der

Kommode gefunden. Ihr Name steht darauf und es befindet sich ein Schlüssel darin. Was genau hat das zu bedeuten?«

Jenkins sah sie an, schaffte es jedoch nicht lange, ihrem Blick standzuhalten, wich ihm schließlich aus.

Er räusperte sich betreten. »Der gehört zu einer Miethalle, in der sich lauter Krempel befindet – so erklärte es mir Ihre Mutter. Sie hat angekündigt, dass sie diesen Schlüssel demnächst bei mir vorbeibringen will, doch das hat sie wohl nicht mehr geschafft.«

»Eine Halle?«, schoss es aus Lizzys Mund. »Davon höre ich jetzt zum ersten Mal.«

»Ihre Mutter wollte, dass ich mich darum kümmere, um Sie zu entlasten, genau wie sie mich mit dem Auflösen ihrer Wohnung betraut hat.« Er sah sie eindringlich an, zuckte mit den Schultern. »Das ist ihr Wunsch gewesen, Sie können es auch in den Unterlagen nachlesen. Meine Aufgabe ist es, den letzten Willen Ihrer Mutter zu erfüllen.«

Lizzy legte den Kopf in den Nacken, schloss für den Bruchteil einer Sekunde die Augen.

Was Jenkins ihr über den letzten Willen ihrer Mutter verkündet hatte, ergab keinen Sinn für sie. Und sie würde das auch nicht einfach hinnehmen. Sie wollte und brauchte Antworten. Ihre Mutter und ihr Vater hatten ihr so viel verschwiegen. Eine todbringende Krankheit. Zwei Millionen Pfund, ein Schlüssel, der zu einer Halle passte, in der sich angeblich nur Krempel befand, und die Tatsache, dass ihre Mom einem Fremden ihr Hab und Gut anvertraute, ihn sogar in ihren intimsten Besitztümern herumschnüffeln ließ. Und das Schlimmste, sie schloss sie von allem aus.

»Warum Sie?«, brachte sie es schließlich auf den Punkt. »Warum hat meine Mutter Sie ausgewählt, sich um alles zu kümmern?«

Jenkins lächelte. »Weil Ihr Vater und ich früher enge Freunde waren. Ihre Mutter vertraute mir und ich würde dieses Vertrauen niemals missbrauchen, auch das Ihre nicht.«

Lizzy dachte über seine Worte nach, starrte dann auf den Umschlag mit dem Schlüssel darin, den sie noch immer in der Hand hielt. »Wo ist diese Halle?«

Jenkins schüttelte den Kopf. »Ihre Mutter wollte nicht ...«

»Meine Mutter ist tot«, kommentierte Lizzy unnachgiebig. »Wo ist die Halle?«

Er nahm ein Blatt Papier zur Hand, notierte etwas darauf, schob es ihr über den Tisch hinweg zu. »Sie sollten sich das noch mal überlegen«, versuchte er es erneut. »Es war ihrer Mutter wirklich enorm wichtig, Sie von jeglichem Stress fernzuhalten«, erklärte er und zuckte zusammen, als sie aufsprang.

»Stress, von welchem Stress sollen Sie mich fernhalten?«

»Wie ich schon sagte«, Jenkins räusperte sich, als müsse er genau überlegen, wie er das zuvor Gesagte relativieren könne, »ich meinte das nicht wörtlich ...«

»Bitte, hören Sie auf mit diesem Geheimnisgetue, ich habe ein Recht auf die Wahrheit. Was meinten Sie eben?«

Lizzy musterte den Mann, bemerkte das verräterische nervöse Blinzeln seiner Augen, war sich jetzt absolut sicher, dass er viel mehr wusste, als er zugeben wollte. Egal ob er nun log oder ihr nur einen wichtigen Teil der Wahrheit vorenthielt, sie musste verdammt noch mal herausfinden, was der Grund für all das war!

SIEBEN
LONDON

2022

Sierra wollte sich gerade etwas zu essen machen, als sie leise Musik wahrnahm. Sie stoppte in der Bewegung, legte das Messer beiseite, ging ins Wohnzimmer, lauschte Adeles Song. Ihr wurde warm ums Herz. Diesen Song hatte Lucy über alles geliebt, ihn oft bis zu zwanzig Mal am Tag gehört und Brady und sie damit fast in den Wahnsinn getrieben.

Noch lange nach der Tragödie hatte Sierra den Song nicht hören können. Wenn er im Radio gespielt wurde, hatte sie den Sender gewechselt, wenn er irgendwo da draußen gespielt wurde, hatte sie die Flucht ergriffen. Doch jetzt, hier und heute, fühlte er sich seltsam tröstlich an, beinahe wie eine sanfte Umarmung.

Der Song kam aus der Wohnung unter ihr. Aus Jimmys Apartment. Da, wo Hope eingezogen war.

Sierra setzte sich in den Ohrensessel, lauschte den leisen Klängen, schloss die Augen.

Aber sie konnte nicht entspannen, noch immer geisterte das Telefonat mit Brady in ihrem Kopf herum und ihre Wut auf ihn flackert erneut auf.

Was hatte der Kerl nur an sich, dass er es immer wieder schaffte, sie runterzuziehen? Ging es ihr eh schon beschei-den, sorgte er dafür, dass sie sich noch mieser fühlte als zuvor. Selbst wenn sie mal einen ihrer eher seltenen guten Tage hatte, brauchte es oft nur einen Satz von ihm und ihre Stimmung kippte.

Warum legte er es darauf an?

War er immer noch wütend auf sie?

Weil sie nach der Tragödie alles in Frage gestellt hatte?

Ihr Leben, ihre Zukunft, den Sinn des Weitermachens?

Männer und Frauen trauern auf verschiedene Art, hatte einer der Ärzte im Krankenhaus ihr erklärt, nachdem sie damals mit einer Überdosis an Schlaftabletten eingeliefert worden war. Sie hatte nicht so viel genommen, dass es hätte gefährlich für sie werden können, und doch genug, um eine Weile außer Gefecht zu sein.

Bradys hatte sie damals im Krankenhaus besucht und noch immer grübelte sie darüber nach, was er dabei empfunden hatte. Sein Gesichtsausdruck war schwer zu deuten gewesen. Echte Sorge hatte sie nicht darin erkannt. Er hatte sie eher mit einem Hauch von Mitleid und Resignation angesehen. So wie man jemanden mustert, der einem noch nicht vollkommen egal war, aber auch nicht wichtig genug, um sich um ihn zu kümmern.

Manchmal, wenn er sie ansah, fürchtete sie, er könne ihre finstersten Gedanken lesen. Und das bewirkte, dass sie sich nackt und schutzlos vorkam, was sie zusätzlich in die Defensive drängte. Sie hasste es zutiefst, sich schwach und bedürftig zu fühlen.

Sie öffnete die Augen, zwang sich, nicht mehr über Brady nachzugrübeln. Aber schon nach wenigen Sekunden kreisten ihre Gedanken wieder um ihn. Gleich nach ihrer Trennung hatte sie sich in Selbstmitleid gewälzt und alles für einen schrecklichen Fehler gehalten. Zeitweise ging es ihr heute noch so. Oft, wenn sie nachts allein in ihrem Bett lag, wünschte sie verzweifelt, er würde kommen, sie in die Arme schließen, bis sie eingeschlafen war. Es gab Momente, in denen sie sich nach ihm verzehrte und kurz davor war, ihn anzuflehen zurückzukommen.

Zugleich konnte sie über ihren Zustand reflektieren. Wenn sie eine Protagonistin in ihren Büchern dermaßen zerrissen dargestellt hätte, wäre dies spätestens bei der Überarbeitung mit ihrer Lektorin als unglaubwürdig angekreidet worden. Im Nachgang hätte sie die Leidtragende allmählich aus ihrem Elend erwachen oder aktiv werden lassen.

Den gleichen Vorsatz fasste sie selbst jedes verdammte Mal, wenn sie sich mit Brady traf oder mit ihm unterhielt. Die spürbare Distanz, die längst zwischen ihnen klaffte, erschien ihr unüberwindbar.

Das schmerzte. War aber vielleicht nur das altbekannte Phänomen, dass man am meisten begehrte, was unerreichbar war. Auch eine Erkenntnis, die sie in ihren Büchern schon häufig thematisiert hatte.

Aber war sie nicht selbst schuld? Hatte sie nicht durch ihre selbst gewählte Isolierung von allen, die ihr wichtig gewesen waren, dafür gesorgt, dass sie jetzt allein und einsam war?

Sie stieß die Luft aus, als ihr Carol einfiel, ihre engste und einzige Freundin, die sie auch von sich gestoßen hatte.

Nach der Tragödie um Lucy und dem darauf folgenden Auszug ihres Mannes hatte sie wochenlang Carols Anrufe ignoriert, ihr den Zutritt zu ihrer Wohnung verwehrt. Sie hatte einfach niemanden in ihrer Nähe ertragen, der ihren Schmerz weder teilte noch nachvollziehen konnte.

Erst später hatte sie von Brady erfahren, wie sehr sie Carol mit ihrem Rückzug verletzt hatte.

Sierra stieß ein bitteres Lachen aus.

Laut Brady erwartete Carol einen Anruf von ihr, eine Entschuldigung, weil sie sie so behandelt hatte. Doch bei allem Verständnis dafür, dass Carol sich zurückgestoßen fühlte, war Sierra dazu nicht bereit. Es fühlte sich falsch an, sich für etwas zu entschuldigen, was eine Freundin doch hätte verstehen müssen. Sie war eine Frau, die getrauert hatte, der das verdammte Herz in Fetzen gerissen worden war.

Die Musik verstummte.

Sierra gab sich einen Ruck.

Was machte sie hier eigentlich?

Warum grübelte sie ständig vor sich hin, statt aufzustehen und wieder am Leben teilzunehmen? Warum folgte sie nicht einfach ihrem Herzen und einer Einladung? Sich Mut machend stieß sie den Atem aus.

Genau das würde sie jetzt tun.

Aber nicht mit leeren Händen.

Sie stand auf, ging in die Küche, nahm eine Flasche Weißwein aus dem Kühlschrank, eine teure Tafel Schokolade aus dem Fach, in dem sie die Süßigkeiten aufbewahrte, legte alles in einen leeren Korb. Obendrauf packte sie eine Dose Kekse von Fortnum & Mason.

Sie blickte an sich herab. Konnte sie so rausgehen? Sie trug bequeme Jeans, ein einfaches Shirt, Sneakers. Alles passend für einen lockeren Besuch bei ihrer neuen Nachbarin. Sie machte sich auf den Weg nach unten.

Als sie vor der Tür von Jimmys und Leos Wohnung stand, horchte sie in sich hinein, atmete tief durch, dann drückte sie auf die Klingel.

Keine zwei Sekunden später hörte sie leise Schritte, dann wurde auch schon die Tür geöffnet. Als Hope sie erkannte, grinste sie, trat beiseite.

»He, was für eine nette Überraschung, kommen Sie doch rein.«

Sierra reichte ihr das Präsent, betrat die Wohnung, blieb unschlüssig im Gang stehen. »Ich hoffe, ich überfalle Sie nicht?«

»Ich bin gerade damit fertig geworden, meine Sachen einzuräumen. Eine kleine Pause kommt da gerade recht.«

Sie sah aufs Etikett der Weinflasche. »Liest sich, als wärs ein edles Tröpfchen.«

Sierra hob die Schultern. »Es gibt sicherlich bessere, aber ich mag, dass er leicht und fruchtig schmeckt.«

»Klingt gut.« Hope grinste noch breiter. »Genau mein Geschmack, kommen Sie.«

Sierra folgte ihr in die Küche.

Hope kramte einen Korkenzieher aus einer der Schubladen, machte sich an der Flasche zu schaffen, ohne wirklich weiterzukommen.

Sierra lachte. »Lassen Sie mich das übernehmen. Ich habe Übung.«

Hope reichte ihr die Flasche, sah sie unter ihren dichten dunklen Wimpern schüchtern an. »Wäre es okay, wenn wir uns duzen?«

»Oh …« Sierra nickte erfreut. »Natürlich, gern.« Sie öffnete die Flasche, gab sie sie Hope zurück und sah ihr zu, wie sie etwas von der goldgelben Flüssigkeit in zwei Gläser verteilte. »Sollen wir ins Wohnzimmer gehen?«

Sierra nickte, folgte ihr und wartete, bis Hope sich aufs Sofa gesetzt hatte. Sie selbst setzte sich auf einen Sessel ihr gegenüber und nahm dankend das gereichte Glas. Dabei bemerkte sie ein Buch auf dem Tisch vor ihr. »Du magst Lovecraft?«, fragte sie und spürte, wie eine eisige Hand sich um ihr Herz schloss.

Hope lachte. »Nicht nur ihn. Ich liebe die ganze Palette der Horrorklassiker. Poe, Shelly, Stevenson ...« Sie brach ab, seufzte. »Manchmal träume ich mich in deren Zeit zurück. Ich glaube, damals war alles einfacher als heute. Sicher, die Menschen wurden nicht so alt wie wir heute, aber dennoch habe ich das Gefühl, sie hatten ein besseres Leben. Alles war einfacher, unmittelbarer ... ich weiß auch nicht, wie ich es erklären soll.« Sie sah auf, legte den Kopf schräg. »Jetzt denkst du sicher, ich spinne.«

Sierra schüttelte den Kopf, versuchte vergeblich, ihre Tränen zurückzudrängen.

Hope sah sie erschrocken an. »Was ist? Habe ich etwas Falsches gesagt?«

»Nein«, versicherte Sierra hastig und wischte sich mit dem Handrücken über die Augen. »Das ist es nicht. Aber gerade eben hast du eine ähnliche Formulierung benutzt wie jemand, den ich verloren habe. Auf eine beängstigende Weise, die wiederum ich nicht erklären kann, erinnert du mich an sie.«

Hope sah sie ernst an, sagte aber nichts.

»Es ist nicht nur dein Aussehen, sondern auch die Art, wie du sprichst, dein Lachen, deine Mimik und Gestik, dein Musikgeschmack, deine Vorliebe bei Büchern. Das alles erinnert mich an Lucy, meine verstorbene Tochter.«

Hope schnappte nach Luft. »Ich … das tut mir leid.«

Sierra sah, dass Hope kurz ihren Blick mied und dann herumdruckste, als würde sie überlegen, was sie antworten solle.

»Es war Krebs«, erklärte Sierra schließlich. »Leukämie, um genau zu sein. Meine Tochter erkrankte daran mit elf Jahren und zwei Jahre später ist sie gestorben. Dieser Schmerz, die Trauer, der Verlust war und ist schlimmer als alles, was ich jemals zuvor gespürt habe. Als Brady auszog, tat es auch weh, aber Lucy zu verlieren, hat mir den Boden unter den Füßen weggezogen. Eine Zeit lang hatte ich jeden Lebenswillen verloren.«

»Das kann ich verstehen.«

»Es geht mir immer noch nicht wirklich gut. Ich schaffe es ja nicht einmal mehr, eine vernünftige Zeile zu schreiben.«

»Was meinst du damit?«

»Na ja, ich schreibe beruflich. Ich schreibe Bücher.«

»Du bist Autorin? Eine echte Schriftstellerin?«

»Ja, das war ich zumindest. Keine Ahnung, ob ich es jemals wieder sein werde.«

Eine Weile herrschte Schweigen zwischen ihnen, dann

war es Hope, die die Stille durchbrach, indem sie das Thema wechselte. »Ich muss dir auch was gestehen ...«

Sierra sah überrascht auf. »Gestehen ...?«

»Ja!« Hope lächelte verlegen. »Als ich dich heute zum ersten Mal gesehen habe, war es auch bei mir irgendwie seltsam ...«

»Ja?«, fragte Sierra mit Herzklopfen, das sie sich erneut nicht erklären konnte.

»Ich hatte solche Angst, in dieses Haus einzuziehen. Zum ersten Mal nach der Trennung von meinem Ex wieder alleine zu wohnen, konnte ich mir nicht mal vorstellen. Fast hätte ich einen Rückzieher gemacht und wäre umgekehrt. Doch dann kamst du zur Tür herein und irgendwie wusste ich plötzlich, dass ich es schaffen kann. Ich weiß, wie seltsam das klingt. Aber irgendwie erschien es mir, als sollten wir uns treffen. Als wollte uns das Schicksal einen Wink mit dem Zaunpfahl geben. Entschuldige, das klingt wirklich zu kitschig, oder?«

»Überhaupt nicht.« Sierra lächelte. »Und was genau denkst du, will uns das Schicksal sagen?«

»Scheißt auf die Kerle und packt das Leben selbst bei den Eiern!«

Sierra lachte. »Wieder ein Satz, der genau so von Lucy hätte stammen können ... wenn sie hätte älter werden dürfen. Sie war eine kleine Rebellin.« Sie nickte Hope zu, hob ihr Weinglas. »Dann lass uns mal anstoßen.«

Hopes Augen leuchteten. »Und auf was?«

»Na auf uns natürlich! Und auf gute Nachbarschaft.«

Als sie am Abend leicht angetrunken in ihrem Bett lag und über die letzten Stunden mit Hope nachdachte, fühlte Sierra sich so gut wie lange nicht mehr.

Sie hoffte wirklich, dass Hope und sie Freundinnen wurden, was nicht nur daran lag, dass die junge Frau sie an ihre tote Tochter erinnerte. Sie mochte Hope, ihre lockere und flapsige Art, einfach rauszuhauen, was ihr auf der Zunge lag, ihr ansteckendes Lachen, ihre Lebendigkeit und ihre Lebensfreude. Sie war das genaue Gegenteil von ihrem eigenen heutigen Selbst und gleichzeitig eine Art Abbild ihres früheren Ichs.

Es war viel zu lange her, dass Sierra ein solches Energiebündel gewesen war, von der Zukunft geträumt, sie sich in den buntesten Farben ausgemalt hatte.

Mit einem unbewussten Lächeln schloss sie ihre übermüdeten Augen, spürte, wie der Schlaf sie übermannte, als ein Geräusch sie aufschrecken ließ.

Sie riss die Augen auf.

Lauschte.

Ein Knarzen.

Leise Schritte auf Holz.

Dann eine Art Wimmern.

Sie richtete sich auf.

Was war das, verdammt?

Sie schwang die Beine aus dem Bett, stand auf, folgte dem Geräusch, doch es schien von überall und nirgendwo herzukommen, wurde sekündlich lauter.

Das Wimmern ging in ein Heulen über, das leise Knarzen in eine Art hektisches Scharren oder Kratzen.

Irgendwie klang es, als käme dieses Geräusch aus den Wänden.

Sierra spürte, wie sich die feinen Härchen in ihrem Nacken aufstellten. Was hatte das zu bedeuten?

Wahrscheinlich nur eine Maus, schoss es ihr durch den Kopf, und obwohl sie Nager hasste, ging es ihr besser.

Sie atmete einmal tief durch und beschloss, wieder ins Schlafzimmer zu gehen.

Ein lang gezogener Schrei erklang.

Scheinbar direkt vor ihr.

Spukte es hier?

Sie wich zurück, krachte vor Schreck mit dem Rücken gegen die Wand, keuchte.

Für einen Moment war es ruhig in der Wohnung, beinahe unerträglich still. Sie krümmte sich, verstand nicht, wieso dieses Fehlen von Geräuschen sie noch mehr erschreckte als die unheimlichen Laute zuvor.

Dann hörte sie es wieder …

Erst ein leises Scharren, begleitet von einem Wimmern, das sich schließlich in einen furchtbaren Schrei verwandelte, der sie erstarren ließ.

Der Schrei eines kleinen Kindes …

ACHT
KENDAL

2019

Lizzy trat aus dem Haus, in dem sich das Büro des Notars befand, und schnappte nach Luft.

Das alles war zu viel gewesen.

Sie schluckte gegen die Übelkeit an, hatte das Gefühl, keine Luft mehr zu bekommen. Zuerst diese tagelange Funkstille zwischen ihrer Mom und ihr. Dann die schrecklichste aller Neuigkeiten von Maggy und jetzt das ...

Die Tatsache, dass ihre Eltern all die Jahre ein eher bescheidenes Leben geführt hatten, nur um ihr einen Batzen Geld vererben zu können, wollte einfach nicht in ihren Kopf hinein.

Woher stammte das Geld?

Jenkins' ausweichende Erklärungen hatten sie misstrauisch gemacht und sie war sich sicher, dass er ihr bewusst etliches verschwieg. Wahrscheinlich hatten ihre Eltern das so verfügt und das Pflichtbewusstsein des Anwalts verbot es ihm, ihr die Wahrheit zu sagen.

Aber was war die Wahrheit?

Nicht mal die Adresse dieser dubiosen Lagerhalle hatte er ihr geben wollen. Doch sie hatte darauf gepocht. Als Alleinerbin habe sie das Recht, alles zu sehen, was ihre Eltern hinterlassen hatten. Somit müsse er ihr auch Zugang zu sämtlichen Besitztümern gewähren. Ein wenig schämte sie sich, wie sehr sie den Freund und Vertrauten ihrer Eltern damit unter Druck gesetzt hatte. Zugleich war sie viel zu aufgewühlt, um sich länger mit Jenkins' Gewissensbissen zu beschäftigen.

Sie brauchte Antworten – auch von Mutters bester Freundin, die ebenfalls zu geheimnisvoll getan hatte.

In ihrem Smartphone suchte sie Maggys Kontakt, drückte auf Wählen. Maggy meldete sich schon nach einer Sekunde, als habe sie nur auf ihren Anruf gewartet.

»Wusstest du von der Kohle?«, schoss es aus Lizzys Mund.

»Was meinst du, Schatz?«

Lizzy stieß ungeduldig die Luft aus. »Mom hat sie mir vererbt. Es sind fast zwei Millionen Pfund, Maggy! Wusstest du, dass meine Mom eine verdammte Millionärin war?«

Für eine Weile herrschte Schweigen in der Leitung, dann erklang ein Räuspern. »Wie ich sagte, meine Kleine. Deine Mom und ich verstanden uns gut, waren Freunde, aber wirkliche Nähe war da nie zwischen uns. Sie hat alles und jeden auf Abstand gehalten und ich konnte mir nie einen Reim darauf machen, warum sie so vorsichtig war. Doch jetzt …« Sie brach ab, schien nachzudenken. »Zwei Millionen sagst du?«

»Fast auf den Penny, ja. Von dem Geld muss ich zwar den Notar bezahlen, aber das ist die Summe, die sie mir vermacht hat.«

»Ich habe keine Ahnung, woher das Geld kommt, Süße. Deine Mutter … deine Eltern … wer weiß, was es da in ihrer beider Vergangenheit gegeben hat. Da ist vieles rätselhaft.«

»Wovon sprichst du?«

»Na das Verhältnis der beiden. Deine Mutter hat es zwar nie zugegeben, doch das musste sie auch nicht – sie hat nie aufgehört, deinen Vater zu lieben. Und ich schätze, dass es umgekehrt genau dasselbe war. Und was dieses viele Geld angeht, das sie offenbar besaßen und nicht wollten. Ich vermute, dass das auch etwas mit ihrer beider Vergangenheit zu tun hat ...«

»Ja ja«, unterbrach Lizzy sie ungeduldig. »Ich nehme an, dass du auch darüber nichts weißt.«

»Nein, tatsächlich wollte sie nie mit mir darüber sprechen.«

»Weißt du wenigstens, was es mit dieser Lagerhalle auf sich hat, die Mom gemietet hatte? Hat sie je darüber gesprochen?«

»Nein, warum fragst du?«

In wenigen Sätzen berichtete sie Maggy von ihrem Besuch bei Jenkins und wie sehr er sich gesträubt hatte, ihr weitergehende Auskünfte zu geben.

»Dann willst du jetzt zu dieser Halle?«

Lizzy dachte einen Augenblick darüber nach, holte Luft. »Das muss ich wohl, wenn ich Antworten bekommen will, Maggy. Vielleicht finde ich dort etwas, was mir weiterhilft.«

»Dann komme ich mit!«

Lizzy schloss die Augen, schluckte angestrengt. »Sei mir bitte nicht böse, aber das muss ich jetzt ganz allein durchziehen.«

Die Lagerhalle stand außerhalb der Stadt, in einem kleinen Gewerbepark.

Neben der Halle ihrer Eltern befanden sich etliche andere Lager auf dem Grundstück. Erleichtert bemerkte Lizzy, dass sie zumindest im Moment allein auf dem Gelände war, und ließ sich Zeit bei der Suche nach der richtigen Halle.

Es dauerte eine Weile, bis sie das Tor mit der passenden Nummer endlich gefunden hatte. Sie atmete tief durch, als sie den Schlüssel in das Schloss steckte und hörte ein leises Knirschen.

Es war so weit.

Auf der Fahrt hierher hatte sie darüber gerätselt, was genau ihre Eltern in diesem Lager verstaut haben mochten. Endlich hier zu stehen und gleich die Tür zu öffnen, fühlte sich an, als sei sie ein kleines Kind am Abend vor dem Weihnachtsmorgen.

Sie holte tief Luft, trat ein, suchte an der Wand nach einem Lichtschalter. Als es im Innern der Halle hell wurde, schloss sie für den Bruchteil einer Sekunde die Augen, öffnete sie dann wieder, spürte, wie ihr Herzschlag sich beschleunigte.

Unzählige Kisten stapelten sich teils bis zur Decke.

Was zur Hölle war das alles?

Sie krempelte die Ärmel ihrer Strickjacke hoch, zerrte einen der oberen Kartons herunter, stellte ihn auf dem Boden ab, öffnete ihn ... und zuckte irritiert zurück.

Stapel von Kleidungsstücken? Alles in Pastellfarben und winzig klein.

Sie griff hinein. Zog einen rosafarbenen Babystrampler hervor, schüttelte den Kopf.

Ihre Mutter hatte also ihr altes Babyzeug aufgehoben. Na und? Aber wieso dann diese Geheimniskrämerei? Warum hatte sie nicht gewollt, dass sie davon erfuhr?

Sie durchwühlte den Inhalt des Kartons, doch er enthielt ausschließlich ausrangierte Babyklamotten.

Schließlich nahm sie sich den nächsten Karton vor. Auch er enthielt Babykleidung. Dann den nächsten und einen weiteren. Nur Babykleidung über Babykleidung.

Am Ende hatte sie sechs aufgerissene Kartons vollgestopft mit Babysachen vor sich. Einige Kleidungsstücke waren so verwaschen, dass sie nicht mehr tragbar waren. Warum hatte ihre Mutter diesen Müll trotzdem aufgehoben?

Sie hätte sich doch denken können, dass Lizzy – sollte sie jemals selbst Kinder haben – ihnen kaum diese schäbigen Sachen anziehen würde.

Es folgten Kartons mit Kleidung für Kleinkinder – Massen davon. Viele der Kleidungsstücke waren gleichfalls dermaßen abgetragen, dass sie nur noch als Lumpen taugten.

Lizzy runzelte die Stirn. Warum hatte ihre Mutter diese Sachen aufgehoben?

War sie etwa ein Messie gewesen?

Heimlich, alles auslagernd, damit keiner etwas davon mitbekam?

Schließlich kamen Kisten voller Spielzeug.

Baby- und Kleinkindspielzeug, einiges davon bereits kaputt. Lizzy setzte sich mitten auf den Boden, betrachtete das zuletzt ausgepackte Spielzeug und wunderte sich. Wieso erinnerte sie sich an keines davon?

Wenigstens die Puppen müssten ihr doch bekannt vorkommen. Aber sie war absolut sicher, nie damit gespielt zu haben. Da waren Plüschtiere, die vollkommen zusammengenuckelt aussahen, ohne dass sie sich erinnerte, ein solches je besessen zu haben.

»Was ist das für ein Zeug?«, murmelte sie, zog einen weiteren Karton zu sich heran, öffnete ihn.

Im Inneren fand sie Bilderbücher für kleine Kinder, Märchenbücher und ein paar Tierbücher, von denen sie einige zwar erkannte, nur dass ihre eigenen in einem viel besseren Zustand gewesen waren und sich – da war sie absolut sicher – in einem der Regale in der Wohnung ihrer Mutter befanden.

Wem gehört das ganze Zeug hier?

Sie riss am nächsten Karton, fand einen Stapel Alben darin, nahm eines davon heraus, warf einen Blick hinein.

Als sie sah, dass es das Hochzeitsalbum ihrer Eltern war, kamen ihr die Tränen. Sie legte es auf die Seite, um es mitzunehmen. Es hier in dieser kalten Halle anzusehen, fühlte sich falsch an. Das nächste Album war ein Sammelsurium von unterschiedlichen Aufnahmen aus der Vergangenheit.

Ihre Eltern auf Partys oder irgendwelchen Volksfesten, auf Reisen, ihre Mutter hochschwanger, ihr Vater, der sie fest im Arm hielt, grinsend wie ein Honigkuchenpferd.

Sie wischte sich die Tränen aus den Augen. Auf all diesen Bildern sahen ihre Eltern so glücklich miteinander aus. Dass sie sich später getrennt hatten, fühlte sich beinahe surreal an.

Sie klappte das Album zu, legte es zu dem anderen, das sie mitnehmen wollte. Dann holte sie das nächste Album aus dem Karton.

Gleich auf der ersten aufgeklappten Seite sah sie ein Foto ihrer Mutter mit zwei gleich aussehenden Babys im Arm. Sie lag in einem Krankenhausbett.

Lizzy erstarrte. Was bedeutete das?

Sie schloss die Augen, holte tief Luft, öffnete sie dann wieder. Wer waren diese Kinder?

Sie beugte sich nach vorn, bis sie das Foto fast mit der Nasenspitze berührte, doch das änderte nichts. Die Frau auf dem Bild war ihre Mutter. Und bei den Babys schien es sich um ihre Kinder zu handeln, so liebevoll wie sie diese anblickte.

Sie blätterte weiter, sah ein Bild ihres Vaters mit den gleichen Kindern im Arm. Ein weiteres, auf dem jeweils eins der Kinder bei einem Elternteil auf dem Schoß saß.

Lizzy spürte, dass sie am ganzen Körper zitterte, als sie endlich begriff. All dieses Zeug in den Kisten und Kartons hatte nicht ihr, sondern diesen beiden Kindern auf den Fotos gehört.

Sie blätterte um. Auf weiteren Seiten des Albums waren nur die Babys zu sehen, Zwillingsmädchen. Mal schlafend, mal beim Füttern fotografiert, dann beim Krabbeln und als sie ihre ersten Schritte machten. Es folgten Aufnahmen vom ersten Geburtstag. Weiterblätternd sah sie Fotos, die am Meer aufgenommen worden waren.

Sie wollte das Album schon beiseitelegen, als ihr Blick auf das Haus im Hintergrund fiel.

Sie starrte darauf.

Das Haus war ihr vollkommen fremd.

Sie war sicher, dort nie gewesen zu sein.

Irritiert betrachtete sie Aufnahmen des Gartens, dann wieder die des Hauses, das fast schon eine Villa war. Doch nichts davon löste eine Reaktion bei ihr aus. Nichts davon berührte sie. Ihr war alles völlig fremd.

Wo zum Teufel hatten ihre Eltern damals gelebt?

Und warum zum Henker wusste sie nicht, dass sie Geschwister hatte?

Sie spürte, dass eine Migräne im Anmarsch war, zog das letzte Album hervor. Darin befanden sich weitere Aufnahmen der Mädchen im Alter zwischen zwei und vier Jahren. Mittendrin kamen nur noch leere Seiten. Verwundert blätterte sie dennoch bis zum Ende durch, doch da war nichts …

Was bedeutete das?

Sie spähte in den Karton, fand auch hier kein weiteres Album.

Sie sprang auf, riss einen Karton nach dem anderen auf, durchwühlte jeden einzelnen. Vergeblich.

In den übrigen Kisten befanden sich nur alter Hausrat, Schrott und weiteres Spielzeug und Klamotten.

Sie wollte schon aufgeben, als sie auf einen Stapel Papiere und Aktenordner stieß.

Sie nahm einen der zusammengebundenen Packen, untersuchte ihn und fand einen alten Mutterpass, auf ihre Mutter ausgestellt. Das Ausstellungsjahr lag fast fünf Jahre vor ihrem eigenen Geburtstag.

Darunter fand sie offiziell aussehende Dokumente in Klarsichtfolie. Geburtsurkunden.

Sie blinzelte gegen die Tränen an, starrte auf das Dokument in ihren Händen. Da war er, der Beweis dafür, dass sie nicht das einzige Kind ihrer Eltern war.

All die Jahre ihrer Kindheit hatte sie sich so verzweifelt

ein Geschwisterchen gewünscht und jetzt stellte sich heraus, dass es irgendwo sogar zwei Schwestern gab.

Die Zwillinge Mathilda und Isabell, geboren am Neujahrstag.

Lizzys Atem stockte.

Plötzlich verstand sie.

Hielt sich die Mitte, als habe sie dort ein Schlag getroffen.

Alle Puzzleteile fügten sich zu einem Ganzen.

Dieses Geburtsdatum war der Grund dafür, dass sich ihre Eltern am ersten Tag eines neuen Jahres immer so seltsam verhalten hatten. Sie waren stiller als sonst gewesen, in sich gekehrter, manchmal fast abwesend und tieftraurig. Damals hatte das für sie nie einen Sinn ergeben.

Jetzt hatte sie eine Erklärung.

Aber wo waren ihre Schwestern?

Was war mit Mathilda und Isabell geschehen?

NEUN
LONDON

2022

Sie wusste nicht, wie lange sie bereits zusammengekrümmt auf dem Boden kauerte, ihre Handflächen fest auf die Ohren gepresst. Als sie sich endlich traute, die Hände sinken zu lassen und sich aufzurichten, war es in ihrem Penthouse vollkommen still.

Hatte sie sich alles nur eingebildet?

Dieses ominöse Kratzen? Das Wimmern?

Den Schrei?

Spielten ihre durch den Überfall strapazierten Nerven ihr einen Streich?

Sie schluckte, schüttelte energisch den Kopf.

Nein!

Sie hatte etwas gehört, da war sie absolut sicher.

Vor allem der Schrei des Kleinkindes hallte noch in ihr nach.

Allerdings gab es in diesem Haus keine kleinen Kinder.

Kurz erwog sie, nach unten zu gehen und Hope zu fragen, ob sie auch etwas gehört hatte. Nach einem Blick auf die Uhr verwarf sie den Gedanken. Es war mitten in der Nacht. Wie würde es bei ihrer neuen Nachbarin ankommen, wenn sie sich schon kurz nach deren Einzug wie eine hysterische Irre aufführte?

Doch was konnte sie stattdessen tun?

Sich wieder hinlegen und versuchen zu schlafen?

Sie stieß die Luft aus.

Als ob sie jetzt schlafen könnte!

Doch was sonst?

Sie blickte sich um, sah auf ihren zugeklappten Laptop und bekam ein schlechtes Gewissen. Doch allein die Vorstellung, sich an ihren Schreibtisch zu setzen, den Computer zu öffnen, ihn hochzufahren und in ihr schon viel zu lange ruhendes Schreibprojekt einzutauchen, verschlimmerte alles um ein Vielfaches.

Sierra spürte, wie ihr der Schweiß ausbrach.

Wie ihr Atem sich beschleunigte.

Wie ihr Versprechen, das sie Amanda gegeben hatte, ihr regelrecht die Kehle zuschnürte.

Du hast Amanda versprochen, dass du es hinbekommst. Viel Zeit bleibt nicht mehr …

Ruhe!, herrschte sie die Stimme in ihrem Kopf an. Schüttelte sich, floh regelrecht von ihrem Arbeitsplatz auf den Flur, hastete weiter in ihr Schlafzimmer, wo es ihr kaum besser ging.

Beim Anblick der seit Langem unbenutzten Seite des großen Bettes kamen die altbekannten Stiche in ihrem Inneren zurück. Ein Schmerz, der sich ausdehnte, bis ihre Fingerspitzen anfingen zu kribbeln und das Pochen an ihren Schläfen einsetzte.

Sie machte auf dem Absatz kehrt, verharrte kurz im Flur, nahm ihre Tasche von der Kommode, schlüpfte in ihren Cardigan, streifte ihre Turnschuhe über. Dann verließ sie das Penthouse. Den Ort, den sie liebte, der ihr doch Schutz und Trost spenden sollte. Ihren Kokon, der sie längst nicht mehr schützte.

»Was willst du hier? Hast du mal auf die Uhr geschaut?« Bradys Stimme drang blechern aus der Gegensprechanlage. Wie genervt er war, verkündeten nicht nur seine Worte, auch der Unterton zeigte ihr deutlich, dass sie nicht willkommen war.

»Lässt du mich bitte rein?«, gab sie ebenso grantig zurück und hielt den Atem an, als sich erst einmal nicht rührte. Das leise Surren, das nach einer gefühlten Ewigkeit erklang, ließ sie erleichtert aufatmen. Hastig stieß sie die Tür auf und schlüpfte ins Innere.

Anstelle des Fahrstuhls nahm sie die Treppe in den dritten Stock. Oben angekommen schnaufte sie wie ein übergewichtiger Kettenraucher, was Brady, der im Türrahmen lehnte und auf sie wartete, ein Grinsen entlockte.

»Das ist mal wieder typisch, Sierra«, grummelte er gutmütig und gab den Eingang frei, damit sie in die Wohnung eintreten konnte. Dann sah er ihr zu, wie sie die feuchte Jacke und die Schuhe abstreifte.

»Danke«, gab Sierra erleichtert von sich, ohne auf seine Spöttelei einzugehen. Sie war einfach nur froh, im Trockenen und bei Brady zu sein.

Brady musterte sie immer noch. »Gut, ich hab dich reingelassen, du bist in Sicherheit. Und jetzt erklär mir bitte, warum du mitten in der Nacht hier bei mir aufkreuzt. Ist was passiert?«

Sie seufzte leise, überlegte fieberhaft.

Den wahren Grund für ihre Flucht aus dem Penthouse und ihren nächtlichen Besuch konnte sie ihm auf keinen Fall nennen. Er würde ihr diesen ganzen Stimmenspuk niemals glauben und sie für verrückt erklären – wie er es immer tat.

Sie sah ihn an und schon wieder konnte sie ihre Tränen nicht zurückhalten. Das Schluchzen brach wie eine Druckwelle aus ihr hervor und ehe sie sich versah, fand sie sich an seiner Brust wieder.

Hatte sie sich wirklich in seine Arme geschmissen?

Oder war er es gewesen, der sie umarmt hatte? Sie wusste es nicht. Es war egal, sie brauchte das jetzt, brauchte ihn und seine Umarmung, die sich so verdammt gut anfühlte.

»Ich … ich weiß nicht, was mit mir los ist«, stammelte sie zwischen zwei Schluchzern. »Ich glaube, dieser Überfall setzt mir doch mehr zu, als ich es mir eingestehen will.«

»Was ja auch nachvollziehbar ist«, gab Brady zurück, sah sie an, wie man ein Kind ansieht, das Angst vor den Gespenstern unterm Bett hat. »Willst du einen Drink?«

Sie nickte.

Als sie kurz darauf in Bradys Wohnzimmer in zwei Sesseln einander gegenübersaßen, war er es, der das Schweigen zwischen ihnen brach. »Sierra, allmählich mach ich mir ernsthaft Sorgen um dich. Und nicht nur ich, auch Amanda macht sich so ihre Gedanken.«

»Amanda«? Sie grunzte abfällig. »Amanda macht sich Sorgen um ihren Kontostand. Sie hat Schiss, dass ich meinen Vertrag nicht erfülle und ihre Einnahmen damit versiegen. Für Amanda bin ich nichts weiter als ihr Goldeselchen, das plötzlich nicht mehr zuverlässig Taler scheißt.«

Bradys Gesicht verdüsterte sich. »Genau das geht mir an dir auf die Nerven. Du glaubst, jeder habe es nur auf dein Geld abgesehen. Für dich existieren gar keine echten Gefühle mehr, weil du selbst nichts mehr zulässt. Ich sag dir was: Du bist kaltherzig geworden, bist emotional verkrüppelt, hast sogar unsere Ehe in den Sand gesetzt.«

»Ist das der Grund, weshalb du mir gegenüber auf jedweden finanziellen Anspruch verzichtest?«

»Du hast mir ziemlich deutlich zu verstehen gegeben, dass du von mir genauso denkst wie über Amanda.«

Sie senkte den Blick, seufzte. »Was ich damals sagte, tut mir leid, ehrlich. Ich meinte es in dem Augenblick so, aber nur, um dich zu verletzen, nicht, weil ich glaube, dass du so bist.«

»Und wieso wolltest du mich verletzen?«

Sie schluckte hart. Ihre Gedanken wirbelten durcheinander. »Ich glaube, weil du damals an einem Punkt warst, an dem es aufwärtsging. Du hattest angefangen, Lucys Tod zu verarbeiten, es schien dir besser zu gehen, und das …« Sie brach ab.

»Du hast es mir nicht gegönnt. Wolltest, dass ich genauso leide wie du. Ist es so?«

Sierra nickte. »Sie war unsere Tochter. Ich verstand einfach nicht, warum es dir so leicht fiel, ihren Verlust zu verarbeiten.«

Er starrte sie an. »Leicht? Ihr Tod hat mir das Herz gebrochen. Leicht war daran gar nichts, doch ich redete mir ein, dass es für sie am besten sei, dass sie nicht mehr weiter leiden musste, dass es vorbei war. Diese wahnsinnigen Schmerzen, das Dahinvegetieren muss unerträglich für unsere Kleine gewesen sein. Natürlich war es eine Erleichterung, ihre Qualen nicht mehr mit ansehen zu müssen. Trotzdem hat ihr Tod auch bei mir ein riesiges Loch hinterlassen. Doch im Gegensatz zu dir habe ich ihn als das gesehen, was es war: eine Tragödie, die keiner hätte ändern oder verhindern können. Dein ständiges Geschwafel davon, dass alles deine Schuld sei, sie nur wegen dir krank geworden sei, das hat mich wahnsinnig und wütend zugleich gemacht. Weil es schlicht und ergreifend nicht wahr ist. Sie wurde krank und ist daran gestorben. So schlicht, so entsetzlich, aber unvermeidbar war es.«

Sierra starrte ihn an, unfähig, auch nur ein einziges Wort herauszubringen. Was er sagte, war richtig, und doch hatte Brady keine Ahnung …

Er wusste nicht, was …

Sie zuckte zurück, als er plötzlich vor ihr kauerte, ihre Hände in die seinen nahm, sie sanft zu sich hinunterzog.

Als sie sich in seinen Armen wiederfand, seine Lippen auf den ihren, ließ sie es geschehen. Natürlich war ihr bewusst, dass es nicht das Geringste bedeutete – nicht mehr.

Und doch fühlte es sich jetzt und hier richtig und tröstlich an.

Ja, tröstlich.

Sie fühlte sich geborgen, nach ewiger Zeit.

Lautes Geklapper riss sie aus dem Schlaf. Sie streckte die Arme aus, reckte sich, gähnte. Es dauerte, bis sie die fremde Umgebung registrierte. Aber dann schoss sie aus den Kissen hoch, sah sich verwirrt um und patschte sich an die Stirn.

Brady.

Es war früh am Morgen. Bereits hell draußen. Und sie war immer noch bei ihrem Ex. War zu ihm gefahren, weil sie Trost suchte und er … Er hatte ihn ihr gewährt. Sie hob die Bettdecke an, sah, dass sie nackt war, stöhnte leise.

Sex mit dem Ex.

So etwas führte selten zu etwas Gutem.

Hastig schlug sie die Decke zurück, sprang aus dem Bett, suchte ihre am Boden liegenden Klamotten zusammen.

Sie huschte ins Bad, verriegelte die Tür hinter sich, setzte sich auf den Toilettendeckel.

Was sollte sie jetzt tun?

Zu Brady in die Küche gehen, sich an den Tisch setzen, einen Kaffee trinken und Smalltalk betreiben, als sei zwischen ihnen beiden letzte Nacht nichts passiert?

Oder sollte sie ganz offen mit ihm darüber sprechen, damit sie gemeinsam eine Lösung fanden, damit umzugehen? Konnte sie sich überhaupt vorstellen, wieder mit Brady zusammenzukommen?

Sie horchte in sich hinein, suchte verzweifelt nach einer Antwort, fand jedoch keine. Es gab so viel, was sie an ihrem Exmann störte und womit er sie zur Weißglut trieb. Am empfindlichsten traf sie, dass er ihre Empfindungen stets ins Lächerliche zog und sie oft wie ein Kleinkind behandelte – außer natürlich, er wollte sie ins Bett bekommen.

Er nahm ihre Arbeit nicht ernst. Das hatte er nie, er dachte, sie würde sich an ihren Schreibtisch setzen, ein paar Worte aus dem Ärmel schütteln und glauben, dass das viele Geld dann wie von selbst kam. Dass jedes ihrer bereits veröffentlichten Bücher harte Arbeit gewesen war, hatte er nicht gesehen.

Sie stand auf, schlüpfte in ihre Kleidung, spülte sich den Mund mit einem herumstehenden Mundwasser aus, wusch sich das Gesicht. Sich im Spiegel betrachtend, stellte sie fest, dass der gestrige Sex zumindest etwas Gutes gehabt hatte: Ihre ansonsten aschfahle Haut schimmerte endlich wieder einmal rosig und frisch.

Sie machte sich auf den Weg in die Küche, wo Brady sie bereits zu erwarten schien. Er machte keine Anstalten, sie in den Arm zu nehmen, ihr ein Küsschen zu geben, was okay für sie war.

»Darf ich einen Kaffee haben?«, fragte sie und beobachtete, wie er sich stumm an dem Automaten zu schaffen machte.

Er war mit seinen siebenundvierzig Jahren zwar fünf Jahre älter als sie, sah aber mindestens zehn Jahre jünger aus. Sein Haar war noch dicht und dunkelbraun, die Haut um seine hellblauen Augen herum so glatt und faltenfrei wie eh und je, und sein Grinsen, wenn er es denn einmal zeigte, ließ ihn wie einen kleinen Jungen wirken.

Neidlos gestand sie sich ein, dass es für ihn keinerlei Schwierigkeiten geben dürfte, sich eine um viele Jahre jüngere Frau zu angeln. Falls er es wollte.

Sie nahm die Tasse, die er ihr reichte, legte den Kopf schräg. »Gut geschlafen?«, fragte sie, wohl wissend, dass diese beiden Worte wie der Auftakt eines unverfänglichen Smalltalks wirkten, den die Leute nutzten, wenn sie nicht über das Offensichtliche sprechen wollten.

»Eigentlich nicht«, kam es von ihm. Dabei wirkte er kühl

und distanziert. Wahrscheinlich bereute auch er, einem schwachen Moment erlegen zu sein.

Sie setzte ihre Tasse ab, nahm einen großen Schluck, stellte sie dann auf seiner Anrichte ab. »Ich werde es dir einfach machen, okay?« Sie sah ihn an. »Ich geh dann mal besser. Danke für den Kaffee.« Sie nickte ihm zu, drehte sich auf dem Absatz um, lief in den Gang hinaus.

»Was erwartest du?«, rief er ihr nach. »Du wolltest damals, dass ich mein Zeug nehme und mich aus deinem Penthouse verziehe. Du hast genau diese Worte benutzt und keinen Zweifel daran gelassen, dass meine Anwesenheit unerträglich für dich ist.«

Sie wirbelte herum, starrte ihn wütend an. »Ich habe damals nur ausgesprochen, was für uns beide längst klar war …«

»Aha?!«

»Komm, tu nicht so, als ob du es nicht gewusst hättest. Ich habe nur zurückgegeben, was du mich bereits Monate zuvor hast spüren lassen – dass unsere Ehe am Ende war und du es satthattest, dass ich nicht über Lucys Tod hinwegkomme.«

Brady stieß leise die Luft aus. »Das war es nicht, Sierra. Ich habe verstanden, wie schwer es für dich war, über den Tod unserer Tochter hinwegzukommen ...«

»Was dann?«

»Ich habe es nicht ertragen, dass du es nicht mal willst. Du hast nicht einmal versucht, aus deinem dunklen Loch zu kriechen, in das du dich zurückgezogen hattest, vor allem und jedem. Schlimmer noch, du hast jeden von dir gestoßen, der für dich da sein wollte, hast dich immer tiefer eingegraben und von allem isoliert, als hättest du allein ein Recht darauf zu trauern. Und als du begriffen hast, dass ich nicht bereit war, dir in diese hoffnungslose Finsternis zu folgen, hast du angefangen, gegen mich zu arbeiten. Gegen unsere Ehe, gegen unsere Liebe.«

Sie nickte, wohl wissend, dass er nicht unrecht hatte.

Zugleich erkannte sie, dass er sie inzwischen auch aus seinem Herzen verbannt hatte. Wahrscheinlich hatte er vergangene Nacht nur mit ihr geschlafen, um zu sehen, was er dabei empfand.

»Gibt es eine neue Frau in deinem Leben?« Die Worte waren heraus, ohne dass sie es hätte verhindern können.

Er sah sie an, hob die Schultern. »Noch nicht, aber das wird es.« Er zögerte. »Vielleicht irgendwann. Und damit musst du dich abfinden. Das müssen wir beide. Wir sind Brady und Sierra geworden. Zwei eigenständige Menschen, die jetzt jeder für sich ein eigenes Leben führen.«

Sie nickte.

Als sie eine knappe Stunde später die Lobby ihres Apartmenthauses betrat, geisterten ihr Bradys Worte noch immer im Kopf herum.

Sie war nicht traurig oder gar wütend, dass ihm die Nacht nichts bedeutete, ihr ging es nicht anders. Einzig die Tatsache, dass er sich bereits mit dem Gedanken, eine andere Frau in sein Leben zu lassen, befasst zu haben schien, setzte ihr komischerweise zu. Vielleicht, weil es zeigte, dass er seine Trauer verarbeitet hatte, im Gegensatz zu ihr.

Möglicherweise war auch ein Fitzelchen Eifersucht dabei, auf das, was jetzt eine andere bekam.

Mit der Trennung hatte sie schon ihren Partner verloren, doch wenn er eine neue Frau in sein Leben ließ, dann verlor sie auch ihren einzigen Freund, der ihr geblieben war. Sie bezweifelte, dass es für die Neue okay wäre, wenn er weiterhin Kontakt zu ihr hielt und sprang, wenn sie ihn brauchte.

Sie drückte auf den Knopf des Aufzugs, stieg in die Kabine, spürte, dass etwas in ihr zu bröckeln begann.

Sie blinzelte gegen die Tränen an.

Mit Brady würde sie den übrig gebliebenen Rest ihrer Familie verlieren, den letzten Halt, den sie noch hatte.

Und warum das alles?

Sie schloss die Augen, lehnte sich mit dem Rücken an die Kabinenwand.

Das Atmen fiel ihr schwer, ihr brach der Schweiß aus.

Und dann roch sie es …

Diesen metallischen, dunklen Gestank, der direkt aus den tiefsten Ecken ihrer Seele zu kommen schien.

Er erinnerte sie an all das Blut …

Die Verzweiflung.

Als der Aufzug anhielt, stürzte sie hinaus, fummelte mit zitternden Fingern ihren Schlüssel ins Schloss, riss die Tür auf, verschwand im Inneren ihres Penthouses. Vollkommen erschöpft sackte sie im Korridor auf die Knie, ließ den Kopf sinken, brach in Tränen aus.

Und da war es wieder. Dieses Scharren, das aus den Wänden zu kommen schien.

Dann erklang ein leises Wimmern.

Sie hielt sich die Ohren zu, doch dieses Mal konnte sie diese furchtbaren Geräusche nicht ausblenden. Sie schienen überall zu sein. Um sie herum, in ihrem Kopf.

Vor allem in ihrem Kopf …

ZEHN
KENDAL

2019

»Sie dürfen da nicht einfach rein …« Die Empfangsdame der Kanzlei sprang auf, kam auf Lizzy zu und versuchte, sie am Arm zu greifen.

Lizzy war bereits an der Tür des Notars, stieß sie auf und stand Jenkins gegenüber, der ihr unter seiner hochgeschobenen Brille entgegensah.

»Tut mir leid«, stammelte die Sekretärin, die gleich hinter Lizzy ins Büro ihres Chefs gehuscht war. »Ich habe ihr gesagt, dass sie nicht einfach bei Ihnen reinplatzen kann.«

»Schon gut.« Jenkins winkte gutmütig ab. »Ich wollte eh gerade eine Pause machen.«

Die Sekretärin zuckte aufgebracht mit den Schultern, ließ es aber gut sein und zog sich zurück.

Jenkins sah Lizzy immer noch erwartungsvoll an. »Wollen Sie etwas trinken? Kaffee? Tee?«

Lizzy schüttelte den Kopf. »Sie sind tot, nicht wahr?«

Jenkins sagte nichts, starrte sie nur mit gerunzelter Stirn an.

»Ich versuche seit Stunden, Antworten zu finden, und habe auch auf der Herfahrt versucht, eine andere Erklärung zu finden. Aber das ist die einzige Antwort, die einen Sinn ergibt. Meine Schwestern müssen tot sein.«

»Wollen Sie sich nicht erst einmal hinsetzen?«, forderte Jenkins sie mit einer einladenden Geste auf und wies auf den Besucherstuhl ihm gegenüber. »Und dann lassen Sie uns in Ruhe über alles reden. Bitte!«

Lizzy schnaubte. Sie war zu aufgebracht, um in Ruhe über irgendetwas zu reden. Zumindest ließ sie sich auf der Stuhlkante nieder, legte den Kopf in den Nacken, stieß die Luft aus. »Die Trennung meiner Eltern, die Depressionen meines Vaters, die Tatsache, dass meine Mutter mein Leben lang wie eine Glucke an mir hing, all das allein reicht schon aus, um diesen Schluss zu ziehen. Meine Schwestern müssen einfach tot sein, das ist die einzige logische Erklärung für alles«, wiederholte sie. »Aber was ich immer noch nicht ganz kapiere, ist die Sache mit dem Geld, mit dieser Lagerhalle, von der Sie nicht wollten, dass ich sie betrete ...« Lizzy stoppte ihren Redeschwall, sah Jenkins erwartungsvoll an.

Als dieser sie nur mitfühlend ansah, schnaubte sie erneut. »Ich hätte dann jetzt doch gerne etwas zu trinken. Aber keinen Tee oder Kaffee. Haben Sie nicht was Stärkeres? Einen Drink stecke ich locker weg und kann immer noch fahren ...«

Jenkins nickte ihr verständnisvoll zu. »Gerne, warten Sie.« Er stand auf, ging zu einem der Schränke an der Wand gegenüber seinem Schreibtisch, zog eine Schiebetür auf und nahm eine Flasche und zwei Gläser heraus.

Zurück an seinem Schreibtisch füllte er etwas von der goldbraunen Flüssigkeit in beide Gläser, reichte ihr eines davon.

Lizzy verzichtete darauf, mit ihm anzustoßen, stürzte ihr Glas auf einen Schluck hinunter und lehnte sich zurück. »Den hab ich gebraucht, danke. Und jetzt zu dem Geld. Diese zwei Millionen Pfund.«

»Was ist damit?«

»Sie sind vom Verkauf des Hauses, nicht wahr? Ich habe Fotos gefunden, unzählige Fotos, und auf einigen ist ein Haus zu sehen. Eine ziemlich protzige Villa, die locker zwei Millionen Pfund gebracht haben könnte. Habe ich recht? Haben meine Eltern die Villa verkauft? Stammt mein Erbe aus dem Erlös dieses Hauses, in dem sie damals mit meinen Schwestern gelebt haben?«

Jenkins sah sie an, sagte aber erneut nichts, was Lizzy Antwort genug war.

»Wo genau haben meine Eltern damals gelebt? Wo steht diese Villa?«

Jenkins kratzte sich betreten hinterm Ohr, räusperte sich. »In Sankt Ives«, gab er schließlich zurück. »Das ist in Cornwall.«

Lizzy nickte. »Gut. Und was genau ist damals in Sankt Ives passiert? Da muss doch was Schreckliches geschehen sein ...« Sie brach ab, stieß ein hysterisches Lachen aus. »Da sind auf einmal so viele Erinnerungen, die auf mich einprasseln, die jetzt einen Sinn ergeben. Meine Schwestern wurden am Neujahrstag geboren und meine Eltern waren an genau diesem Tag immer total fix und fertig. Mein Vater weigerte sich all die Jahre, Silvester zu feiern, verkroch sich tagelang, wenn es auf diese Zeit des Jahres zuging. Und meine Mutter ... Sie klammerte an diesen Tagen noch mehr als sonst, wollte mich kaum aus den Augen lassen.«

Jenkins sah sie aufmerksam an, doch er schwieg. Nur sein Adamsapfel zeigte, dass er mit sich rang.

Lizzy schnappte nach Luft, fuhr aber nach einem Blick auf den weiter schweigenden Notar fort. »Da waren außerdem einige seltsame Telefonate. Ich habe nur Stimmfetzen davon gehört, denn meine Eltern verbarrikadierten sich dafür im Homeoffice meines Vaters. Danach hatten sie oft rot geweinte Augen und es lag eine solche Schwermut und Trauer über uns, dass ich mich nicht getraut habe, auch nur einen Mucks von mir zu geben. Ich dachte damals, dass es an unseren finanziellen Schwierigkeiten lag, verstehen

Sie? Meine ganze Kindheit … meine Jugend … alles war eine Lüge.«

»Nein, meine Liebe«, sagte Jenkins und räusperte sich. »Das alles hat nichts mit Lügen zu tun. Ihre Eltern wollten Sie nur beschützen. Das müssen Sie mir glauben.«

»Muss ich das?«

»Ja. Sie waren Ihren Eltern das Wichtigste im Leben. Ungeachtet ihres eigenen Kummers wollten sie, dass Sie unbeschwert aufwachsen. Nur deshalb haben sie alles hinter sich gelassen und sind damals von Sankt Ives hierher gezogen. Sie haben Ihnen zuliebe ein vollkommen neues Leben begonnen.«

»Mir zuliebe? Dieses ganze Gespinst aus Vertuschungen haben sie nur mir zuliebe aufgebaut?«

»Es diente Ihrem Schutz, ja. Sie waren alles, was Ihren Eltern geblieben war, alles, was Ihre Eltern noch am Leben hielt, nach dem, was ihnen widerfahren war.«

»Und was war das genau?«

Wieder räusperte sich Jenkins, als könne oder wolle er nicht damit herausrücken.

»Schon klar, Sie wollen es mir nicht sagen. Dann machen wir es eben so: Ich sage Ihnen, was ich weiß und vermute, und Sie bestätigen es mir wenigstens.«

Jenkins hob abwartend die Schultern.

»Na schön, dann machen wir das so«, gab sich Lizzy selbst eine Antwort. »Einmal habe ich mich ins Büro meines Vaters geschlichen und die Wahlwiederholungstaste gedrückt.« Lizzy kämpfte bei der Erinnerung an diese Szene mit den Tränen. »Es meldete sich eine Polizeidienststelle und ich hab erschrocken wieder aufgelegt. All die Jahre habe ich mich daraufhin gefragt, was zum Henker meine Eltern mit der Polizei zu schaffen haben könnten. Ich habe mir alles Mögliche ausgemalt und nie eine Antwort gefunden. Können Sie sich auch nur ansatzweise vorstellen, wie fertig mich das gemacht hat?« Lizzy wartete nicht auf eine Antwort. Mit ihrer Fassung kämpfend, fuhr sie fort. »Ich glaubte ernsthaft, meine Eltern hätten irgendwelche Probleme mit der Polizei. Kurz darauf ist mein Vater ausgezogen, meine Mutter fiel in ein tiefes Loch. Ich weiß noch, dass ich damals dachte, es wäre irgendwie meine Schuld, dass unsere Familie zerbrochen ist.«

Jenkins sah sie mitfühlend an. »Natürlich war es nicht Ihre Schuld. Ich glaube auch nicht, dass es richtig ist, eine Schuldfrage zu stellen. Es war tragisch, ja ...«

»Was wollen Sie damit sagen?«

»Ihr Vater litt unter all dem wirklich sehr. Er war sehr krank, psychisch krank. Egal was er auch versuchte, er schaffte es einfach nicht, die Vergangenheit zu verarbeiten. Er wusste, dass er Ihre Mutter und auch Sie über kurz oder lang mit in den Abgrund reißen würde, und zog deshalb einen Schlussstrich. Er dachte wohl, dass Sie beide ohne ihn besser dran seien. Hoffte, dass Sie es irgendwann schaffen würden, ein normales Leben zu führen.«

Lizzy starrte ihn an. »Hat er Ihnen das gesagt?«

Jenkins sah zu Boden, nickte. »Er und ich waren wirklich sehr gut befreundet. Wir kannten einander von früher und er vertraute mir. Er hat mir immer alles gesagt, was ihn beschäftigte, und je älter Sie wurden, desto mehr befürchtete er, dass seine Stimmungsschwankungen, seine Krankheit irgendwann Einfluss auf Ihr Erwachsenwerden nehmen könnten. Er hat sich nicht von Ihrer Mutter getrennt, weil er sie nicht mehr geliebt hat, sondern weil er Sie beide schützen wollte. Er hoffte so sehr, dass es Ihnen und Ihrer Mutter ohne ihn besser gehen würde.«

»Aber das tat es nicht«, stieß Lizzy bestürzt aus. »Warum also kam er nicht zurück? Warum hat er sich dann eine andere Frau gesucht, wenn er uns so sehr geliebt hat?«

Jenkins lächelte wehmütig. »Ich glaube nicht, dass ihm diese Frau so viel bedeutete wie Ihre Mutter«, erklärte er. »Das ist auch der Grund, warum er sich eigentlich nie scheiden lassen wollte.«

»Aber sie ließen sich scheiden.«

»Auf die Bitte Ihrer Mutter hin. Sie war es, die einen endgültigen Abschluss wollte.«

»Es ist im Dezember passiert, nicht wahr?«

Jenkins schwieg.

»Es muss einfach in diesem Monat passiert sein, was auch immer …« Sie holte Luft, stand auf, lief zum Fenster.

»Sie haben mir eben schon keine Antwort darauf gegeben, aber ich weiß es einfach. Die Winterzeit war bei uns immer Trauerzeit. Klar, Mom und Dad versuchten alles, damit ich nichts mitbekam. Doch je älter ich wurde, desto deutlicher wurde es. In der Zeit kurz vor Weihnachten waren beide oft vollkommen neben der Spur.«

Jenkins schwieg weiter, was Lizzy nur noch wütender machte. »Nun reden Sie doch endlich, verdammt!« Sie kam zum Tisch zurück, setzte sich wieder ihm gegenüber.

»Meine Schwestern … sie sind tot, nicht wahr?«

Der Notar nippte an seinem Drink, wich ihrem Blick aus.

»Ernsthaft jetzt? Sie halten immer noch daran fest, was Sie meiner Mom versprochen haben? Dass ich von allem ferngehalten werden soll, was mir Stress bereiten könnte. Dann schauen Sie mich an, los. Was sehen Sie? Sehe ich gestresst aus? Verärgert? Ja, das bin ich. Nun, dann schlage ich vor, Sie reden endlich. Denn ihr verfluchtes Herumgedruckse und Schweigen ist es, was mich wirklich fertig macht!«

Sie hob den mitgebrachten Beutel vom Boden auf, zog eines der Alben daraus hervor, hielt es hoch. Dann den Heftordner mit den Dokumenten. »Es ist Zeit, dass ich endlich erfahre, was genau hier los ist. Schlimm genug, dass meine eigenen Eltern all das vor mir geheim gehalten haben, aber Sie sind weder meine Mutter noch mein Vater. Sie sind mein Notar, also reden Sie jetzt!«

»Das ist nicht ganz einfach, meine Liebe.«

Lizzy schloss für einen Moment die Augen, seufzte. »Doch, das ist es«, stieß sie aus. »Sie erklären mir jetzt einfach, was meinen Schwestern zugestoßen ist und wieso meine Eltern all das von mir fernhielten. Es muss Ihnen doch all die Jahre klar gewesen sein, dass ich ein Recht darauf habe, zu erfahren, dass ich Schwestern gehabt habe. Zwei Mädchen, die aus welchem Grund auch immer gestorben sind.«

Jenkins räusperte sich. »Niemand weiß, was genau mit den Kindern passiert ist. Das ist auch der Grund, weshalb Ihre Eltern nichts gesagt haben. Sie wussten, dass Sie Fragen stellen würden und dass sie nicht auf jede von ihnen eine Antwort würden geben können.«

Lizzy starrte den Notar an. »Was soll das heißen?«

Jenkins straffte die Schultern, erwiderte ihren Blick. »Das bedeutet, dass Ihre Schwestern seit vielen Jahren vermisst werden. Niemand weiß, was genau in jener Nacht geschehen ist. Auch Ihre Eltern nicht. Sie haben nie herausgefunden, ob Ihre Schwestern entführt wurden und ob sie überhaupt noch am Leben sind.«

ELF
LONDON
2022

Ein Klopfen riss sie aus ihrer Erstarrung. Sie sah verwirrt auf, wusste im ersten Augenblick nicht, warum sie mitten im Korridor auf dem Boden saß und wie Espenlaub zitterte.

Das Klopfen ging in ein Hämmern über.

Ihr fielen die Geräusche ein. Der Schrei.

Sie rappelte sich auf, wankte in Richtung Tür, riss an der Klinke.

Als sie sah, dass Hope vor ihrem Eingang stand, wich sie zurück, ließ sie rein.

»Was ist los?«, fragte ihre Nachbarin. »Ich hab was gehört …«

»Einen Schrei?«, stieß Sierra aus. »Du hast ihn auch gehört?«

»Na ja.« Hope sah sie irritiert an. »Du warst es doch, die geschrien hat, oder? Ich bin fürchterlich erschrocken, hab mir Sorgen gemacht.«

»Ich? Ich soll geschrien haben?«

Hope nickte.

Sierra starrte die junge Frau an, unfähig, auch nur einen klaren Gedanken zu fassen.

»Was ist denn mit dir?«, fragte Hope und sah sie besorgt an. »Du wirkst irgendwie …« Sie brach ab.

»Verrückt?«, vervollständigte Sierra ihren Satz. »So komme ich mir schon selbst vor.« Sie schluckte, sah die junge Frau an.

»Ist alles in Ordnung mit dir?«, fragte Hope.

»Ja sicher«, antwortete Sierra automatisch und winkte sie verunsichert weiter ins Innere. »Komm, trinken wir etwas zusammen?«

Hope nickte, folgte ihr ins Wohnzimmer, wo sie sich ehrfürchtig umsah.

»Gefällt es dir?«, fragte Sierra, nur um irgendwas zu sagen.

Hope nickte lächelnd. »Dieses Zimmer ist der Wahnsinn. Ich hab noch nie ein so großes Wohnzimmer gesehen.«

Sierra lachte, war dankbar, dass Hope abgelenkt war und nicht noch mal nach dem Schrei fragte. »Früher hat es hier anders ausgesehen«, erklärte sie. »Eigentlich waren das mal zwei Räume, doch ich wollte einen großen Salon, in dem man auch mal richtige Party feiern kann.«

»Hast du?«, fragte Hope neugierig.

Sierra schüttelte den Kopf. »Irgendwie ist mir die letzten Jahre nicht nach Feiern zumute gewesen und zuvor ergaben sich auch keine großartigen Gelegenheiten. Lucys Krankheit, ihr Tod …« Sie brach ab.

»Irgendwann vielleicht«, kam es zögerlich von Hope. Dann machte sie eine Kopfbewegung in Richtung Dachterrasse. »Darf ich?«

Sierra nickte, ging ihr voraus, um die Tür nach draußen zu öffnen.

»Wahnsinn«, entfuhr es Hope und blickte zur riesigen Loungeecke. Bestaunte den Breitbildfernseher an der Wand, den Whirlpool auf der anderen Seite der Terrasse. Sich weiter ehrfürchtig umblickend, ging sie zum Geländer nach vorne, ließ den Ausblick auf sich wirken. »Wenn das mein Penthouse wäre, würde ich die meiste Zeit hier draußen verbringen. Es ist so wunderschön, dieser Ausblick, einfach alles …«

Sierra verzog das Gesicht. »Früher hab ich mich dafür genauso begeistern können wie du, aber heute … Heute ist es einfach nur eine große Wohnung, die mir täglich vor Augen führt, wie einsam ich bin.« Sie hielt erschrocken inne, als sie Hopes bestürztes Gesicht sah. »Tut mir leid, ich wollte nicht …«

Hope kam zu ihr, ergriff ihre Hände. »Du wirst nicht für immer allein sein, Sierra. Du wirst wieder jemandem begegnen, dich in ihn verlieben und mit ihm hier zusammen glücklich sein.«

Sierra spürte, wie ihr die Tränen kamen. Sie schüttelte den Kopf.

»Was ist? Zweifelst du etwa daran, dass alles auch für dich wieder leichter wird?«

»Mit Zweifeln hat das nichts zu tun«, gab Sierra leise zurück und wich Hopes Blick aus. »Es ist viel eher so, dass ich nicht sicher bin, ob ich es verdient habe, jemals wieder glücklich zu sein.«

»Wegen Lucy?«

Sierra blieb ihr eine Antwort schuldig. Es gab so vieles, was sie vor den Menschen um sich herum verbarg. Selbst ihre Tochter hatte nicht alles über die Frau gewusst, die sie Mutter genannt hatte.

»Deine Lucy würde wollen, dass du es wenigstens versuchst …«

Hopes Stimme verdrängte ihre düsteren Gedanken. Sie sah sie an. »Vielleicht«, gab sie zurück, ohne selbst daran zu glauben.

»Schreibst du eigentlich gerade an einem neuen Buch?«

Sierra schüttelte resigniert den Kopf. »Dabei sollte ich es längst tun, wenn ich nicht vertragsbrüchig werden will.«

»Wann musst du denn fertig sein?«

»Eigentlich schon vor ein paar Wochen«, gab sie zähneknirschend zu. »Aber ich hab mir eine Fristverlängerung erbeten. Keine Ahnung, ob ich zumindest diese einhalten kann.«

»Hast du so etwas wie eine Schreibblockade?«

Sierra dachte darüber nach, nickte dann. »Ich denke, das trifft meinen nahezu gelähmten Zustand am ehesten. Es ist so … Lucy hat meine Bücher zwar nicht gelesen, mir aber beim Plotten geholfen. Sie war es, die mich angespornt, ja regelrecht beflügelt hat. Und jetzt, nach ihrem Tod, fühlt es sich irgendwie falsch für mich an, ohne sie weiterzumachen.«

»Das tut mir leid«, sagte Hope, sah sie ernst an. »Kann ich dir vielleicht helfen? Ich liebe Bücher, und vielleicht brauchst du einfach nur so etwas wie einen Sparringpartner. Was denkst du, wollen wir es versuchen?«

Sierra seufzte. »Ein anderes Mal vielleicht, in Ordnung? Heute will ich einfach nur einen Drink und nachher versuchen, ein wenig Schlaf zu finden.«

»Magst du mir erzählen, wieso du vorhin geschrien hast?«

Sierra schluckte. »Ich glaube, dass ich so langsam durchdrehe«, erklärte sie. »Vermutlich liegt das am Stress der letzten Zeit, am Alleinsein.«

»Warum denkst du so über dich? Was zieht dich weiter so runter?«

Sierra schluckte hart, wusste nicht, ob sie Hope die Wahrheit sagen sollte. Sie wollte wirklich, dass sie Freundinnen wurden. Aber wenn sie ihr jetzt von den seltsamen Geräuschen, die sie hörte, erzählte, würde Hope wahrscheinlich die Flucht ergreifen.

»Jetzt sag schon«, drängte Hope sanft, lächelte warmherzig.

»Ich höre Stimmen«, schoss es aus Sierra heraus.

»Stimmen?«

»Na ja, nicht direkt. Es ist nicht so, als sei da jemand, der mich anspricht oder mir ein Gespräch aufdrängt. Es ist einseitig. Ich höre ab und zu ein Wimmern, so als würde jemand weinen.«

»Jemand?«

»Ein Kind.«

Hope verzog das Gesicht. »Du meinst Lucy? Du hörst deine Tochter?«

Sierra schluckte, schloss für einen Moment die Augen. Schließlich sah sie Hope an. »Ich weiß nicht, ob es Lucy ist, die ich höre. Vielleicht bilde ich es mir ja nur ein.«

»Du zweifelst?«

»Na ja, es gibt keine logische Erklärung, warum ich plötzlich meine tote Tochter hören sollte.«

»Du hast sie verloren und versuchst jetzt, diesen Verlust zu kompensieren. Ich kann mir gut vorstellen, dass unsere Psyche unter solch dramatischen Umständen in der Lage ist, uns etwas vorzugaukeln, damit wir nicht völlig verzweifeln.«

»Ich höre auch andere Geräusche«, gab Sierra zu. »Ein Kratzen und Scharren, das aus den Wänden kommt.«

Hope verzog panisch das Gesicht. »Das hört sich eher nach Ungeziefer an. Wäre es möglich, dass es Mäuse im Haus gibt?«

Sierra legte den Kopf schräg. »Im Grunde ja, das Gebäude ist ziemlich alt.«

Hope sah aus, als müsste sie sich jeden Augenblick übergeben.

»Du fürchtest dich vor Mäusen?«

»Ich ekele mich ganz fürchterlich vor ihnen, du etwa nicht?«

Sierra seufzte. »Doch, schon, aber wenn ich es mir aussuchen dürfte, ob wir Mäuse haben, die mich anwidern, oder ob ich so langsam irre werde, dann sind mir ein paar Nager im Haus lieber.«

Hope warf ihren Kopf in den Nacken und lachte. »Darauf sollten wir einen trinken. Zeig mal, was du da hast.«

»Mami …«

Sie zuckte hoch, blinzelte verwirrt, stöhnte, als sie das Display des Weckers sah. Es war erst kurz nach zwei Uhr. Demnach hatte sie höchstens eine Stunde geschlafen. Dabei hatte sie so gehofft, dass der Alkohol ihr helfen würde, bis zum Morgen durchzuschlafen.

Bis kurz nach Mitternacht hatte sie mit Hope zusammengesessen, einen Whiskey nach dem anderen geschlürft. Als ihre Nachbarin endlich gähnend aufgestanden war und sich verabschiedet hatte, hatte sie sich nur noch eine Katzenwäsche gegönnt, um dann müde ins Bett zu fallen.

Sie starrte in die Dunkelheit, lauschte dem Hämmern ihres Herzens.

Sie hatte von Lucy geträumt, sie rufen gehört und war deswegen aufgewacht. Doch diesmal war sie vollkommen klar gewesen. Wieso?

Sie hatte mit Hope so lange über alles gesprochen, dass absolut nachvollziehbar war, dass ihr Kopf im Schlaf alles noch mal Revue passieren ließ. Sie runzelte die Stirn, als ihr bewusst wurde, dass sie sogar den Duft ihrer Tochter in der Nase hatte.

Sie zog sich die Decke bis zur Nasenspitze, zwang sich, an etwas anderes zu denken, schloss die Augen. Sofort waren da wieder diese Bilder ...

Ein Rascheln erklang. Dann ein leises Tapsen.

Es klang wie … Sie schüttelte den Kopf.

Das konnte nicht sein.

Und wieder. Das leise Tapsen nackter Füße auf einem Fliesenboden.

Sie warf die Decke beiseite, schwang die Beine aus dem Bett, konzentrierte sich auf ihre Atmung.

Als sie das leise Quietschen einer Tür vernahm, schoss heißes Blut durch ihre Adern.

Sie sprang auf, lief zur Tür, streckte den Kopf in den Gang hinaus.

Wieder ein Quietschen, dann das leise Zuklappen von Holz auf Holz.

Die Erkenntnis knallte wie ein Schlag in ihr Bewusstsein.

Jemand war in ihrer Wohnung gewesen!

Hatte sie eben gerade verlassen.

Mami …

Sie zuckte zusammen, wirbelte herum. Diesmal war sie absolut sicher, Lucy gehört zu haben.

Doch dann fiel ihr wieder ein, was Hope über die menschliche Psyche gesagt hatte. Diese spielte ihr im Augenblick etwas vor. Ja, das musste es sein.

Sie atmete tief durch, nahm all ihren Mut zusammen, lief durch den Gang bis zu ihrer Wohnungstür, spähte durch den Spion, zuckte panisch zurück.

Ein Keuchen entfuhr ihr …

Da war jemand im Gang vor ihrer Wohnung!

Sie war absolut sicher, etwas gesehen zu haben.

Sieh noch mal nach … wisperte die Stimme in ihrem Kopf, doch die Angst schnürte ihr die Kehle zu.

Nur wenn du jetzt mutig bist, wirst du wissen, ob du dich getäuscht hast.

Sie holte tief Luft, warf einen weiteren Blick durch den Türspion, spürte, wie ihr Brustkorb sich verkrampfte.

Der Schweiß brach ihr aus allen Poren, ihre Beine fingen an zu zittern und für einen Augenblick schienen sie unter ihr nachzugeben. Sie schwankte, stützte sich an der Wand ab.

Dann spürte sie, wie etwas in ihrem Innern zerbrach.

Diese Person draußen im Flur … sie sah aus wie Lucy, kurz bevor sie gestorben war.

Sie trug dasselbe Kleid, das ihre Tochter damals immer anhatte – weiß, mit vielen Mohnblumen darauf. Und sie hatte keine Haare auf dem Kopf – genau wie Lucy, nachdem sie ihre zweite Chemo hinter sich hatte.

Sierra blickte erneut durch den Spion, sah, wie die

Gestalt um die Ecke in Richtung Treppenhaus verschwand. Sie streckte die Hand zur Klinke aus, wollte ihr nacheilen…

Doch sie schaffte es nicht mal, die Tür zu öffnen.

Wer auch immer da draußen ist, redetet sie sich ein, *kann nicht Lucy sein. Lucy ist tot.*

Sie holte tief Luft, sammelte all ihre Kräfte, nahm ihren ganzen Mut zusammen.

Mit Schwung riss sie die Tür auf, trat nach draußen, rannte einem Impuls folgend in Richtung Treppe.

Wie erwartet, war niemand zu sehen, doch als sie sich übers Geländer lehnte und nach unten spähte, sah sie etwas Helles durch die Metallstäbe blitzen.

Sie rannte Stockwerk für Stockwerk nach unten, bis sie vor der geöffneten Kellertür stand. Sie runzelte die Stirn, weil die Tür sonst immer abgeschlossen war.

Verschwinde von hier … mahnte die Stimme in ihrem Kopf.

Doch sie konnte nicht fliehen, musste weiterlaufen, dieses Mädchen suchen, das von hinten ausgesehen hatte wie Lucy.

Im Keller war es eisig kalt und es roch muffig, was ihre Angst und Beklemmung noch verstärkte. Dennoch lief sie weiter durch die verschlungenen Gänge an den verschiedenen Kellerabteilen vorbei, bis sie in dem großen Raum stand, in dem sich die Heizung befand.

Sie drehte sich einmal um die eigene Achse, doch außer ihr schien niemand hier unten zu sein.

Kurz erwog sie, nach ihrer Tochter zu rufen, aber das empfand sie dann doch als etwas zu albern …

Was immer sie gesehen hatte oder wen – es konnte nicht Lucy sein.

Ein leises Klacken hallte durch den Keller. Dann wurde es stockdunkel.

Erschrocken wich sie zurück, spürte, wie die feinen Härchen in ihrem Nacken sich aufrichteten.

Ein leises Kichern erklang.

Dann ein Lachen.

Glockenhell, wie das von Lucy …

Mami …

Sie zuckte zusammen.

Das hatte sie sich nicht eingebildet, da war sie absolut sicher.

Sie hatte Lucy gehört. Lucys Stimme.

Ein zarter Duft stieg ihr in die Nase. Blumig, mit einem Hauch von Vanille.

Dann wieder ein leises Wispern, das zu Worten wurde, die Sinn ergaben.

Mami, meine liebe Mami …

Die Worte gingen ihr durch Mark und Bein. Sie klangen so echt, fast real und doch wieder nicht.

»Schatz?«, stieß sie zögerlich aus, und obwohl es total verrückt schien, fühlte es sich richtig an. »Bist du das wirklich, meine Kleine?«

Ein Lachen ertönte, Lucys Lachen. Doch diesmal klang es nicht fröhlich, sondern bösartig.

Sierra schauderte.

»Was … was machst du hier?«, stammelte sie und fühlte sich vollkommen fehl am Platz. Allein hier unten im Keller.

Ein Luftzug in ihrem Rücken.

Leise Schritte.

Mami, meine liebe Mami …

Sie kamen näher. Noch näher!

Was hast du bloß getan?

ZWÖLF
KENDAL

2019

Ihr Körper zitterte wie Espenlaub, was sich noch verstärkte, als sie die Wohnung ihrer Mutter betrat.

Nach dem Gespräch mit Jenkins war sie aufgewühlt gewesen und auf der Fahrt nach Hause hatte sie um ein Haar die richtigen Ausfahrten verpasst. Der Gedankenwirrwarr in ihrem Kopf war wie ein undurchdringlicher Nebel. Alles, was ihr der Notar offenbart hatte, war völlig irreal für sie. Wirkte auf sie wie der Plot eines abartigen Thrillers, den sie niemals lesen würde, weil ihre zarten Nerven ein solches Grauen nicht aushielten.

Sie wankte ins Wohnzimmer ihrer Mutter, riss den Barschrank auf, nahm eine Flasche Hochprozentigen heraus, trank einen Schluck direkt aus der Flasche. Schließlich setzte sie sich aufs Sofa, leerte den Inhalt der Tasche neben sich aus, klappte das erste der Alben auf. Als sie auf eines der Fotos der Zwillinge stieß, verlor sie sich in den Gesichtern der Mädchen.

All die Jahre ihrer Kindheit hatte sie sich sehnlichst eine Schwester gewünscht und nun stellte sich heraus, dass es sogar zwei gab. Oder gegeben hatte …

Lizzy erinnerte sich, wie ihre Eltern früher immer

reagiert hatten, wenn sie nachgefragt hatte, wieso sie alleine sei und keine Geschwister habe.

Sie schloss die Augen, kämpfte gegen die Tränen.

Rückblickend ergab jetzt vieles einen Sinn. Bis auf die eine Sache, die sie sich nicht erklären konnte.

Da hatte es zwei kleine vermisste Mädchen gegeben, die scheinbar spurlos verschwunden waren. So eine Tragödie musste doch riesige Wellen geschlagen haben, selbst Jahre später noch. Sie begriff nicht, wieso sie nie etwas davon mitbekommen hatte.

Keine Berichte im Fernsehen, keine Sondersendung über diesen Vermisstenfall, keine Zeitungsberichte.

Wie konnte das sein?

Du warst noch nicht geboren, als die Mädchen verschwunden sind – ging es ihr durch den Kopf. Und in den ersten Jahren danach war sie viel zu klein gewesen, um irgendwas mitzubekommen. Ihre Eltern waren umgezogen, weg vom Ort des Geschehens, damit sie nicht Gefahr liefen, wieder und wieder mit diesem furchtbaren Schicksal konfrontiert zu werden.

Sie müssen schreckliche Angst gehabt haben, dass es noch einmal passiert. Mit mir. Sie hatten sicher auch Angst um mich!

Lizzy keuchte.

Ihre Eltern hatten sie all die Jahre ihrer Kindheit wie ihren Augapfel behütet. Langsam verstand sie den Grund dafür.

Niemals hatte sie über Nacht bei einer Freundin schlafen dürfen, stattdessen hatten sie ihr erlaubt, selbst eine Übernachtungsparty nach der anderen zu veranstalten. Dafür musste sie nicht weg, war behütet im Elternhaus. War nie in Gefahr gewesen. Ihre Eltern hatten sie buchstäblich keine Nacht aus den Augen gelassen.

Auch tagsüber hatten sie dafür gesorgt, dass sie nie ohne Aufsicht war. Hatten sie überallhin begleitet, sie stets zur Schule gefahren und wieder abgeholt, sie auf Spielplätze gebracht, selbst als ihre gleichaltrigen Freunde bereits alleine losziehen durften.

Damals hatte sie sich immer ein wenig für ihre gluckenhaften Eltern geschämt, doch jetzt … jetzt fühlte sie sich elend beim Gedanken daran.

Sie strich über das Foto, lächelte beim Anblick der beiden Mädchen. Ihre Schwestern sahen so niedlich aus, so unschuldig. Es war unvorstellbar, dass jemand diesen Engeln etwas angetan haben könnte.

Das brachte kein normaler Mensch fertig. Nur ein Monster schaffte so etwas.

Und wenn es kein Monster war?

Der Gedanke kam blitzartig, löste eine Reihe von weiteren Mutmaßungen in ihr aus.

Sie könnten noch am Leben sein! Irgendwo in einer anderen Stadt in England oder in einem anderen Land.

Lizzy schluckte hart.

Hatte jemand die beiden Mädchen entführt, um sie als seine eigenen Kinder aufzuziehen?

Es gab so viele Frauen, denen es nicht vergönnt war, selbst Nachwuchs zu bekommen. Könnte eine verirrte Seele bis zum Äußersten gegangen sein, um sich den Traum von einer Familie mit Kindern zu erfüllen? Mit den Kindern einer anderen Familie?

War das möglich?

Lizzy fragte sich, ob sie den Gedanken tröstlich fand, dass ihre Schwestern irgendwo das Herzstück einer anderen Familie sein könnten. Wie hatten ihre Eltern darüber gedacht?

Hatte ihre Mutter im Glauben an diese Möglichkeit die Kraft gefunden, weiterzuleben, und gehofft, sie irgendwann doch wiederzusehen?

Ein Gedanke schoss durch ihren Kopf.

Sie nahm ihr Smartphone zur Hand, öffnete Google, tippte *vermisste Mädchen Sankt Ives* in die Suchleiste, drückte auf Suchen.

Innerhalb weniger Sekunden landete die Suchmaschine den ersten Treffer. Nach kurzer Zeit kamen weitere hinzu. Links, die zu Zeitungsartikeln und Berichten führten. Sie klickte den ersten an, zuckte zurück, als ein Foto ihrer Schwestern auf dem Bildschirm erschien.

Ihr Herz hämmerte hart gegen ihren Brustkorb, als sie den Text las.

Ihre Eltern waren in jener Nacht nicht zu Hause gewesen. Sie hatten ihren Hochzeitstag gefeiert und einen Babysitter engagiert, der auf die Mädchen aufpassen sollte, während sie für eine Übernachtung in ein Luxushotel gereist waren.

Der Babysitter war eine Achtzehnjährige aus der Gegend. Sie hatte schon unzählige Male zuvor auf die Mädchen aufgepasst, damit ihre Eltern mal in ein Restaurant oder ins Kino gehen konnten. Das Mädchen wurde an jenem Abend schwer verletzt und sagte aus, sich an nichts erinnern zu können. Irgendwann sei sie zu sich gekommen und habe es gerade so geschafft, sich zum Telefon zu schleppen und Hilfe zu rufen. Die Polizei hatte festgestellt, dass Einbrecher durch die Kellertür ins Haus gekommen waren, den Teenager niedergestochen und die Kinder entführt hatten.

Die über Monate andauernde, groß angelegte Suche nach den Kindern war erfolglos geblieben, weshalb die ermittelnden Beamten davon ausgingen, dass die Entführung der Mädchen von langer Hand geplant und die beiden längst außer Landes geschafft worden waren. Hinzu kam, dass es keine Zeugen gab, die etwas zur Ermittlung hätten beitragen können. Keiner der Nachbarn hatte etwas gesehen oder gehört. Die einzige Zeugin war das Kindermädchen, das sich an nichts erinnern konnte.

Der Teenager hatte die Angreifer weder gesehen noch gehört, war laut eigener Aussage überrumpelt worden und erst zu sich gekommen, nachdem die Kinder verschwunden waren.

Immer wieder berichteten verschiedene Medien über diesen mysteriösen Vermisstenfall. Einige dieser Schmierfinken hatten sogar ihre Eltern beschuldigt. Sie hatten sie angeprangert, mitschuldig am Verschwinden der Kinder zu sein, weil sie nicht zu Hause gewesen waren, als es passierte.

Lizzy legte ihr Handy zur Seite, schloss die Augen.

Sie kannte ihre Mutter in- und auswendig, wusste, dass sie sich die Frage nach der Schuld all die Jahre wieder und wieder selbst gestellt hatte.

Und ihr Vater? Seine Depressionen … der daraus resultierende Suizid – all das war rückblickend betrachtet verständlich. Und nicht nur die Sorge um seine Töchter musste ihn wahnsinnig belastet haben, auch die Schuldgefühle, die von den Medien geschürt worden waren, mochten eine Rolle gespielt haben. Mit Sicherheit hatten ihre Eltern sich selbst gefragt, ob sie diese schreckliche Tragödie hätten verhindern können, wenn sie zu Hause geblieben wären, statt feiern zu gehen.

Und sie? Was sollte sie jetzt tun?

Einfach weitermachen wie bisher?

Lizzy schüttelte den Kopf.

Entschlossen packte sie das Album und die Dokumente zurück in die Tasche, schnappte sich ihr Handy, sprang vom Sofa auf.

Die Beerdigung ihrer Mutter war erst in knapp zwei Wochen. Sie hatte noch genügend Zeit, selbst nach Antworten zu suchen. Sie würde sich in ihr Auto setzen und nach Cornwall fahren. Nach Sankt Ives, dahin, wo ihre Familie gelebt hatte.

Und was dann?, stichelte die Stimme in ihrem Kopf. *Was wirst du wohl herausfinden, nachdem selbst die Polizei all die Jahre keinen Täter, ja nicht einmal eine Spur gefunden hat?*

Lizzy hob die Schultern. Sie würde trotzdem fahren. Herumzusitzen und die Hände in den Schoss zu legen, fühlte sich, nach allem, was sie inzwischen wusste, falsch an. Sie schloss für den Bruchteil einer Sekunde die Augen, sah ihre Mutter vor sich, lächelte traurig …

Genau diese Reaktion hatte ihre Mom mit ihrem Schweigen verhindern wollen.

Egal …

Sie musste es versuchen.

Für ihre Eltern! Jene beiden Menschen, die gestorben waren, ohne zu wissen, was mit ihren Töchtern geschehen war, die sie genauso abgöttisch geliebt hatten wie sie.

DREIZEHN
LONDON

2022

Nachdem Sierra es endlich geschafft hatte, sich aus ihrer Erstarrung zu lösen, schlotterte sie vor Kälte am ganzen Körper. Noch einmal sog sie die muffige Kellerluft in ihre Lungen ein und lief los. Nur raus aus dem Keller, zurück nach oben in ihr Penthouse, wo sie sicher war. Vor dieser Stimme, vor diesen entsetzlichen Gedanken in ihrem Kopf, vor den Bildern, die ihr immer realer vorkamen.

Stufe für Stufe hetzte sie nach oben, Stockwerk für Stockwerk, bis sie endlich die Tür zu ihren vier Wänden aufstieß und hineinschlüpfte.

Mit einem erleichterten Seufzer hörte sie die Tür hinter sich zuschlagen, das Grauen ausschließend.

Eine Weile stand sie einfach nur da – mit dem Rücken von innen gegen ihre Wohnungstür gelehnt, heftig atmend. Verzweifelt versuchte sie, das Chaos in ihrem Kopf zu ordnen.

Was zur Hölle ging hier vor?

Sie schüttelte den Kopf, sie hatte keine Antwort. Nur ihr Körper reagierte. Der Schluchzer aus ihrer Kehle, das neuerliche Zittern. Reaktionen, auf die sie keinen Einfluss hatte, die sie nicht stoppen konnte.

Sie versuchte es.

Beruhige dich. Atme und versuche, alles ganz logisch zu betrachten!

Sie schnappte nach Luft.

Lucy war tot.

Das war ein Fakt, an dem sich nicht rütteln ließ.

Sie selbst hatte ihre Tochter beerdigt, dabei zugesehen, wie der weiße Sarg in einem tiefen Loch in der Erde versenkt worden war. Brady und sie hatten jeder ein paar Hände voll Erde daraufrieseln lassen. Sie waren vor dem finsteren Loch auf die Knie gesunken und hatten bitterlich um ihre Tochter geweint.

Und doch war da vorhin ein Mädchen im Flur gewesen, das von hinten wie Lucy ausgesehen hatte.

Ein Mädchen mit ausgemergeltem, dünnem Körper, mit Glatze, in einem weißen Kleid mit dunkelroten Mohnblumen darauf. Dieses Kleid hatte ihre Tochter zu Lebzeiten über alles geliebt. Deswegen hatten Brady und sie beschlossen, dass sie auch darin bestattet werden sollte.

Brady und sie waren in der Aussegnungshalle vor allen anderen noch einmal an den Sarg getreten, um in aller Ruhe Abschied von ihrem geliebten Kind zu nehmen, ein Moment, den sie nie vergessen würde.

Lucy hatte dieses Kleid mit den Mohnblumen getragen, war damit begraben worden. Heute Abend hatte sie es wiedergesehen.

Wie war so etwas möglich?

Mit aller Kraft stieß sie sich vom Holz der Tür ab, wankte ins Wohnzimmer hinüber, ließ sich auf das Sofa fallen, lehnte sich zurück.

Nie zuvor war sie sich derart verloren vorgekommen. Doch was ihr am meisten zusetzte, war dieses nagende Gefühl, langsam den Verstand zu verlieren.

Sie glaubte weder an Gott noch an den Himmel oder die Hölle und somit auch nicht an Geister oder ähnlichen Blödsinn.

Es ergab absolut keinen Sinn, was sie eben gesehen hatte.

Ihre tote Tochter in ihrem Lieblingskleid. Lucy, die mit ihr gesprochen hatte. Mit einer Stimme, vor der sie sich gefürchtet hatte, der sie geantwortet hatte.

Verdammt!

Ich werde wirklich irre!

Sie nahm ihr Handy zur Hand, gab in die Suchleiste *Auswirkungen von Traumata auf die Psyche* ein und fing an zu lesen. Danach gab sie Wortkombinationen ein, die psychische Probleme durch unverarbeitete Trauer beschrieben, und kam zu dem einzig nachvollziehbaren Schluss: Es war ihr Kopf, der ihr all diese Erscheinungen vorgaukelte.

Sie hatte Lucy so sehr geliebt. Ihre Tochter war ihr ein und alles gewesen. Sie zu verlieren, hatte sie innerlich zerrissen.

Sie stand auf, verließ das Zimmer, steuerte auf den Raum links am Ende des Korridors zu. Lucys Zimmer.

Obwohl Brady wieder und wieder vorgeschlagen hatte, den Raum auszumisten, ihre Kleidung der Wohlfahrt zu spenden, das Spielzeug einem Waisenhaus zu schenken, hatte sie es nicht geschafft, sich auch nur von einem Teil aus der Vergangenheit ihrer Tochter zu trennen.

Sie hatte all ihre Kleidungsstücke behalten, jedes ihrer Bücher, alles, was ihre Tochter zum Zeitpunkt ihres Dahinscheidens besessen hatte.

Brady war nicht begeistert gewesen, dass sie nach Lucys Tod hin und wieder eine Nacht in diesem Zimmer verbracht hatte, manchmal auch einen ganzen Tag.

Mehr als einmal hatte er vergeblich versucht, sie dazu zu bringen, endlich loszulassen, nach vorne zu blicken.

Sie setzte sich auf Lucys Bett, schloss die Augen.

Wurde sie tatsächlich verrückt?

Konnte man es noch als normal bezeichnen, dass ihr Kopf Halluzinationen projizierte, denen sie bis in den Keller folgte und mit denen sie sprach?

Sie ließ ihren Kopf kreisen, stand auf, ging zurück ins Wohnzimmer, wo ihr Handy noch auf dem Polster des Sofas lag. Sie nahm es, wählte Bradys Nummer, drückte auf Wählen, obwohl sie ahnte, wie er reagieren würde.

Es dauerte eine ganze Weile, bis er sich meldete. Mürrisch und gereizt, wie erwartet.

»Ich hab sie gesehen«, stieß Sierra aus.

»Wen?«

»Lucy … Ich habe unsere Tochter gesehen.«

Ein verzweifeltes Stöhnen erklang.

»Sierra …«

»Ich weiß, dass ich sie mir wahrscheinlich nur eingebildet habe«, unterbrach sie ihn, »genau wie diese Stimme, die ich höre, aber es hat sich so grausam angefühlt, es hat so echt gewirkt, verstehst du? Ich habe sie gesehen und sie hatte das Kleid an, Brady. Ihr Kleid.«

»Sierra … wirklich, ich hab jetzt keine Nerven für deinen Blödsinn. Und ich hab auch keine Lust, mich von dir immer wieder runterziehen zu lassen. Im Gegensatz zu dir versuche ich, mein Leben wieder auf die Reihe zu bringen, die Vergangenheit ruhen zu lassen, weil ich sie sowieso nicht mehr ändern kann. Du musst das auch endlich hinbekommen, gottverdammt noch mal!«

Sierra vernahm eine leise Frauenstimme aus dem Hintergrund, dann ein Lachen.

Brady hat Damenbesuch!

Als ihr bewusst wurde, was das bedeutete, spürte sie einen scharfen Schmerz im Innern. »Du hast jemanden bei dir?«, brachte sie mühsam hervor. »Hast du deswegen keinen Nerv dafür, mit mir über unser Kind zu reden?«

Schweigen.

»Wer ist sie überhaupt?«, fragte Sierra, obwohl ihr das im Moment egal war.

»Ich werde jetzt auflegen«, antwortete Brady. Dann klickte es in der Leitung.

Sierra ließ das Handy fallen, spürte, wie sich eine

unsichtbare Last auf ihren Brustkorb legte, die sie am Atmen hinderte.

Sie verstand einfach nicht, wieso Brady das alles so kaltließ. Wie er es schaffte, weiterzuleben, als sei nichts passiert.

Männer und Frauen trauern auf verschiedene Weise …

Nachdem der Arzt ihr das gesagt hatte, war es ihr logisch vorgekommen. Nicht Brady, sondern sie hatte Lucy neun Monate unter dem Herzen getragen. Nicht er, sondern sie hatte stundenlang in den Wehen gelegen und Schmerzen gelitten, trotzdem keine Sekunde davon bereut, weil sie dieses zauberhafte kleine Wesen von der allerersten Sekunde an geliebt hatte.

War es nicht logisch, dass es ihm leichter fiel, den Verlust zu verarbeiten?

Sie hatte viel mehr Zeit mit ihrer Tochter verbracht, weil sie zu Hause gearbeitet hatte. Seit Lucys Geburt hatte es keinen Tag gegeben, an dem sie von ihrer Tochter getrennt gewesen war. Selbst während der Chemo war sie es gewesen, die bei Lucy im Krankenhaus geblieben war. Tag für Tag, Nacht für Nacht. Nicht Brady …

Und warum? Weil sie ihre Mutter war. Es war ihre Pflicht gewesen, ihre Tochter vor allem zu beschützen, was ihr gefährlich werden konnte. Dass sie vor dem Krebs hatte kapitulieren müssen, fühlte sich heute noch wie Verrat an ihrer Mutterrolle an. Doch was hätte sie tun können?

Sie hatte alles Menschenmögliche versucht, keine alternative Heilmethode ausgelassen, hatte halb London dazu bewegt, sich für eine Knochenmarkspende registrieren zu lassen. Letztlich war alles vergeblich gewesen. Lucys junger Körper war mehr und mehr verwelkt, bis er es nicht mehr geschafft hatte.

Seit Lucys Tod stellte sie sich täglich die Frage nach dem Warum.

Warum hatte es Lucy getroffen?

Wieso war sie dazu verdammt gewesen, ihr einziges Kind auf solch grausame Art und Weise erst leiden und schließlich sterben zu sehen? Verdiente sie ein so grausames Schicksal? Einen derart furchtbaren Verlust?

Sie schnappte nach Luft, hatte das Gefühl, die Wände ihres Penthouses würden sich auf sie zu bewegen.

Sierra richtete sich auf, umschlang ihren Oberkörper mit beiden Armen, als würde sie versuchen, nicht auseinanderzubrechen.

Was hast du bloß getan, Mami?

Lucys Stimme aus dem Keller fiel ihr ein.

Es war, als sei aller Sauerstoff aus dem Raum gesogen worden. Sie wollte Luft holen, doch da war nur ein Vakuum.

Ihre Kopfhaut begann zu kribbeln, das Wasser lief ihr in Strömen den Rücken hinab. Die Erkenntnis brach durch ihr Bewusstsein wie eine Tsunamiwelle auf Land …

Ja! Sie verdiente, was ihr widerfahren war.

Nicht Brady … und schon gar nicht ihre arme Tochter.

Sie beide waren vollkommen unschuldig, hatten die Last ihrer Schuld lediglich mittragen müssen.

Lucys Krankheit.

Ihr viel zu früher Tod …

Brady lag falsch, wenn er glaubte, dass es einfach nur Pech war. Ein bedauernswertes Unglück, das ihre Familie heimgesucht hatte.

Sierra straffte die Schultern.

Es war nicht nur ein beschissener Zufall oder ein beklagenswerter Schicksalsschlag, der jede andere Familie hätte treffen können.

Die Tatsache, dass Lucy mit nur elf Jahren Krebs bekommen hatte, war Strafe und Mahnung zugleich. Es war Karma, das nichts ungesühnt blieb. Im Grunde hatte sie das immer gewusst und es war grausam gewesen, sich keiner Menschenseele anvertrauen zu können.

Stattdessen war sie dazu verdammt gewesen, dem Elend ihrer Kleinen hilflos zuzusehen und zugleich den Kampf gegen ihre inneren Dämonen in Einsamkeit auszufechten.

Doch im Gegensatz zu Lucy und Brady hatte sie jede Sekunde des Leidens verdient.

Sie war schuldig! Hatte so viel Leid in die Welt gebracht, so viel Verzweiflung verursacht. … Das Universum hatte ihr wohl auf seine Weise geantwortet, mit einer Botschaft, die sich ihr langsam entschlüsselte.

Die Sünden ihrer Vergangenheit würden niemals getilgt werden, die dunkle Seite ihrer Persönlichkeit würde niemals verschwinden, so tief sie sie auch in ihrem Innern verbarg.

VIERZEHN
SANKT IVES
2019

Lizzy hatte in den letzten Nächten kaum drei Stunden geschlafen, trotzdem fühlte sie sich so aufgekratzt und fit wie lange nicht mehr.

Vor ihrer Abreise nach Cornwall hatte sie die Beerdigung geplant und alles für die Wohnungsauflösung vorbereitet. Heute war sie in aller Herrgottsfrühe voller Tatendrang in Richtung Cornwall aufgebrochen.

Sie war schon auf halber Strecke, als ihr einfiel, dass sie vom früheren Haus ihrer Eltern nur ein Foto hatte. Um die Adresse des früheren Anwesens ihrer Eltern zu bekommen, musste sie Jenkins anrufen.

Wie erwartet, versuchte der Notar und ehemalige Freund ihres Vaters erneut, sie davon abzuhalten, sich dort umzuhören. Nur zähneknirschend hatte er am Ende nachgegeben und ihr die Adresse genannt.

Jetzt stand sie mit ihrer alten Klapperkiste vor der pompösesten Villa, die sie jemals gesehen hatte. Nicht nur dass sie sich fehl am Platz fühlte wie nie zuvor in ihrem Leben, die neuen Besitzer hatten das Haus auch stark verändert. Kaum noch etwas glich der Villa auf den Fotos aus dem Album ihrer Eltern. Die Fassade war mittlerweile in einem kühlen Gelbton gestrichen, die Fensterläden erstrahlten in einem makellosen Weiß, als seien sie erst kürzlich frisch lackiert worden. Am auffallendsten war ein seitlicher Anbau, der komplett aus Glas zu sein schien. Lizzy vermutete, dass er einen Pool umschloss.

Kopfschüttelnd ließ Lizzy den Anblick auf sich wirken. Als ihre Eltern hier gelebt hatten, hatte dieses Gebäude einladend und heimelig gewirkt, jetzt strahlte es einfach nur puren, unpersönlichen Luxus aus. Sie schluckte ihre Anspannung hinunter, schritt auf das große schmiedeeiserne Tor zu, drückte auf die Klingel.

Es dauerte eine Weile, dann schaltete sich die Gegensprechanlage ein. »Kann ich Ihnen helfen?« Die Stimme der Frau klang näselnd und hochmütig, fast misstrauisch. Sie passte zu dem Anwesen, war ebenso wenig einladend wie alles hier.

»Tut mir sehr leid, falls ich Sie störe«, entschuldigte Lizzy sich.

»Was möchten Sie? Ich hab nicht ewig Zeit«, kam es ungeduldig zurück.

»Meine Eltern haben früher in diesem Haus gelebt und ich bin auf der Suche nach Personen, die sie vielleicht gekannt haben und mir sagen können, was damals in diesem Haus geschehen ist.«

Eine Weile herrschte Schweigen am anderen Ende, dann ertönte ein Geräusch, das wie ein Seufzen klang. »Sie sprechen von den Russels?«

»Ja, das waren meine Eltern. Sie lebten damals in Ihrem Haus.«

»Waren ...?« Die Stimme der Frau klang plötzlich mild, fast mitleidig.

»Mein Vater ist schon länger tot. Meine Mom starb erst vor ein paar Tagen.«

»Das tut mir sehr leid«, kam es aus dem Lautsprecher und die Stimme klang aufrichtig. »Ich kannte Ihre Eltern nur ganz flüchtig«, erklärte ihr die Frau. »Wir sind uns ein paar Mal im Rahmen des Verkaufs dieses Anwesens begegnet. Und ja, ich weiß natürlich, was für eine Tragödie sich hier ereignet hat. Doch ich werde Ihnen kaum weiterhelfen können. Alles was ich weiß, habe ich nur von Dritten im Laufe der Jahre aufgeschnappt.«

»Haben Sie denn eine Idee, an wen ich mich wenden könnte, um ein paar Informationen zu bekommen?«

Die Frau räusperte sich. »Ihre Eltern … Haben sie nicht mit Ihnen darüber geredet, was vorgefallen ist?«

Lizzy schluckte, drängte die Tränen zurück. »Es wird sich für Sie vielleicht seltsam anhören, doch meine Eltern haben mich von all dem ferngehalten. Ich wusste bis vor wenigen Tagen weder, dass meine Eltern früher hier gelebt haben, noch, dass ich zwei Schwestern habe, die entführt wurden. Deswegen bin ich hergekommen.«

»Das ist …« Die Frau brach ab, schien nicht so recht zu wissen, wie sie reagieren sollte. »Sie sind das Baby, mit dem ihre Mutter schwanger war, als es geschah, kann das sein?«

»Ja, ich bin Elisabeth Russel«, stellte sie sich vor. »Anfangs verschwiegen meine Eltern mir alles, weil ich zu klein war, und später … tja, ich weiß nicht recht, wieso sie nie etwas gesagt haben. Vermutlich wollten sie mich nur beschützen.«

»Sie könnten es im Pub versuchen«, sagte die Frau. »Das *Black Sheep*. Sie müssten daran vorbeigekommen sein, als sie hierher gefahren sind. Soweit ich mich erinnere, war die Besitzerin eine Bekannte ihrer Eltern, vielleicht sogar eine Freundin der Familie, doch beschwören möchte ich das nicht.«

»Okay, vielen Dank«, stieß Lizzy erleichtert aus. »Und danke sehr, dass Sie sich die Zeit genommen haben. Sie haben mir sehr geholfen.«

Wieder in ihrem Wagen, holte Lizzy tief Luft, schickte ein stummes Stoßgebet zum Himmel, hoffte, dass die Fahrt zum *Black Sheep* keine Zeitverschwendung sein würde.

»Du bist die kleine Lizzy?« Die Augen der Frau schimmerten verdächtig. Sie ließ ihr Geschirrtuch fallen, kam um den Tresen herum und riss Lizzy an ihre üppige Brust. »Als ich dich das letzte Mal gesehen habe, meine Kleine, warst du gerade ein Jahr alt. Deine Eltern waren noch mal hier, um den Verkauf des Anwesens abzuschließen, und haben mich noch ein letztes Mal besucht.«

»Dann war ich auch noch mal hier?«

»Ja, aber du warst ja fast noch ein Baby. Kein Wunder, dass du dich nicht mehr daran erinnerst.«

»Wie gut kannten Sie meine Eltern?«

»Dein Vater und ich, wir waren befreundet, kannten einander aus Sandkastentagen. Ich fand es damals so traurig, dass er und deine Mom ihr altes Leben komplett aufgegeben haben. Sie haben wirklich alle Brücken abgerissen, als sie von hier fortgingen.« Sie brach ab, schüttelte den Kopf. »Nicht, dass ich es nicht hätte nachvollziehen können. In diesem Haus … keine zehn Pferde hätten mich da drin gehalten. Ich habe deiner Mutter damals geraten, sie solle einfach nur das Haus verkaufen und sich im Nachbarort eine neue Bleibe suchen. Doch sie wollte alles hinter sich lassen. Nicht nur das Haus und diesen Ort mit all seinen Bewohnern, sondern ihr komplettes früheres Leben. Vermutlich hat sie deswegen nie zurückgerufen und sich auch nie bei mir gemeldet. Wie geht es ihr eigentlich nach all den Jahren?«

Lizzy seufzte. »Meine Eltern sind tot. Mein Vater schon seit Jahren und meine Mutter seit wenigen Tagen.«

Die Frau riss die Augen auf, wirkte blass. »Was für ein Jammer«, stieß sie aus. »Ich hab das alles ja über die Jahre hinweg verfolgt und mitbekommen, dass die beiden Mädchen bis heute nicht gefunden wurden. Wie furchtbar, dass deine Eltern niemals eine Antwort auf die Frage bekamen, ob die Mädchen noch am Leben sind.« Sie schüttelte den Kopf, sah Lizzy neugierig an. »Wie ging es den beiden in den letzten Jahren damit? Konnten sie ihre Hoffnung auf einen Neuanfang in die Tat umsetzen oder hat diese schreckliche Tragödie ihr Leben all die Jahre überschattet? Und wie geht es dir damit?«

Lizzy hob die Schultern. »Ich wusste bis vor ein paar Tagen nichts von der Entführung, nichts von dem Haus, in dem sie hier gelebt haben. Das alles habe ich nur durch einen Zufall herausgefunden. Und was den Neuanfang angeht … Ja, ich denke, meine Eltern haben es versucht. Doch ich glaube nicht, dass sie wirklich jemals wieder richtig glücklich waren.«

Die Freundin ihrer Eltern sah sie irritiert an. »Du wusstest nichts von der Entführung deiner Schwestern? Gar nichts?«

Lizzy stieß ein bitteres Lachen aus. »Ich wusste nicht einmal, dass meine Eltern damals hier gelebt haben. Sie hinterließen mir das Geld aus dem Verkauf des Hauses und ich bin aus allen Wolken gefallen, weil ich plötzlich zwei Millionen Pfund schwer bin. Meine Eltern …«, Lizzy schnappte nach Luft, »sie haben ein sehr einfaches und bescheidenes Leben geführt und niemals auch nur einen Cent von dem Geld angerührt, dass der Verkauf des Hauses eingebracht hat.«

Die Wirtin ging wieder hinter den Tresen, nahm zwei Gläser, schenkte etwas Whiskey in beide und reichte ihr eines davon. »Darauf muss ich was trinken.« Sie machte eine auffordernde Kopfbewegung, kippte den Alkohol auf einen Sitz runter, stieß die Luft aus. »Ich bin übrigens Thelma. Mir gehört diese Bar und dein Vater war früher mindestens zweimal die Woche hier auf einen Absacker.« Sie grinste. »Er und ich verstanden uns immer ganz gut. Ich fürchte, deiner Mom war das ein Dorn im Auge.« Sie grinste schief. »Was hast du jetzt vor? Warum bist du hergekommen?«

Lizzy schluckte. »Ich will herausfinden, was damals passiert ist.«

»Was genau willst du denn wissen?«

»Na ja, ich hab ein paar Artikel im Internet gelesen, weiß im Grunde, was passiert ist. Aber das sind nur Zeilen in einer Online-Zeitschrift. Ich hatte gehofft, von jemandem, der damals live dabei war, alles ausführlich hören zu können.«

Thelma verzog das Gesicht. »Live dabei war damals niemand außer der kleinen Parker. Sie hat die Kinder regelmäßig gehütet. Nicht nur die Zwillinge, sondern auch die Kinder anderer Familien aus dem Ort. Ihr Vater war ein paar Jahre zuvor arbeitslos geworden. Die Familie war gezwungen, ein bescheidenes Leben zu führen. Doch das Mädchen wollte studieren, was sich ihre Eltern aber nicht leisten konnten. Also hütete sie neben anderen kleinen Jobs die Kinder von Familien aus dem Ort. Auf die Weise verdiente sie sich das Geld für ihr Studium.«

»Wie war sie so?«

»Sie war ein guter Babysitter, ein nettes Mädchen, sehr zuverlässig und fleißig, gönnte sich keinen freien Abend nach der Schule, Manchmal hat sie auch hier in der Bar ausgeholfen, daher kannte ich sie recht gut.«

Lizzy keuchte aufgeregt. »Das ist gut! Dann wissen Sie vielleicht doch etwas. Hat sie denn was gesagt? Hat sie erzählt, was genau an jenem Abend passiert ist?«

Thelma stieß ein trauriges Lachen aus. »Ich hab sie nach jener Nacht nie wieder zu Gesicht bekommen. Zuerst lag sie einige Zeit im Krankenhaus, musste sich einer psychotherapeutischen Behandlung unterziehen, weil das alles ihr ziemlich zugesetzt hatte. Danach ging sie wohl wieder zur Schule,. Doch nachdem sie ihre Prüfungen absolviert hatte, war sie plötzlich verschwunden. Niemand wusste, wohin, und ihre Eltern schwiegen eisern, sprachen mit niemandem über ihre Tochter und darüber, was in jener Nacht passiert ist.«

»Und meine Eltern? Hatten sie Gelegenheit mit dem Kindermädchen zu reden?«

Kopfschütteln.

»Das lief damals alles über offizielle Stellen und die Polizei. Es zog sich ja über Monate hin.«

»Aber gab es denn keinen Anhaltspunkt? Keine Spuren? Zeugenaussagen?«

Thelma sah sie traurig an. »Glaub mir, die Polizei hat jeden Stein umgedreht, mit unzähligen Leuten gesprochen, mit Freunden der kleinen Parker, mit Bekannten und Freunden deiner Eltern, mit Nachbarn. Auch bei mir waren sie und haben mich wieder und wieder über deine Eltern ausgefragt. Eine Zeit lang hatte ich sogar den Eindruck, sie würden sie verdächtigen, selbst etwas mit dem Verschwinden ihrer Kinder zu tun gehabt zu haben.«

Lizzy zuckte zurück. »Im Ernst? Das waren nicht nur blöde Zeitungsmeldungen?«

»Leider, nein. Sie verdächtigten deine Eltern tatsächlich – aber das ist vermutlich Routine. Sie müssen ja in jede mögliche Richtung ermitteln, und die Familie gehört da eben dazu.«

»Gab es denn noch andere Verdächtige?«

Thelma runzelte die Stirn. »Na ja, man hat einen Exfreund deiner Mutter im Visier gehabt, doch diese Richtung hat wohl nichts ergeben. Dann gab es noch jemanden aus dem beruflichen Umfeld deines Vaters, den die Polizei eine Zeit lang auf dem Radar hatte. Doch ansonsten weiß ich von niemandem.«

»Was war mit der Babysitterin? Das junge Mädchen, von dem Sie mir eben erzählt haben. Parker heißt sie, richtig?«

»Ja, der oder die Täter haben die kleine Parker übel zugerichtet. Sie hatte Platzwunden am Hinterkopf und Messerstiche in der Schulter. Sie war bewusstlos, als die Mädchen aus dem Haus gezerrt wurden. Sie kam erst wieder zu sich, als die Entführer bereits über alle Berge waren.«

Lizzy schüttelte den Kopf. »Meine Schwestern waren damals vier Jahre alt. Sie müssen geweint und sich gewehrt haben, vielleicht sogar um Hilfe gebrüllt. Irgendjemand muss doch etwas mitbekommen haben …«

Thelma hob die Schultern. »Die Polizei ging davon aus, dass sie betäubt worden sind. Und die kleine Parker wurde wohl von hinten niedergeschlagen, hatte nicht einmal Gelegenheit zum Schreien.«

»Und die Polizei? Haben die ermittelnden Beamten mit ihr gesprochen? Irgendwelche Experimente versucht, damit sie sich an etwas erinnert? So etwas wie Hypnose? Ich meine, bei solch schweren Verbrechen wie einer Entführung von Kleinkindern muss die Polizei doch unter Hochdruck gearbeitet haben. Gerade innerhalb der ersten Stunden einer Suche nach Vermissten kommt es ja auf jede Kleinigkeit an. Alles kann helfen, die Beamten auf die richtige Spur zu leiten. Gerüche, leise Stimmen, ein eventueller Dialekt oder Akzent der Einbrecher. Hat der Babysitter vielleicht mitbekommen, wie sich jemand Zugang zum Haus verschaffte, und wollte die Kinder holen, als sie überfallen wurde? Ist ihr vielleicht im Laufe des Abends aufgefallen, dass jemand vorm Haus stand, der nicht dorthin gehörte, oder waren die Kinder anders als sonst – all so was eben?«

Thelma verzog das Gesicht zu einem Grinsen. »Bist du bei der Polizei oder so?«

Lizzy lachte. »Ich will einfach nur herausfinden, was genau damals passiert ist.«

Thelma schien über ihre Fragen nachzudenken, schüttelte dann den Kopf. »Du könntest es bei der Polizei versuchen. Wir haben hier vor Ort ein kleines Police Department und soweit ich mich erinnere, waren die Kollegen damals auch alle an den Ermittlungen beteiligt.«

»Das werde ich natürlich versuchen, aber ich hatte eigentlich gehofft, dass ich mit dem Babysitter meiner Schwestern reden kann.«

»Wie gesagt, die kleine Parker hat seit Jahren niemand mehr zu Gesicht bekommen. Allerdings lebt ihre Mutter noch in der Gegend. Wenn du magst, kann ich dir eine

Wegbeschreibung geben, es ist etwas außerhalb und schwer zu finden.«

Lizzy nickte. »Das wäre nett. Ich frage mich aber auch, ob sie nicht einer engen Freundin was anvertraut haben könnte. Sie war jung, ein Teenager, sie muss doch Freunde gehabt haben, einen Freund vielleicht. Wäre mir etwas so Furchtbares passiert, hätte ich mich ganz sicher jemandem anvertraut.«

Thelma winkte ab. »Ich weiß nur, dass es damals ein paar Leute gab, Teenager aus der Gegend, die sie kannten und mit ihr zur Schule gingen. Ein paar von ihnen unkten, sie selbst habe den Kindern etwas angetan. Ihnen bei einem satanischen Ritual die Köpfe abgeschnitten und so ein Blödsinn. Ich vermute, dass dieses Gerede einer der Gründe war, weshalb sie sich zurückzog und irgendwann heimlich von hier verschwand.«

Lizzy spürte, wie sich eine eiskalte Hand um ihr Herz legte. »Wie kamen die Leute denn darauf?«

»Wegen ihres Freundes wahrscheinlich. Der war wirklich ein komischer Kauz, lief ständig in schwarzen Kutten herum, hörte seltsam düstere Musik, trank viel zu viel Alkohol für sein Alter, nahm Drogen …«

»Und was glauben Sie? Leben die Zwillinge noch? Gibt es eine Chance, dass ich sie vielleicht finde?«

»Die Polizei hat alles versucht«, gab Thelma zu bedenken. »Das waren Hunderte Polizisten, die landesweit ermittelten. Selbst im Ausland wurde nach den Kindern gesucht – ohne Erfolg. Es hat sich auch nie jemand hinsichtlich eines Lösegelds bei deinen Eltern gemeldet. Da war einfach nichts, keine Spur, kein Lebenszeichen. Ehrlich gesagt, habe ich nicht viel Hoffnung, dass die armen Mädchen noch am Leben sind. Was aber nicht heißt, dass ich diesen Mist von irgendwelchen dunklen Ritualen glaube. Es ist viel eher so, dass mir mein gesunder Menschenverstand sagt, dass es doch im Laufe der Jahre irgendwann mal einen Hinweis hätte geben müssen, irgendeine Spur.« Sie schwieg, schüttelte traurig den Kopf.

»Aber irgendwer muss doch etwas wissen«, protestierte Lizzy, mehr zu sich selbst als zu Thelma.

»Mag sein. Ich jedenfalls weiß von nichts, Lizzy. Es ist, als hätten sich deine Schwestern einfach in Luft aufgelöst.«

FÜNFZEHN
LONDON

2022

Ein Blinken durchbrach die Dunkelheit des Schlafzimmers und riss sie aus ihrem ohnehin unruhigen Schlaf. Stöhnend presste sie ihren Kopf tiefer ins Kissen, versuchte, die Störung auszublenden.

Aber es half nichts.

Sie war wach.

Die Schlaftablette, die sie vor dem Zubettgehen genommen hatte, wirkte längst nicht mehr und ihr war speiübel.

Sie setzte sich auf, griff nach ihrem Smartphone auf dem Nachttisch, sah Bradys Nummer auf dem Display und dass die erste Nachricht schon vor über zwei Stunden eingegangen war, um drei Uhr.

Sofort war sie hellwach. War etwas passiert? Wieso sollte er ihr sonst um die Zeit eine Nachricht senden?

Sie wischte über den Bildschirm, öffnete die SMS.

Ein Video poppte auf, zeigte ihr ein vögelndes Paar. Angewidert warf sie das Handy neben sich auf die Bettdecke, sprang auf und floh ins angrenzende Badezimmer. Dort atmete sie mehrfach heftig ein und aus, dann spülte sie sich ihren ausgetrockneten Mund mit Wasser aus, wusch sich das Gesicht, starrte ihr Spiegelbild an.

Schließlich lachte sie laut los.

Brady musste betrunken sein, wenn er ihr so einen Mist schickte. Doch dann stutzte sie.

Brady, betrunken?

Sich sinnlos zu betrinken, passte nicht zu dem Brady, den sie kannte. Aber der würde auch keine Sexvideos in die Welt schicken. Am wenigsten an sie, seine Ex.

War sein Handy gehackt worden?

Oder hatte er es verloren und der Finder stellte Blödsinn damit an?

Sie eilte ins Schlafzimmer zurück, nahm das Handy, sah sich das Video noch einmal an. Es zeigte eine junge Frau von der Brust abwärts, die in der Reiterposition auf einem nackten Mann saß. Sie konnte nur den Unterleib der Frau sehen, ihre Schenkel, ein Stück vom unteren Bauchbereich, auf dem sich ein Tattoo in Form einer Rune befand. Sierra schüttelte den Kopf.

Das war seltsam.

Als der Mann seinen Kopf drehte, sodass sie sein Gesicht erkennen konnte, zuckte sie zurück.

Es war Brady!

Was war denn in den gefahren?

Ihr fiel ein, dass er bei ihrem letzten Telefonat gereizter geklungen hatte als üblich. Im Hintergrund hatte sie die Stimme einer Frau gehört.

Ihr erster Schock verflog innerhalb von Sekunden, machte grenzenlosem Zorn Platz. Wieso ließ der Idiot zu, dass seine Flamme ihn beim Sex filmte? Und warum schickte er ihr dieses zweifelhafte Kunstwerk dann mitten in der Nacht?

Sierra klickte den Film weg, öffnete seine nächste Nachricht, die viel später eingegangen war und sie wahrscheinlich aus dem Schlaf gerissen hatte. Sie enthielt nichts weiter als ein breites Grinse-Smiley.

»Vollidiot«, stieß sie wütend aus, pfefferte das Handy neben sich aufs Bett.

Was bildete sich dieser Vollpfosten ein?

Wollte er ihr mit diesem Schmuddelvideo irgendwas mitteilen? Ihr sagen, dass sie sich nicht mehr melden und aus seinem Leben verschwinden sollte?

War diese Frau seine neue Freundin?

Hatte er dieses Video geschickt, um ihr klarzumachen, dass sie endgültig Geschichte waren?

Bittere Galle schoss in ihren Mund. Hastig sprang sie auf, rannte ins Bad, schaffte es gerade noch, den Klodeckel hochzuheben, sank vor der Schüssel auf die Knie, würgte.

Minutenlang verharrte sie dort, dann kämpfte sie sich auf die Beine und schlurfte in die Küche. Immer noch angewidert, setzte sie einen Kessel mit Wasser auf, bereitete alles für einen Tee vor, der den bitteren Nachgeschmack in ihrem Mund vertreiben würde. An Schlaf war für den Rest der Nacht sowieso nicht mehr zu denken.

Sie setzte sich an den Küchentisch, fühlte sich einfach nur hundsmiserabel.

Wie konnte Brady ihr so etwas antun?

Er musste sie wirklich verabscheuen, wenn er so etwas tat. Und er wollte sie verletzten, so viel stand fest.

Gut, die Trennung war von ihr ausgegangen. Doch Brady hatte auch nicht ernsthaft um ihre Ehe gekämpft.

Auf ihren Wunsch, er möge das Penthouse verlassen, hatte er klaglos seine Klamotten gepackt und war in ein Hotel gezogen. Von da aus war es ihm nicht schwergefallen, innerhalb weniger Tage eine Wohnung zu finden, in der er seither lebte.

Er hatte nicht einmal versucht, sie zurückzugewinnen, ihrer Ehe noch eine Chance zu geben. Eine leise Stimme in ihr protestierte dagegen. Auch sie hatte in dem Trennungsdrama keine Glanzrolle gespielte. Hatte ihn nie gebeten, zu ihr zurückzukommen.

Dennoch hatte sie sich gewundert, wie rasch er sich umorientiert und es geschafft hatte, sich was Neues aufzubauen.

Oder hatte er das nur vorgespielt?

Hatte ihn ihre Entscheidung mehr getroffen, als er je zugeben wollte?

Sie rief sich alles in Erinnerung: seine vermeintliche Gleichgültigkeit ihr gegenüber. Die ständigen Sticheleien und die Art, wie er sie stets versuchte, mit Worten klein zu halten.

Nervte sie ihn wirklich dermaßen, dass er zu solchen Mitteln griff?

Zu einem Sexvideo?

Welcher normal denkende Kerl schickte ein Sexvideo an seine Ex, wenn sie ihm gleichgültig war?

Als das Wasser endlich kochte, gab sie es auf die vorbereiteten Teeblätter und nahm die Tasse mit ins Wohnzimmer. Sie setzte sich auf ihr Sofa, stellte die Tasse auf dem Tisch ab, deckte sich mit einer der herumliegenden Wolldecken zu, um die Kälte aus ihrem Innern zu vertreiben.

Zum zweiten Mal innerhalb kurzer Zeit wurde ihr bewusst, wie einsam und allein sie doch war.

Sie hatte niemanden mehr.

Nicht Lucy, nicht Brady, keine Menschenseele.

Du hast mich, vernahm sie Hopes Stimme in ihrem Kopf und seufzte.

Nicht wirklich, protestierte ihre vernünftigere Stimme.

Sie kannte Hope erst seit Kurzem und sie waren noch weit davon entfernt, befreundet zu sein.

Wäre Hope ihre Freundin, eine wirkliche Seelenverwandte, könnte sie jetzt hinuntergehen, sie wach klingeln und sie würden sich gemeinsam die Nacht um die Ohren schlagen. Aber so?

Nein, es fühlte sich falsch an, Hope zu belästigen. Im Moment waren sie nur gute Nachbarn, und die ließ man nachts schlafen.

Sie nippte vorsichtig an dem noch glühend heißen Tee. Doch im Gegensatz zu sonst hatte er diesmal keine beruhigende Wirkung auf sie. Stattdessen wurde das Chaos in ihrem Inneren von Sekunde zu Sekunde heftiger.

Zu allem Übel war da auch noch der Druck von außen. Amanda wartete darauf, dass sie ihr Versprechen einlöste und ihr endlich die ersten annehmbaren Kapitel ihres nächsten Buches schickte. Dabei hatte sie nicht eine brauchbare Seite geschrieben, seit sie ihre Agentur verlassen hatte.

Um ihr Versprechen noch halten zu können, müsste sie jeden Tag mindestens achtzehn Stunden schreiben. Doch was tat sie? Saß mitten in der Nacht wie ein Häufchen Elend auf ihrem Sofa und bemitleidete sich selbst. Schickte stumme Flüche zu ihrem Ex und bedauerte es, niemanden an der Seite zu haben, der ihr das Gefühl gab, nicht allein zu sein.

Sierra stieß die Luft aus, schloss ihre Augen.

Wie hatte alles nur so beschissen werden können?

War es denn jemals wirklich gut gewesen?

Die Stimme in ihrem Inneren alarmierte sie, brachte sie dazu, ernsthaft zu reflektieren, wie es um sie bestellt war. Wann war sie das letzte Mal so richtig glücklich gewesen?

Als Lucy noch gesund war …

Doch nein, selbst an guten Tagen hatte sie früher immer darauf gelauert, dass diese verfluchten Schatten sie einholen würden. Stets hatte sie befürchtet, dass ihr Glück nur gemietet und nicht von Dauer war.

So richtig ausgekostet hatte sie ihr Leben nie. Sie hatte immer geahnt, dass da noch eine Rechnung des Karmas offen war. Doch sie hätte niemals damit gerechnet, dass sie mit dem Leben ihrer Tochter bezahlen würde …

Ein Keuchen entwich ihrer Kehle, als sie wieder an der gleichen Stelle war wie neulich, als sie sich die gleichen Vorwürfe gemacht hatte.

Sie öffnete die Augen, glaubte sich in einer Endlosschleife wiederzufinden.

Da war es wieder:

Ein leises Flüstern.

Es schien aus den Wänden zu kommen, war überall um sie herum.

Dann ging es in ein melodisches Summen über, nur Bruchteile von Sekunden später in richtigen Gesang.

Adele …

War das Hope unter ihr?

Trällerte sie mitten in der Nacht einen Song von Adele?

Sierra stand vom Sofa auf, stellte sich in die Mitte des Raumes, lauschte angestrengt.

Nein! Das war nicht Hope.

Das Gesinge kam auch nicht aus der Wohnung unter ihr. Es schien, als käme es aus den Wänden ihres Wohnzimmers.

Sie lief zur Wand hinter dem Sofa, presste ihr Ohr fest dagegen, hielt die Luft an. Doch auch hinter der Wand war nichts.

Kamen die Liedfetzen, die sie hörte, von oben?

Sie lief alle Wände des Raumes ab, blieb an einer Stelle stehen, wo sie das Geträller besonders deutlich hören konnte.

Als ihr bewusst wurde, dass es Lucys zartes Stimmchen war, das ein Lied von Adele trällerte und dabei nur selten den richtigen Ton traf, sackte sie auf die Knie …

Der Gesang wurde lauter, dröhnte in ihren Ohren.

Sierra ertrug es nicht länger.

Verzweifelt presste sie ihre Handflächen gegen die Ohren, fing an zu schreien …

SECHZEHN
SANKT IVES
2019

Thelma hatte nicht übertrieben mit ihrer Warnung, das Haus der Familie Parker sei schwer zu finden. Ohne den gezeichneten Anfahrtsplan hätte Lizzy das winzige Häuschen wahrscheinlich nie gefunden.

Als sie den Wagen am Straßenrand abstellte, den schmalen Fußweg zum Haus der Familie hinauflief, kämpfte sie mit gemischten Gefühlen. Von Thelma wusste sie ja, dass der Teenager von damals schon lange nicht mehr in diesem Haus bei seinen Eltern lebte. Und ob diese bereit waren, ihr weiterzuhelfen, war auch fraglich.

Als sie schließlich vor der Haustür stand, holte sie noch einmal tief Luft, setzte ein Lächeln auf und drückte auf den Klingelknopf.

Dann wartete sie.

Es tat sich nichts.

War etwa niemand zu Hause?

Sie versuchte es ein zweites und ein drittes Mal, bis sie endlich schlurfende Schritte aus dem Inneren des Häuschens vernahm.

Die Tür knarzte leicht, als sie sich langsam öffnete und den Blick auf eine kränklich aussehende Dame freigab, die sie aus verkniffenen Augen anblickte. Das musste Linda Parker, die Mutter des Kindermädchens, sein.

»Ich bin Lizzy«, stellte sie sich freundlich vor.

»Ja und?«, kam es harsch von Linda.

»Lizzy Russel. Meine Eltern haben vor vielen Jahren drüben im Zentrum von Sankt Ives gewohnt. Ihre Tochter war ihr Kindermädchen, erinnern Sie sich?«

»Und was wollen Sie?«

Puh, das würde eine harte Nummer. Lizzy bemühte sich, weiter zu lächeln. »Ich war schon bei den neuen Besitzern der Villa, diese haben mich in Thelmas Pub geschickt. Thelma war wohl damals mit meinen Eltern befreundet.«

»Und Thelma hat sie hergeschickt? Wozu?«

Linda Parkers hagere Finger umfassten die Tür, als wollte sie ihr diese gleich vor der Nase zuschlagen.

»Ich bin auf der Suche nach Ihrer Tochter. Sie ist die Einzige, die mir vielleicht sagen kann, was damals mit meinen Geschwistern passiert sein könnte.«

Lindas Gesichtszüge veränderten sich. Ihr ohnehin schon verkniffener Gesichtsausdruck verzog sich zu einer wütenden Fratze.

»Sie sind von der Presse, hab ich recht? Kommen mir mit einer Lügengeschichte, um mich weichzukochen. Sie sind eine von diesen Schmierfinken, die einfach nicht aufgeben wollen ...«

»Nein, ich bin Lizzy Russel«, wiederholte sie hastig ihre Vorstellung und musste sich beherrschen, weder ungeduldig noch sauer zu klingen. »Wie ich sagte, meine Eltern haben früher in der Nähe gelebt. Die Russels. Ihre Tochter war oft bei ihnen. Meine Mutter war damals mit mir schwanger, ich war noch nicht mal geboren. Sie zogen weg, nachdem das mit meinen Schwestern passiert ist. Sie wissen ja, was damals passiert ist.«

Linda starrte sie sekundenlang stumm an, als könnte sie in ihren Zügen ablesen, ob sie die Wahrheit gesagt hatte. Schließlich seufzte sie. »Sie scheinen wirklich keiner von diesen Geiern zu sein. Bisschen ähnlich sehen Sie Ihrer Mutter ja. Ich bin da lieber vorsichtig. Diese verdammten Typen von der Presse sind mit allen Wassern gewaschen, lügen und behaupten das Blaue vom Himmel herunter, deswegen …« Sie brach ab, stieß die Luft aus. »Ich hab seit Jahren keine Zeitung mehr gelesen, geh auch kaum ins Internet, weil mich dieses Geschwätz noch krank macht, verstehen Sie? Mein Mann, Gott hab ihn selig, ihn hat all das schon viel früher fertiggemacht. Er lag eines Morgens tot neben mir im Bett. Herzinfarkt. Er hatte Glück, der Gute, ist friedlich eingeschlafen.«

Lizzy sah die Frau betroffen an. »Das tut mir leid für Sie. Mein herzliches Beileid.« Sie schluckte. »Meine Eltern sind auch beide tot. Zuerst starb mein Vater vor vielen Jahren – eine wirklich schlimme Geschichte – und jetzt kürzlich meine Mom. Ich hab nur noch das, was sie mir hinterlassen haben, und dabei habe ich diese furchtbare Geschichte aufgedeckt. Ich wusste all die Jahre nichts davon. Nicht mal, dass ich vielleicht noch Schwestern habe. Aber jetzt muss ich einfach wissen, was meinen Schwestern zugestoßen ist.«

Linda Parker riss die Augen auf, als würde sie erst jetzt begreifen, wer sie war. »Das Baby, richtig«, stieß sie verblüfft aus. »Jetzt erinnere ich mich. Ihre Mutter war damals hochschwanger und das war auch der Grund, warum sie und ihr Dad noch einmal ihren Hochzeitstag groß feiern wollten. Deswegen haben sie meine Tochter über Nacht engagiert.«

Lizzy nickte langsam. »Ich bin das Baby, die Lizzy«, wiederholte sie ihren Vornamen erneut.

»Und Ihre Eltern sind tot, beide?«

Lizzy nickte.

»Was für ein Jammer«, sagte Linda. »Nach allem, was sie mitgemacht haben, so früh zu versterben …« Sie sah sie kopfschüttelnd an. »Darf ich fragen, wie alt Ihre Eltern waren, als sie …?«

»Mein Vater gerade vierzig und meine Mutter zweiundfünfzig.«

»Das ist sehr bedauerlich. Vor allem, wenn man bedenkt, dass sie im Ungewissen gehen mussten.«

Lizzy blinzelte gegen ihre Tränen an. »Deshalb bin ich hier. Diese nie aufgelöste Tragödie ist die letzte Verbindung, die ich noch zu meiner Familie habe. Ich bin es ihnen schuldig ...«

»Was sind Sie ihnen schuldig?«, unterbrach Linda sie etwas zu hastig.

»Antworten zu finden, anhand von Augenzeugenberichten die Geschehnisse zu rekonstruieren.«

»Darf ich fragen, was genau Sie sich von mir erhoffen?«

»Ich bin wegen Ihrer Tochter hier. In den Zeitungen wurde ihr Name nie ausgeschrieben. Man konnte immer nur die Anfangsbuchstaben lesen, dazu ein paar vage Informationen über das, was in jener Nacht geschah. Ich würde gerne mit ihr sprechen, sie fragen, an was sie sich noch erinnern kann. Verstehen Sie das?«

Linda wich ihrem Blick aus. Als sie nach einigen Sekunden wieder Augenkontakt aufnahm, hatte sich etwas in ihrem Gesicht verändert. Da war kein Mitgefühl mehr, keine Verbundenheit, weil sie beide Beteiligte einer Tragödie waren. Da war nur noch Ablehnung.

»Ich will einfach nur mit ihr reden, Frau Parker, nur reden. Ihre Tochter kannte meine Geschwister, die ich nie kennenlernen durfte. Sie kannte meine Eltern, wusste, wie sie damals gelebt haben. Alles das habe ich nie kennenlernen dürfen. Ich wüsste zu gerne, wie die beiden so waren. Und vielleicht erinnert sie sich ja sogar noch an etwas, an etwas, was mir hilft ihre Spur aufzunehmen. Und sei es noch so vage.«

Linda seufzte verhalten. »Meine Kleine hat damals alles, was ihr im Gedächtnis war, den Polizisten erzählt. Nicht nur einmal übrigens, sondern wieder und wieder und wieder. Sie ließen sie nicht in Ruhe, haben meine Tochter richtiggehend fertiggemacht. Es war eine furchtbare Zeit.

Dabei war sie selbst eines der Opfer dieser schlimmen Tragödie. Wer auch immer das gewesen ist, hat sie schwer verletzt zurückgelassen. Sie hatte großes Glück damals und ich danke Gott jeden Tag, dass er mir nicht auch noch mein Mädchen genommen hat.«

»Ich verstehe, dass Sie Ihre Tochter schützen möchten. Doch ich versichere Ihnen, dass ich keine bösen Absichten hege. Ich will nur mit ihr reden, weil sie das einzige Verbindungsglied zwischen meinen Schwestern und mir ist.«

Linda schüttelte unwirsch den Kopf. »Diese Meute damals … Wussten Sie, dass die auf meine Kleine losgegangen sind, alle miteinander? Ein Großteil ihrer damaligen Freunde wandte sich von ihr ab, tuschelte hinter ihrem Rücken über sie, verdächtigte sie offen des Mordes an den Kindern. Sie blendeten vollkommen aus, dass meine Tochter auch fast gestorben wäre. Eines Tages kam sie heim, über und über mit Dreck beschmiert. Kinder aus dem Ort – vierzehnjährige Rotzgören – hatten irgendwelchen Müll nach ihr geworfen, waren ihr mit den Rädern nachgefahren, um sie auf übelste Weise zu beschimpften.«

»Das tut mir schrecklich leid«, flüsterte Lizzy. »Auch für Ihre Tochter. Sie haben recht, sie war selbst ein Opfer, aber dennoch ...«

»Lassen Sie mich ausreden. Damit Sie verstehen«, bat Linda. »Meine Tochter hat damals die Nerven verloren. Sie hat einen der Jungs, die sie verfolgt haben, zu fassen bekommen, ihn vom Rad geworfen und ihn grün und blau geschlagen, weil sie sich nicht anders zu helfen wusste. Das müssen Sie sich vorstellen. Ein Mädchen, das keiner Fliege etwas zuleide tun würde. Doch sie konnte nicht mehr, sie rastete völlig aus.«

»Was ist dann passiert?«

»Was schon? Die Eltern des Jungen standen später bei uns vor der Tür, drohten, dass sie mein Kind anzeigen würden. Mein Mann konnte die Wogen gerade noch glätten. Er hat ihnen Geld angeboten. Geld, das wir nicht hatten.

Wir mussten einen Kredit aufnehmen, was schwierig genug war, mit nur einem Einkommen in der Familie. Wir haben die Eltern dieses Jungen teuer für ihr Schweigen bezahlt, nur damit unsere Tochter endlich zur Ruhe kommen konnte. Doch das passierte nicht. Es wurde schlimmer. Durch diese Geschichte zerbrach auch das Verhältnis zwischen meinem Ehemann und der Kleinen.«

»Sie haben viel durchgemacht«, sagte Lizzy mitfühlend.

Linda lachte bitter. »Das kann man wohl sagen. Es war nichts mehr so wie vorher. Mein Mann war wütend, war verzweifelt. Und unsere Tochter begriff einfach nicht, weshalb alle auf sie losgingen, wo sie doch nichts getan hatte. Irgendwann hielt sie es nicht mehr aus, verschwand von hier, ließ sich kein einziges Mal mehr blicken.«

»Haben Sie sie seit damals nicht mehr gesehen?«

»Nein. Anfangs rief sie wenigstens noch hin und wieder mal an. Irgendwann wurden ihre Lebenszeichen weniger und schon bald herrschte völlige Funkstille. Mein Mann unternahm auch keinen Versuch, sich mit ihr auszusöhnen. Keine Ahnung, was damals in ihn gefahren ist. Er schob alles, was schieflief, auf diese eine Sache. Auch dass er in dieser Gegend keinen Job mehr fand, weil jeder seinen Namen mit der schrecklichen Tragödie der Russels verband. Und das wiederum hatte er seiner Tochter zu verdanken.« Linda verzog verächtlich den Mund. »Als er starb, war er ein verbitterter alter Sack, mit dem selbst ich kaum klarkam.«

Linda biss sich auf die Lippen und Lizzy musste an sich halten, um sie nicht einfach in den Arm zu nehmen. Aber sie wusste, es war im Moment klüger, nichts zu tun, die verhärmte Frau reden zu lassen.

»Jetzt, wo er fort ist, bin ich zwar alleine, hab aber endlich meine Ruhe«, fuhr Linda im gleichen bitteren Tonfall fort. »Was damals mit Ihren Schwestern passiert ist, hat also nicht nur das Leben Ihrer Familie verändert, auch das unsere war hinterher nicht mehr dasselbe.«

»Und inzwischen?«, fragte Lizzy, »haben Sie jetzt wieder Kontakt zu Ihrer Tochter?«

Linda seufzte. »Es hat lange gedauert. Aber ja, irgendwann rief sie wieder an. Sie schien sich gefangen zu haben. Erzählte, dass sie einen Mann getroffen habe, der sie glücklich macht, dass sie heiraten wolle. Ich glaube, sie wollte einfach nur das Okay von mir …«

»Wofür ein Okay?«

»Dass es für mich in Ordnung ist, wenn da keine Einladung kommt.«

»Was sagen Sie da?« Lizzy starrte sie an. »Sie haben sie nicht einmal zu ihrer Hochzeit gesehen?«

Kopfschütteln. »Sie ist auch nicht zur Beerdigung ihres Vaters gekommen, obwohl sie ganz sicher darüber Bescheid wusste. Ich glaube, meine Tochter wollte einfach abschließen, verstehen Sie? Keinen Kontakt zu irgendwem von früher. Niemanden um sich haben, der sie an die schlimmste Zeit ihres Lebens erinnert. Sie wollte einen Neuanfang, und den gönnte ich ihr von ganzem Herzen.«

»Wissen Sie denn, wo sie ist? Wo sie jetzt lebt?«

Linda lächelte vage, legte den Kopf schräg. »Sie ist mein Kind, mein Ein und Alles, das war sie immer. Was glauben Sie denn? Natürlich weiß ich, wohin es sie verschlagen hat. Aber ihre genaue Adresse kenne ich nicht und das ist auch gut so. Ich weiß tief im Herzen, dass sie eines Tages von selbst wieder zu mir kommen wird, wenn die Zeit dafür reif ist. Wenn sie bereit ist, sich ihrer Vergangenheit zu stellen.«

»Bitte«, stieß Lizzy aus, »Ich muss sie finden, ich will nur ganz kurz mit ihr reden.«

Linda schüttelte langsam den Kopf. »Was wäre ich für eine Mutter, wenn ich den einzigen Wunsch meiner Tochter, nicht gefunden werden zu wollen, mit Füßen träte? Meine geliebte Tochter ist fort, weit genug weg von hier, um endlich vergessen zu können. Das ist alles, was ich Ihnen sagen kann.«

SIEBZEHN
LONDON

2022

Sierra wusste nicht mehr, wie sie es geschafft hatte, den Tag zu überstehen. Das wenige Licht der untergehenden Sonne reichte schon eine Weile nicht mehr aus, um ihr Penthouse zu erhellen. Die Schatten schluckten auch ihr letztes Quäntchen Zuversicht und ihr Körper reagierte. Ihr Atem stockte, ihr Herz meldete sich mit heftigen Stichen. Mit jeder Minute fühlte sie sich schwächer und kränker.

Waren das Warnzeichen einer aufkommenden Grippe? Sie horchte in sich hinein, realisierte den Schmerz in ihren Gliedern und schluckte gleich zwei Schmerztabletten, um das Hämmern gegen ihre Stirn einzudämmen. Zu mehr Aktionen fehlte ihr die Kraft. Sie konnte nicht mal einen vernünftigen Gedanken fassen, geschweige denn irgendetwas Produktives tun.

Nach ihrem nächtlichen Zusammenbruch hatte sie versucht, eine nachvollziehbare Erklärung für diese beängstigenden Erscheinungen in ihrer Wohnung zu finden. Hatte darüber gegrübelt, wie es sein konnte, dass sie Lucys Stimme, ihren Gesang und ihr Lachen hörte.

Vergeblich. Es gab keine natürliche Erklärung, egal wie sehr sie um die Ecke dachte, was ihr als Autorin nicht fremd war.

Es war einfach so!

So unerklärlich es ihr schien, sie hörte ihre tote Tochter nicht nur, sie hatte sie sogar einmal kurz gesehen. Es hatte sich in diesen Momenten alles so real angefühlt, so täuschend echt und gleichzeitig so abstrus, dass sie es kaum mehr leugnen konnte – ihr Kopf, ihre Nerven, ihr Unterbewusstsein spielten ihr Streiche.

Sie war dabei, durchzudrehen!

Immer noch versuchte Sierra verzweifelt, diese Phänomene sachlich zu deuten, und machte das, was ihr auch beim Schreiben half, eine komplexe Handlung nachvollziehbar zu beschreiben. Sie wechselte die Perspektive und fragte sich, wie sie ihren Zustand und ihr Fühlen einem Therapeuten schildern würde.

Sofort hatte sie ein Bild vor Augen. Sie sah sich selbst am Rand einer Klippe stehen, und genau das würde sie in Worte fassen. Sie würde dem Therapeuten ihre Schwindelgefühle darstellen und wie sie an der Felskante entlangwankte, nur Millimeter vom Abgrund entfernt.

Dabei fehlte nur ein sanfter Lufthauch, der sie in die Tiefe stürzte, damit auch sie einen schrecklichen Tod starb.

Waren das nur einfach krasse Schuldgefühle?

Sie schüttelte sich, als genügte ihr diese Erklärung nicht wirklich, und schlurfte mit müden Schritten in die Küche. Dort nahm sie eine angebrochene Flasche Wein aus dem Kühlschrank, schenkte sich ein Glas ein. Langsam setzte sie das Gefäß an ihre Lippen an, trank einen Schluck. Der Wein schmeckte nach nichts, hinterließ nur einen bitteren Nachgeschmack in ihrem Mund. Sie leerte das Glas trotzdem in einem Zug, schenkte sich nach.

Mit dem Glas in der Hand ging sie ins Wohnzimmer, sah sich um und hielt geschockt den Atem an. Da hatte sie ja ganze Arbeit geleistet. Der Raum sah aus, als wäre ein Orkan hindurchgefegt.

Nachdem sie sich letzte Nacht wieder einigermaßen

gefangen hatte, musste sie wohl alles durchwühlt haben, um dahinterzukommen, was hier vor sich ging.

Gefunden hatte sie nichts.

Keine versteckte Kamera, kein Mikrofon, nichts. Sogar die Leiter, die sie in ihrem Wahn aus dem Keller hochgeschleppt hatte, stand noch mitten im Zimmer. Vage erinnerte sie sich daran, wie sie, auf der Leiter stehend, mit der Taschenlampe in die Lüftungsschlitze geleuchtet hatte. Ebenfalls ohne Erfolg.

Es gab schlicht und ergreifend keine plausible Erklärung für diese merkwürdigen Vorkommnisse.

Alles spielte sich nur in ihrem Kopf ab.

Mit Tränen der Verzweiflung in den Augen wankte sie zum Sofa, ließ sich in das weiche Polster fallen.

Sierra, reiß dich zusammen. Wenn du so weitermachst, bist du irgendwann nur noch ein Wrack.

»Jaja«, murmelte sie vor sich hin. Wissend, dass es stimmte, was ihr die mahnende Stimme in ihrem Kopf einflüsterte. Wenn sie weiter hemmungslos trank, nicht schlief und keine professionelle Hilfe in Anspruch nahm, stand sie nicht nur am Abgrund, sie würde auch in die Tiefe stürzen.

Nur ein Windhauch trennt mich davon, wiederholte sie in Gedanken, was sie eben für ihre imaginäre Therapeutin zusammengefasst hatte. Ergänzt durch eine noch erschreckendere Erkenntnis: Dieses Mal gäbe es nichts und niemanden, der sie aus dem Abgrund retten und ihr wieder ins Licht helfen würde.

Brady war fort, Amanda stand kurz davor, sie fallen zu lassen, und ihre Freundin hatte sie selbst in die Flucht geschlagen.

Nicht mal das Schreiben half ihr noch.

Sobald sie sich vor ihren Laptop setzte, war da eine Sperre in ihrem Hirn, die verhinderte, dass der Schreibfluss einsetzte. Ihre Denk- und Emotionsblockade schien unüberwindbar. Sie war nur noch ein Schatten ihres früheren

Selbst. Ein seelenloses Konstrukt aus Haut, Fleisch und Knochen.

Statt sich aufzuraffen, suhlte sie sich weiter in ihrem zähen Selbstmitleid. Und wie in einer Spirale endete sie auch wieder bei der einzigen Person, die ihr vielleicht noch geblieben war.

Brady!

Sie zog ihr Handy aus der Tasche ihrer Jeans, suchte seinen Kontakt her, drückte auf Anrufen.

Es dauerte eine Weile, ehe er sich meldete, und wie immer klang er gereizt.

»Was willst du?«, knurrte er.

Statt ihn um Hilfe zu bitten, fühlte sie nur Bitterkeit, und die musste raus.

»Du hast schon eine Neue?«, schoss es aus ihrem Mund.

»Bitte was!?«

»Wie alt ist sie?«, bohrte Sierra weiter, das Bild von dem vögelnden Paar vor Augen, auf dem die neue Frau auf ihm reitend zu sehen gewesen war. »Und seit wann stehst du auf Tattoos?«

Eine Weile herrschte Schweigen in der Leitung, dann brach Brady in ein ungläubiges Lachen aus. »Sag mal, spionierst du mir etwa nach, Sierra? Falls ja, fände ich das ziemlich schräg.«

»Dir nachspionieren?« Sie stieß ein Grunzen aus. »Das muss ich gar nicht, bei den bescheuerten Nachrichten, die du mir schickst. Du solltest dich wirklich schämen, Brady. So führen sich Teenager auf, aber keine erwachsenen Männer.«

»Von was redest du, verdammt?«

»Das Video, das du mir von eurem Reiter-Sexspielchen geschickt hast!«, stieß Sierra giftig aus. »Was genau wolltest du mir damit eigentlich beweisen? Dass du ein toller Hecht bist und noch immer jede haben kannst, die du willst? Und dass ich es bin, die irgendwann völlig alleine sterben wird?«

»Ich weiß zwar nichts von einem Video, aber was deinen

zweiten Punkt angeht, liegst du nicht ganz verkehrt, so wie du alle Menschen in deinem Dunstkreis behandelst.«

Sie lachte. »Ach sag nur. Wie kommt deine tätowierte neue Flamme dazu, euch beim Vögeln zu filmen, und wer von euch hat dieses zweifelhafte Kunstwerk an mich geschickt?«

»Wie bitte?«

»Ich hab erst auf den zweiten Blick erkannt, dass du der Idiot bist, der unter ihr liegt. Dieser Typ, der sich wie ein liebeskranker Teenager aufführt.«

»Sierra … was soll das? Hast du wieder einen Anfall oder so? Dir den Kopf angestoßen? Ich weiß nicht, von was du sprichst. Weder weiß ich etwas von einem Film noch davon, ihn dir geschickt zu haben.«

»Dann guck doch mal in deine versendeten Nachrichten, Herrgott noch mal!« Sie klickte das Gespräch zornig weg, schloss die Augen.

Ein Gedanke schoss durch ihren Kopf. Hatte Brady etwa gegenüber seiner neuen Flamme abfällig über die nervige Ex gesprochen? War es möglich, dass ihre Nachfolgerin auf diese Weise versuchte, ihr Revier zu markieren?

Sie klickte auf ihre eingegangenen SMS, suchte nach den zuletzt eingegangenen von Brady. Stutzte. Die Nachrichten von letzter Nacht waren verschwunden, es gab kein Video.

Das konnte nicht sein.

Sie hatte das Video auf gar keinen Fall gelöscht.

Wie konnte es verschwinden?

Konnte man als Absender eine SMS zurückrufen?

Oder warst du es selbst? Hast du das Video selbst gelöscht?

Denk nach!

Du warst wütend, total verletzt. Hast du in deiner Rage auf Löschen gedrückt?

Sie schluckte.

Fest stand, das Video war fort und sie hatte nichts in der Hand, um Brady zu beweisen, dass es jemals existiert hatte.

Sie holte Luft, drückte erneut auf seine Nummer, wartete, bis er dran war. »Hast du das Video gesehen?«

Er seufzte. »Da ist nichts. Es gab und gibt keinen Film. Niemand hat dir irgendwas Anstößiges zugeschickt.« Er räusperte sich, sog die Luft ein. »Hör zu, Sierra, und das meine ich bitterernst: Du musst dir Hilfe suchen. Geh und sieh zu, dass du dein Leben wieder auf die Reihe kriegst, ehe auch ich ein für alle Mal fertig mit dir bin!«

Ein leises Klicken, dann war die Leitung tot.

Sierra schnappte nach Luft, hob das Handy von ihrem Ohr weg, starrte es an.

War es möglich, dass sie sich selbst dieses ominöse Video eingebildet hatte?

Sie schloss die Augen, holte es sich in Erinnerung zurück.

Nein, sie hatte es gesehen.

Sie erinnerte sich genau an den zierlichen Körper der Frau, an Bradys verzücktes Gesicht. Das hatte sie sich nicht eingebildet. Und das Tattoo … Bradys Flamme musste eines haben, denn anderenfalls hätte er nicht zuerst nachgefragt, ob sie ihm nachspioniert habe.

Sie warf das Gerät auf den Tisch, zuckte zusammen, als es mit einem Scheppern auf der Glasplatte aufkam, sprang auf.

Was sie jetzt am dringendsten brauchte, war eine erfrischende Dusche, um wieder zu sich zu kommen, keinen Alkohol, der ihre Sicht nur noch mehr verschwimmen ließ.

Sie stand auf, lief ins Bad, riss sich ihre Klamotten vom Leib und kletterte in die Dusche. Erst als das lauwarme Wasser eine Weile über ihren Körper gelaufen war, entspannte sie langsam. Sie sackte auf den Boden der Dusche, weinte hemmungslos.

Zitternd am ganzen Körper kam sie zu sich, kämpfte sich hoch, regulierte den Wasserstrahl um einiges heißer, um sich wieder aufzuwärmen. Sie drehte sich wohlig, stellte sich vor, wie alles an Sorgen und Ängsten mit den Wassertropfen an ihr abperlte.

Als sie Minuten später aus der Dusche trat, sich abtrocknete, fühlte sie sich ein klein wenig besser.

Sie straffte die Schultern, fischte ihre Klamotten vom Boden auf, warf sie in den Korb für die Wäsche und ging hinüber ins Ankleidezimmer.

Sorgfältig wählte sie einen ihrer bequemen Hausanzüge aus, die sie immer dann trug, wenn sie es sich gemütlich machte. Wenn sie alles, was um sie herum geschah, hinter sich ließ, um am Schreibtisch in ihre Fantasiewelten abzutauchen. Doch dazu fehlte ihr die Kraft. Sie schaffte es nur bis zu ihrer Kommode mit dem Schminkspiegel und all den Utensilien, mit denen sie sich pflegte. Mit langsamen Bewegungen kämmte sie sich die nassen Haare und trug eine leichte Tagescreme auf.

Und jetzt?

Ihr Spiegelbild zeigte einen entschlossenen Gesichtsausdruck. Es war, als hätte sie zumindest äußerlich ein wenig ihr altes Selbst wiedergefunden.

Sie richtete sich auf, verließ den Ankleideraum und ging zurück ins Wohnzimmer, um aufzuräumen, was sie in der Nacht dort zerwühlt hatte. Danach würde sie sämtlichen Alkohol aus der Wohnung schaffen und später genau das tun, was Brady ihr an den Kopf geworfen hatte. Sie würde sich endlich professionelle Hilfe suchen, um wieder auf die Beine zu kommen.

Und sie musste Amanda anrufen!

Allein der Vorsatz ließ sie scharf die Luft ausstoßen.

Das würde hart werden.

Aber es war höchste Zeit, ihrer Agentin gegenüber mit offenen Karten zu spielen. Nie und nimmer würde sie den verschobenen Abgabetermin jetzt noch einhalten können. Das musste sie ihr endlich mitteilen.

Momentan bekam sie einfach nichts zu Papier, und dazu würde sie auch stehen. Es blieb ihr keine Wahl, und sie mussten – abgesehen von einem Co-Autor – eine Lösung finden, mit der alle Parteien leben konnten.

Finster entschlossen nickte sie. Jetzt gab es kein Verstecken mehr, sie würde sich allem stellen.

Jeder normal empfindende Mensch musste doch nachvollziehen können, dass sie nicht einfach weiterfunktionierte, nachdem sie innerhalb kurzer Zeit Tochter und Ehemann verloren hatte. Sie würde um ihr Recht kämpfen, sich von nichts und niemandem unterkriegen lassen, auch nicht von sich selbst oder dem, was in ihrem Innern nagte.

Sie musste vorwärts blicken. Das hätte sich auch Lucy für sie gewünscht.

Bist du sicher? Die Stimme in ihrem Kopf klang zweifelnd.

Ach komm, meldete sich die Gegenstimme. *Lucy wusste ihr gesamtes Leben lang nicht, wer du wirklich bist. Sie ahnte nicht, was du getan hast. Deine Tochter hatte einen extrem ausgeprägten Gerechtigkeitssinn. Glaubst du ernsthaft, dass sie dich verstehen und alles entschuldigen würde?*

Sierra schüttelte den Kopf, verdrängte die düsteren Gedanken und sah sich im Wohnzimmer um, in dem immer noch die Leiter mitten im Zimmer stand. Nur eins war anders. Auf dem Tisch stapelte sich alles Mögliche, was eben noch nicht da gelegen hatte.

Was war das schon wieder?

Sie zuckte erschrocken zurück.

Und wer hatte es dorthin gelegt?

Sie erinnerte sich genau, dass außer ihrem Handy nichts auf dem Tisch gelegen hatte, als sie nach dem Telefonat mit Brady ins Badezimmer geflüchtet war. Sie erinnerte sich auch noch genau daran, welches unangenehme Geräusch das Handy verursacht hatte, als sie es auf die leere Tischplatte geworfen hatte.

Sie trat näher, erkannte, dass es sich um etliche ihrer alten Fotoalben handelte, die übereinandergestapelt dort lagen. Schon vor Jahren hatte sie diese ganz hinten in ihrem Schrank verstaut und seither nicht mehr hervorgeholt.

Wie kamen sie jetzt auf ihren Tisch?

Doch wenn sie dieses alte Zeug nicht hierher gelegt hatte, wer dann?

Sie drehte sich einmal um die eigene Achse, lauschte.

In der Wohnung war es still.

Alles war wie immer, bis auf die Alben vor ihr auf dem Tisch.

Gedanklich ging sie noch einmal zurück. Sie hatte geduscht, war vollkommen durchgefroren auf dem Duschboden zu sich gekommen. Was war dazwischen passiert? War sie ohnmächtig gewesen?

Wie viel Zeit war indessen vergangen?

Konnte es sein, dass sie nicht die ganze Zeit dort gehockt hatte, sondern pudelnass durch die Wohnung getappt war, die Alben hervorgekramt und auf den Tisch gelegt hatte?

Doch falls dem so war, wieso hatte sie das getan?

Sie trat noch näher, bis ihr Knie beinahe das Glas berührte, bemerkte, dass vor dem Stapel ein Album lag, das aufgeschlagen worden war. Ein paar einzelne Fotos lagen obenauf und sie keuchte, als sie die Bilder wiedererkannte.

Mit zittrigen Beinen trat sie näher heran und ließ sich auf die Couch fallen und nahm eines der Fotos hoch.

Die Aufnahme zeigte zwei Teenager, die einander eng umschlungen in den Armen hielten. Auf dem nächsten Foto sah sie einen Jungen auf der Schwelle zum Mannwerden, neben ihm ein Mädchen, das er liebevoll ansah.

Ein scharfer Schmerz schoss durch ihr Innerstes.

Da waren so viele Szenen, Erinnerungen an früher.

Bilder, Momentaufnahmen.

Ihre Nackenhaare richteten sich auf.

Sie schrie, als ihr endlich aufging, was auf den Fotos nicht stimmte. Auf keinem der Bilder.

Das Foto entglitt ihren Fingern, fiel zu ihren Füßen auf den Boden.

Wie hypnotisiert starrte sie weiter darauf. Es war, als würde der junge Mann auf dem Foto sie angrinsen. Doch das Mädchen neben ihm ...

»Nein«, hauchte sie, als ihr klar wurde, was mit dem Mädchen auf diesem und auf allen anderen Fotos nicht stimmte. Mit dem Mädchen, das sie einst gewesen war.

Sierra schluckte, spürte, wie es ihr übel wurde. Betrachtete ein Foto nach dem anderen und blätterte schließlich das ganze Album durch.

Überall dasselbe.

Irgendjemand hatte ihrem jüngeren Ich auf jeder einzelnen Fotografie das Gesicht weggekratzt.

ACHTZEHN
SANKT IVES

2019

»Da bist du ja wieder.« Thelma musterte Lizzy besorgt. »Du wirkst nicht gerade zufrieden, hattest wohl kein Glück bei Linda Parker?«

Lizzy schüttelte frustriert den Kopf. »Sie hat mir zwar die Tür aufgemacht und mit mir gesprochen, aber sie war recht abweisend. Zuerst dachte sie, ich sei von der Presse. Als ich ihr sagte, dass die Russels meine Eltern waren, ist sie ein wenig aufgetaut. Weitergeholfen hat das mir aber auch nicht. Sie behauptet, ihre Tochter seit Ewigkeiten nicht gesehen zu haben. Sie habe nicht mal Kontakt zu ihr.«

»Dann weiß Linda nicht mal, wo ihr eigenes Kind ist?«

»Doch, das schon«, gab Lizzy geknickt zurück. »Aber sie will mir nicht sagen, wo ihre Tochter heute lebt. Sie meint, es sei ihre Pflicht, ihr Kind zu schützen.«

Thelma sah sie an, nickte. »Das hab ich befürchtet. Was willst du überhaupt von ihr?«

Lizzy schluckte angestrengt. »Ich will einfach nur mit ihr reden. Sie war nun mal die Letzte, die meine Schwestern lebend gesehen hat. Irgendwas muss ihr doch aufgefallen sein, und wenn es nur eine Kleinigkeit ist.«

»Was erhoffst du dir genau?«

»Im Idealfall eine klitzekleine Spur, die mich irgendwann zu meinen Schwestern führt. Sie sind alles, was von meiner Familie noch übrig ist, alles, was ich habe.«

»Sie könnten auch tot sein, das ist dir klar, Lizzy, oder?«

»Ja, sicher«, antwortete Lizzy. »Mein Kopf sagt mir das ja auch. Doch mein Bauchgefühl …« Sie brach ab, seufzte. »Wenn man die ganze Sache mal aus einem anderen Blickwinkel betrachtet, ergibt ihr Tod keinen Sinn. Sie müssen einfach noch leben.«

»Was meinst du damit?«

»Warum sollte jemand sich so viel Mühe geben, zwei Kinder zu entführen, ohne Spuren zu hinterlassen, wenn er sie dann umbringt? Meine Schwestern waren unschuldige, niedliche Mädchen, gerade vier Jahre alt. Sie haben niemandem etwas getan, hatten ihr Leben noch vor sich. Wieso sollte ihnen jemand etwas zuleide tun? Wieso einen solchen Aufriss veranstalten und sie aus dem Haus schaffen, während das Kindermädchen anwesend ist? Den Entführern muss klar gewesen sein, dass sie riskieren, geschnappt und erkannt zu werden. Also haben sie sich alle erdenkliche Mühe gegeben und äußerst umsichtig gehandelt, damit genau das nicht passiert. Mal ehrlich, Thelma, macht das jemand, wenn er vorhat, den Kindern etwas anzutun?«

Thelma nickte bedächtig.

»Und da ist auch noch das Kindermädchen«, fuhr Lizzy fort. »Es wurde verletzt, überlebte den Angriff jedoch. Ein kranker Entführer, der plante, meinen Schwestern, Gewalt anzutun, würde einen möglichen Zeugen nicht einfach am Leben lassen. Er hätte sichergestellt, dass die Babysitterin tot ist und nichts mehr sagen kann. Doch die Parker-Tochter hat sich von dem Angriff wieder erholt.«

»Und deshalb glaubst du, deine Schwestern leben noch?«

»Ja. Ich glaube, dass jemand sie entführt hat, weil sie ihm etwas bedeutet haben. Es muss jemand gewesen sein, dem Gewalt eigentlich zuwider ist, der aber vielleicht keine eigenen Kinder bekommen konnte. Es könnte sein, dass die Entführung meiner Schwestern eine Verzweiflungstat war, verstehst du?«

»Wenn deine These stimmt, dann muss der Entführer deine Familie zuvor beobachtet haben. Er muss gewusst haben, dass das Kindermädchen mit den Zwillingen allein im Haus war.«

Lizzy nickte aufgeregt. »Genau das denke ich. Der Entführer hat meine Familie vielleicht gekannt. Und genau deswegen muss ich mit der Tochter der Parkers reden. Sankt Ives ist ein Kaff, hier kennt jeder jeden. Und wenn der Entführer meine Schwestern gezielt ausgewählt hat, wovon ich ausgehe, dann kannte er auch das Kindermädchen.«

»Aber die Polizei hat damals ganz gewiss auch in diese Richtung ermittelt. Ich weiß, dass sie mit jedem Einwohner der Stadt gesprochen haben, auch mit Leuten aus den Dörfern ringsum. Die Beamten haben über Monate hinweg alles versucht, um eine Spur zu finden, die zu den Kindern hätte führen können. Leider vergeblich. Meinst du nicht, dass es ihnen aufgefallen wäre, wenn jemand um den Entführungszeitraum von hier weggezogen wäre?«

Lizzy stieß die Luft aus. »Natürlich ist mir klar, dass ich im Trüben fische, aber was soll ich sonst machen? Rumsitzen, die Hände in den Schoss legen und so tun, als wäre nichts passiert? Das haben meine Eltern jahrzehntelang gemacht und es hat sie am Ende beide umgebracht.«

Thelma sah sie geschockt an. »Wie meinst du das?«

Lizzy erschrak selbst, dass ihr das herausgerutscht war. Aber zurücknehmen konnte sie es jetzt auch nicht mehr. »Mein Vater hat sich vor ein paar Jahren umgebracht und der Krebs hat meine Mutter das Leben gekostet«, vertraute sie Thelma an. »Ich bin sicher, dass es der Kummer und die nagende Ungewissheit waren, die den Krebs haben ausbrechen lassen.«

Thelma schwieg betroffen, während Lizzy ihre Tränen nur mit Mühe zurückhielt.

Thelma ließ ihr Zeit, dann griff sie nach ihrer Hand. »Hast du schon einen Platz zum Schlafen für heute Nacht?«

Lizzy verneinte.

»Du kannst ein Zimmer von mir haben, wenn du möchtest. Du bist eingeladen, okay? Über dem Pub sind ein paar Fremdenzimmer, die ich momentan nicht vermiete, weil sie in Kürze modernisiert werden. Ist nichts Besonderes, aber zum Übernachten reicht es.«

»Ich danke dir.« Lizzy stieß erleichtert die Luft aus. Thelmas Fürsorge tat ihr gut und sie spürte, wie etwas von ihrer Anspannung von ihr abfiel.

»Du siehst müde aus«, bemerkte Thelma mitfühlend und streichelte leicht über ihre Hand, bevor sie diese wieder freigab.

»Ja, das bin ich auch«, gab Lizzy zu.

»Pass auf, ich mach dir schnell einen Happen zu essen und dann legst du dich hin, ruhst dich aus. Morgen sehen wir dann, was du noch versuchen könntest, einverstanden?«

Lizzy nickte dankbar und sah Thelma nach, die hinter dem Tresen verschwand. Sie blickte sich um und nahm an einem Tisch am Fenster Platz.

Keine halbe Minute später stand Thelma wieder vor ihr, stellte eine Tasse heißen Tee und ein kleines Glas Whiskey vor ihr ab, zwinkerte ihr zu. »Trink das, dann geht es dir gleich besser. Ich mach dir währenddessen eine Portion Fish and Chips.«

Lizzy nahm das Glas in die Hand, nippte daran. Der Alkohol brannte in ihrem Mund, aber sie schluckte ihn tapfer hinunter, als sie aus dem Augenwinkel heraus jemanden entdeckte, der etwas zu auffällig zu ihr hinübersah.

Der etwas ältere Mann war groß und breitschultrig und hatte graues Haar. Als ihre Blicke sich trafen, starrte er hastig in sein halb gefülltes Bierglas, das er mit beiden

Händen umfasste und vor sich hin und herschob, als wisse er nicht weiter.

Er hatte bestimmt einen Teil des Gesprächs zwischen Thelma und ihr mitbekommen. War es nur das, was ihn so sichtlich verlegen reagieren ließ?

Oder war es mehr? Wusste der Fremde etwas, was ihr weiterhelfen könnte? Ihr Herzschlag beschleunigte sich.

Sie überlegte, aufzustehen, zu ihm zu gehen und ihn einfach zu fragen, warum er sie so angestarrt hatte, als ein Ruck durch den Körper des Mannes ging. Als hätte er das Gleiche überlegt, sprang er auf, kam auf sie zu, ließ sich nach einem kurzen Zögern auf der Sitzbank ihr gegenüber fallen.

Er blickte sie durchdringend an. »Mein Name ist Will. Will Benneth.«

»Ja?«, fragte Lizzy zögernd und wartete darauf, dass er weitersprach.

Aber Will Benneth ließ sich Zeit, starrte sekundenlang nur auf die Tischplatte, bevor er den Blick hob und sie aus wachsamen Augen musterte. »Ich hab mitbekommen, wer du bist.« Er brach ab, kratzte sich hinterm Ohr. »Und ich weiß, nach wem du hier suchst.« Er hielt inne, schien sich die nächsten Worte genau zu überlegen. »Wo die Tochter der Parkers heute lebt, weiß ich auch nicht. Aber mein Junge, der Glen, war damals mit ihr befreundet, verstehst du?«

»Nicht ganz, was wollen Sie mir sagen?«

»Na, Glen und die Parker-Tochter waren ein Paar, als deine Schwestern entführt wurden. Aber darüber unterhältst du dich am besten mit meiner Frau.«

»Mit Ihrer Frau?« Lizzy sah Benneth irritiert an. »Wäre es nicht besser, wenn ich mit Glen selbst spreche? Wenn er damals mit dem Babysitter meiner Schwestern liiert war, dann weiß er vielleicht irgendwas!«

Benneths Augen füllten sich mit Tränen, seine Lippen bebten. »Mein Junge …«

»Was ist mit ihm?«, fragte Lizzy beunruhigt.

»Unser Glen ist seit vielen Jahren tot. Die Polizei sagt, es sei ein Unfall gewesen, weil er mit Alkohol und Drogen vollgepumpt gewesen sei.«

»Sie klingen, als glaubten Sie nicht daran.«

»Nein, daran glaube ich tatsächlich nicht. Meine Frau und ich sind sicher, dass etwas anderes dahintersteckt.«

Lizzy riss die Augen auf. »Was wollen Sie damit sagen?«

»Wir denken, dass jemand ihn umgebracht hat und bis heute mit diesem Verbrechen davongekommen ist.«

NEUNZEHN
LONDON

2022

Fassungslos strich Sierra mit dem Zeigefinger über die raue Stelle auf dem Foto, an der einst ihr Gesicht gewesen war.

Hatte sie selbst das getan, ohne sich daran zu erinnern?

Sie starrte den Jungen neben sich auf dem Bild an, seufzte tief. Es war lange her, dass sie ihn von Herzen geliebt und davon geträumt hatte, einmal seine Frau zu werden und eine Familie mit ihm zu gründen.

Doch dann …

Dann war alles anders gekommen.

Das Motiv verschwamm vor ihren Augen, ihr Oberkörper kippte leicht nach links. Ihr war speiübel, ihre Hände zitterten, der Schweiß brach ihr aus jeder einzelnen Pore ihres Körpers.

Was war nur los mit ihr?

Sie brauchte einen Moment, bis sie wieder klar denken konnte. Ihr fiel ein, dass sie gestern das letzte Mal etwas gegessen hatte.

War es das? Hatte sie einfach nur einen Schwächeanfall und musste endlich was essen?

Langsam stemmte sie sich hoch, wankte in die Küche, öffnete den Kühlschrank.

Außer ein wenig Käse und dunklen Trauben hatte sie

nichts im Haus. Seufzend nahm sie die Weintrauben, wusch sie und schnitt den Käse in Würfel. Einen Teil davon stopfte sie sich, gegen die Anrichte gelehnt, im Stehen in den Mund, kaute, ohne etwas zu schmecken, schluckte widerwillig.

Der Schwindel ließ etwas nach. Aber sie machte langsam. Ging erst zurück ins Wohnzimmer, als ihre Beine sich nicht mehr wie Pudding anfühlten. Dort angekommen, setzte sich aufs Sofa, starrte auf die Alben vor sich auf dem Tisch.

Sie erinnerte sich nicht daran, sie aus dem Schrank geholt und die Bilder zerkratzt zu haben. Alles andere ergab keinen Sinn. Aber wer sonst sollte das getan haben? Sie war allein im Penthouse.

War sie das wirklich?

Leise Zweifel meldeten sich, die sie jedoch gleich unterdrückte. Wer sollte sich in ihre Räume geschlichen haben, die Alben aus dem Schrank genommen und ihre alten Fotos zerkratzt haben? Und woher sollte jemand wissen, wo sie diese aufbewahrte?

Könnte es Brady gewesen sein?

Nicht heute, aber vor langer Zeit?

Aber wie waren die Alben dann auf den Tisch gelangt?

Irritiert kehrte Sierra zu ihrem vorigen Gedanken zurück. Sie war sich sicher, die Fotobücher seit vielen Jahren nicht mehr in den Händen gehabt zu haben. War es also möglich, dass ihr Mann diese Aufnahmen nach seinem Auszug zerstört hatte, weil er wütend auf sie gewesen war?

Und warum dann gerade diese Bilder? Warum nicht eure Hochzeitsfotos?

Sierra sprang auf, lief zum Schrank, nahm die neueren Alben heraus, klappte das erste auf.

Brady und sie, kurz nachdem sie einander begegnet waren. Danach der erste gemeinsame Urlaub. Alle Fotos waren unversehrt. Sie durchblätterte das Hochzeitsalbum – keins der Fotos wies auch nur eine Schramme auf.

Auch die Aufnahmen, die sie zeigten, als sie mit Lucy schwanger gewesen war, und das erste Babyalbum waren nicht beschädigt. Schließlich öffnete sie das Album aus der Zeit, als sie ihr erstes Buch veröffentlicht hatte.

Damals hatte sie sich für ein geschlossenes Pseudonym entschieden. Dennoch war es einem Journalisten gelungen, einen Schnappschuss von ihr zu schießen ... das einzige Bild, das jemals von ihr in einer Zeitung erschienen war.

Es zeigte sie zwar nur von der Seite und sie trug eine Sonnenbrille. Dennoch hatte es sie damals extrem geärgert, dass die Presse – nicht zum ersten Mal – ihre Bitte nach Privatsphäre missachtete.

Sie schlug das Album zu, lehnte sich zurück.

Demnach war nur in den Alben von früher ihr Gesicht weggekratzt. Und nur ihr Gesicht.

Du weißt, was los ist, stichelte ihre innere Stimme.

Entsetzt schloss sie die Augen und sah ihn vor sich. Zuerst den Jungen, dann den Mann, ihre erste große Liebe. Der Einzige, der sie neben Brady jemals nackt gesehen hatte.

Sie hatte eine halbe Ewigkeit gebraucht, um über ihn hinwegzukommen. Doch nach allem, was geschehen war, war das Ende ihrer Liebe unausweichlich gewesen.

Allein bei dem Gedanken an damals schnürte sich ihr Hals zu.

Selbsthass!

Das unvermittelt aufgetauchte Wort erschreckte und verstörte sie.

Aber das musste es sein.

Sie hasste sich selbst, verachtete sich für das, was sie war.

Oh ja, echote es in ihr. *Du bist eine einsame Frau, nicht mehr ganz jung, aber auch noch nicht alt, verbittert und emotional verkümmert. Du hast deine Ehe ruiniert, deine Freundin vor den Kopf gestoßen, bist dabei, deinen Job an die Wand zu fahren.*

Und warum das alles?

Sierra kämpfte gegen die aufsteigenden Tränen.

Weil sie ihre Tochter verloren hatte.

Ihre einzige Tochter.

Das ist nur einer der Gründe, wieso du so geworden bist! Gesteh es endlich!

Die Stimme in ihrem Kopf übertönte inzwischen alles.

Sie klang unerbittlich.

»Es war doch nicht meine Schuld«, stammelte sie, wissend, dass sie sich selbst etwas vormachte.

Ein Knall erschütterte ihr Innerstes. Er war nur in ihrem Kopf, aber so laut, dass sie glaubte, in unzählige Stücke zu zerbersten.

Dann das Weinen.

Zuerst ganz leise, fast zaghaft, dann panisch und schrill.

Plötzlich roch sie ihn: Den Gestank des Todes.

Metallisch, erdig, dunkel.

Bis dahin hatte sie nicht geahnt, dass Blut alle möglichen Nuancen von Rot hatte. Von einem hellen Rot, das an billigen Wein erinnerte, bis zu einem tiefdunklen Ton, beinahe schwarz.

Sie keuchte, presste die Augen zu, zwang sich, an etwas anderes zu denken.

Es gelang ihr nicht.

Ein Schluchzen erklang und es dauerte einen Moment, ehe ihr klar wurde, dass sie es selbst war, die hemmungslos schluchzte.

Egal wie oft sie sich auch einzureden versucht hatte, dass nichts von dem, was passiert war, ihre Schuld gewesen war, es stimmte nicht.

Sie hätte vernünftig sein müssen.

Zu ihren Taten stehen sollen.

Stattdessen hatte sie gelogen, betrogen und vertuscht, was möglich war.

Doch die Wahrheit kommt immer ans Licht, das hatte ihre Großmutter ihr schon eingetrichtert, als sie noch ein kleines Mädchen gewesen war.

Ein Monster, schoss es ihr durch den Kopf, *ich bin ein Monster!*

Das ist nicht wahr, widersprach der Teil ihres Selbst, der immer noch nicht bereit war, zuzugeben, dass sie großes Unheil über viele Menschen gebracht hatte.

Nicht sie allein.

Aber das machte es nicht besser.

ZWANZIG
SANKT IVES

2019

Thelma war nicht begeistert gewesen, als Lizzy mit Benneth weggegangen war. Eindringlich hatte sie vor ihm gewarnt. Er sei ein stadtbekannter Säufer.

Doch im Moment griff Lizzy nach jedem Strohhalm, der sich ihr bot. Und so saß Benneth jetzt neben ihr im Wagen und navigierte sie zu seinem Haus. Entgegen Thelmas Warnung wirkte er vollkommen klar und nüchtern. Abgesehen von kurzen Anweisungen zum Weg schwieg er jedoch beharrlich vor sich hin.

»Das mit Glen tut mir sehr leid«, sagte sie, als sie die Stille im Auto nicht mehr aushielt.

Benneth räusperte sich, ließ sich aber Zeit. »Die Leute sagen, er sei selbst schuld an dem, was ihm passiert ist, aber die haben ja keine Ahnung«, stieß er schließlich aus. »Glen war ein guter Junge, verstehst du? Er war zu jedem freundlich, hatte was auf dem Kasten. Unser Junge war klug, gebildet, hatte große Pläne für seine Zukunft. Er machte meine Frau und mich stolz und wollte in meine Fußstapfen treten ...«

»Was ist passiert?«, fragte Lizzy, als nur noch ein Schnauben kam.

»Das war alles vorbei, nachdem das mit deinen Schwestern passiert ist …« Er brach erneut ab, schniefte. Lizzy warf ihm einen kurzen Seitenblick zu und sah, wie er mit den Tränen kämpfte.

»Was ist damals passiert?«, fragte sie leise und blickte hastig wieder auf die Straße. Tief in ihrem Innern berührte es sie, diesen Berg von einem Mann weinen zu sehen.

»Seine Freundin hat ihn verlassen«, sagte er leise. »Das war, als sie aus dem Krankenhaus entlassen wurde. Er hat sie jeden Tag besucht, war so besorgt um sie, und dann hat sie einfach Schluss gemacht. Der arme Junge. Das hat ihn tief im Innern getroffen, ihn völlig fertiggemacht.« Er brach ab, schien sich sammeln zu müssen. »Am besten redest du mit Emmy, meiner Frau. Sie kann das alles besser in Worte fassen als ich.«

Lizzy schnürte es das Herz ab, als sie realisierte, dass es neben der ihren und den Parkers eine weitere Familie gab, die an der Tragödie um ihre Schwestern zerbrochen war. So viel Leid, so viele gebrochene Seelen …

Sie spürte, wie sie zornig wurde.

Etwas, was ihr völlig fremd war.

Als ihr Vater die Familie verlassen hatte, als er sich umgebracht hatte und als ihre Mutter gestorben war, hatte sie nur Trauer empfunden, war aber niemals zornig oder aggressiv geworden. Doch im Moment konnte sie kaum an sich halten vor überschäumender Wut. Mit jeder Faser ihres Körpers sehnte sie sich danach, die Täter zu finden, und sann auf Rache. Sie wollte nur eins: dass dem oder den Entführern das gleiche Leid widerfuhr, das sie selbst verursacht hatten.

»Wir sind da«, unterbrach Benneth ihre finsteren Gedanken und wies mit der Hand auf ein imposantes Haus mit riesigem Vorgarten. »Du kannst in der Auffahrt parken.«

Lizzy, die erwartet hätte, dass Benneth eher in einer schäbigen Wohnung außerhalb von Sankt Ives lebte, blickte ungläubig in Richtung des riesigen Anwesens und fuhr im

Schritttempo den Schotterweg hoch. Einige Meter vor dem Garagentor zog sie die Handbremse und stellte den Motor ab.

Benneth machte keine Anstalten auszusteigen, sondern blickte sie fragend an. »Thelma hat dir sicher erzählt, dass ich ein Alkoholproblem habe, stimmts?«

Lizzy erwiderte seinen Blick, zuckte nur mit den Schultern.

»Du dachtest, du hättest irgendeinen Penner neben dir sitzen, hmh?«

Lizzy schluckte unangenehm berührt.

»Nun«, räusperte er sich, »ich will ehrlich sein. Meine Frau ist Architektin und ich habe bereits vor dreißig Jahren die alteingesessene Baufirma meines Vaters geerbt. Wir hatten Aufträge überall in der Gegend, sogar in London, Oxford und Manchester. Wir verdienten so viel Geld, dass es noch für unsere Enkel gereicht hätte, doch dann …«

»Sie müssen sich nicht erklären«, sagte Lizzy hastig.

»Ich möchte es aber. Sie sollten wissen, dass Glens Tod alles veränderte.« Benneth sah sie an, kämpfte erneut gegen die Tränen, bevor er ruckartig den Sicherheitsgurt öffnete, ausstieg und vorauseilte.

Lizzy stieg ebenfalls aus dem Wagen, folgte ihm.

»Hat Ihre Frau dieses Haus entworfen?«, fragte sie, als sie gleichauf mit ihm an der Haustür war. Er nickte, steckte den Schlüssel ins Schloss, bedeutete ihr mit einer Kopfbewegung, einzutreten.

»Emmy«, rief er, nachdem die Tür hinter ihnen ins Schloss gefallen war, »ich hab jemanden mitgebracht.«

Lizzy vernahm ein Rascheln von oben, dann leise Schritte.

Sie folgte Benneth in eine riesige, helle Wohnküche mit angrenzendem Wintergarten, von dem aus man in der Ferne den Atlantik erahnen konnte.

Unschlüssig blieb sie stehen.

Sie spürte einen Luftzug im Rücken, wirbelte herum.

Eine Frau stand hinter ihr, lächelte sie freundlich an. Wie Will Benneth war sie zwischen Mitte und Ende sechzig, sehr zierlich und wirkte durch ihre modische Frisur und das blondierte Haar noch jugendlich.

»Ich bin Elisabeth Russel«, stellte sich Lizzy vor und streckte ihr die Hand entgegen. »Aber nennen Sie mich einfach nur Lizzy, das tun alle.«

Die Augen der Frau weiteten sich, dann schlug sie sich eine Hand vor den Mund, sah zu ihrem Mann, dann wieder zu Lizzy. »Du bist das? Das Baby von damals …« Sie schien keine Antwort zu erwarten. Also schwieg Lizzy, wartete ab.

»Ich hab sie bei Thelma aufgesammelt«, erklärte Will seiner verdutzten Frau. »Sie sucht nach Lou Parker.«

Ein Lachen brach aus Emmy Benneths Kehle. Kopfschüttelnd musterte sie Lizzy. »Lou war seit Jahren nicht hier. Sie besucht nicht einmal ihre Mutter.«

Lizzy nickte. »Ich weiß.« Sie holte Luft, erzählte in wenigen Sätzen, was sie in den letzten Tagen erlebt und erfahren hatte.

»Ich mach uns mal einen Tee«, schlug Will vor, als sie geendet hatte und Emmys entsetztem Blick begegnete.

»Sie wussten von alledem nichts?«, fragte sie erschüttert.

Lizzy verneinte stumm.

»Wie furchtbar.« Emmy seufzte leise. »Ich kannte Ihre Eltern gut, wussten Sie das?«

»Nein, auch das höre ich zum ersten Mal.«

Emmy nickte mitfühlend. »Diese Tragödie ging Will und mir so nahe damals. Man versteht nur, was Eltern in einem solchen Fall durchmachen, wenn man selbst Kinder hat.«

Sie hielt inne, blinzelte. »Hat Will Ihnen von unserem Glen erzählt?«

»Ja«, bestätigte Lizzy. »Tut mir schrecklich leid, dass auch Sie Ihr Kind verloren haben.«

»Wir haben noch zwei Töchter«, erklärte Emmy traurig lächelnd. »Doch Glen war unser Erstgeborener und er fehlt uns jeden verdammten Tag.«

»Ihr Mann sagte, dass er mit der Tochter der Parkers liiert war?«

»Ja, Lou und Glen gingen fast drei Jahre miteinander. Sie war Dauergast in unserem Haus, und für Will und mich war sie ein Teil der Familie. Glen war verrückt nach ihr, doch dann ...« Emmy schnappte nach Luft. »Als Lou im Haus deiner Eltern überfallen und schwer verletzt worden war, lag sie einige Zeit im Krankenhaus. Zuerst wurde sie aufgrund ihrer Verletzungen behandelt, danach kam sie in die psychiatrische Abteilung. Sie war verständlicherweise nervlich am Ende, ein Wrack, die Arme. Die Ärzte, ihre Eltern, alle versuchten, ihr zu helfen. Doch sie ließ niemanden mehr an sich heran. Lous Mutter war es, die meinem Glen ausrichtete, dass ihre Tochter ihn nicht mehr sehen wollte.«

»Was war passiert? Warum das?«, fragte Lizzy.

»Tja, das haben wir uns alle gefragt. Auch mein Junge. Er konnte das nicht einfach hinnehmen. Immer wieder versuchte er, noch mal mit Lou zu reden. Doch sie ging ihm aus dem Weg. Ich erinnere mich noch, dass Glen sagte, sie sei nicht mehr sie selbst, wirke auf ihn wie ein Raubtier im Käfig. Am Ende war es das Gerede der Leute, das sie vollkommen ausrasten ließ. Lou schlug damals einen Teenager fast krankenhausreif. Die Eltern des Junges waren außer sich, wollten Lou anzeigen. Doch dann hörte das Hetzen plötzlich auf. Man munkelte, die Parkers hätten den Eltern des Jungen ein Schmerzensgeld für ihr Schweigen bezahlt. Wenige Wochen später verschwand Lou dann vollkommen von der Bildfläche.«

»Hat sie sich nicht mal verabschiedet?«

»Nein. Nicht mal das. Glen erfuhr über drei Ecken, dass ihre Eltern ihr restliches Geld zusammengekratzt und sie vor dem Gerede der Leute in Sicherheit gebracht hätten. Es hieß, sie sei an einem Ort, wo niemand sie kennen, wo sie in Ruhe studieren könnte. Jahrelang hat niemand das arme

Mädchen zu Gesicht bekommen, bis sie dann eines Tages vor meiner Tür stand.«

»Sie war noch mal hier bei Ihnen?« Lizzy starrte Emmy perplex an.

»Das ist eine Ewigkeit her. Von Lous Mutter wusste ich, dass sie inzwischen verheiratet ist, beruflich sehr erfolgreich ist und ihre Vergangenheit endlich hinter sich gelassen hatte.

»Und was wollte Sie dann nach all den Jahren bei Ihnen?«

»Das war seltsam. Sie suchte Glen. Wirkte extrem aufgelöst und nervös, bestand aber darauf, ihn zu sehen.«

»Sie wollte also mit Glen sprechen? Nach Jahren, in denen sie sich nicht mal gemeldet hatte?«

Emmy nickte.

»Wissen Sie, warum?«

»Das hat sie nicht verraten. Aber weder Will noch ich waren glücklich darüber, dass sie versuchte, wieder Kontakt zu unserem Jungen aufzunehmen.«

»Darf ich fragen, was Sie befürchteten?«

Emmy nickte. »Ja natürlich. Es war so ...« Sie seufzte, schien nach Worten zu suchen. »Nachdem Lou unseren Glen verlassen hatte, stürzte er ab. Er ließ sein Studium sausen, jobbte mal hier, mal da, fing an zu trinken, verlor sich in Selbstmitleid. Es brauchte vier Jahre und ein Ultimatum seines Vaters, ehe er sich wieder halbwegs im Griff hatte und versuchte, sein Leben auf die Reihe zu bekommen. Endlich zog er in seine erste eigene Wohnung, fing in unserer Firma an, arbeitete fleißig, baute sich ein neues Leben auf. Es lief gut für ihn. Und dann steht die Frau vor unserer Tür, wegen der er einst so gelitten hat. Ist doch verständlich, dass wir uns da sorgten.«

»Haben Sie Lou Parker verraten, wo sie Glen findet?«

»Das mussten wir. Er hätte uns niemals verziehen, wenn wir ihm die Möglichkeit genommen hätten, endlich auszusprechen, was ihm all die Jahre auf der Seele gelegen hatte.«

»Dann haben die beiden sich also wiedergetroffen?«

»Das schon. Aber Glen hat uns nie verraten, warum sie zurückgekommen war. Er wich uns aus und kurz darauf fing er wieder mit dem Trinken an.«

»Haben Sie zumindest eine Ahnung, was zwischen Glen und Lou vorgefallen sein könnte?«

Traurig schüttelte Emmy den Kopf. »Nein. Ich weiß nur noch, dass Glen nach ihrem Treffen mitgenommen wirkte. Irgendwas Unschönes muss zwischen den beiden passiert sein. Er wirkte auf mich irgendwie rastlos, fast wütend. Will war sicher, dass er wieder anfangen würde zu trinken. Vergebens versuchte er, zu ihm durchzudringen. Es war grausam, mit anzusehen, dass alles wieder begann. Lou hatte unseren Jungen wieder in dieses finstere Loch geworfen, so wie damals. Ein paar Wochen später ist es dann passiert …«

Lizzy sah die Emmy mitfühlend an. »Ihr Mann, Will, hat mir bereits erzählt, dass Glen gestorben ist.«

Emmy lachte bitter. »Er ist nicht einfach gestorben … Die Polizei sagt zwar, es war ein Unfall, weil er Alkohol im Blut hatte, doch Will und ich sind sicher, dass mehr dahintersteckt.«

»Was ist genau passiert?«

»Er war mit seinem Motorrad unterwegs, kam von der Straße ab, knallte gegen einen Baum. Die Polizei glaubt, er sei einem wilden Tier ausgewichen, einem Reh vielleicht oder einem Fuchs. Doch mein Mann und ich wissen beide, was wirklich passiert ist.«

»Und was genau wissen Sie beide?«

»Wir wissen, dass unser Sohn ein sicherer Fahrer war. Ein paar Bier machten ihm nichts aus und mehr hatte er an jenem Abend nicht getrunken. Er war auf keinen Fall so betrunken, dass er die Kontrolle verloren hat. Ich bin ziemlich sicher, dass da jemand nachgeholfen hat. Vielleicht hat er ihn verfolgt und von der Straße gedrängt, was erklären würde, dass Glen frontal gegen den Baum gekracht ist.«

»Und wer sollte das gewesen sein und warum?«

Emmy hob die Schultern. »Ich weiß es nicht. Aber das ist die einzige plausible Erklärung. Und da ist noch was, was mich nicht zur Ruhe kommen lässt. Eine Frage, die ich mir immer wieder gestellt habe: Wieso passierte das nur wenige Wochen nach Lous Besuch? Finden Sie das nicht auch seltsam?«

Lizzy musste sich beherrschen, um nicht auszusprechen, was neben einem tragischen Wildunfall naheliegend war.

»Sie denken an einen Suizid?«, fragte Emmy, sie scharf ansehend.

Lizzy zuckte mit den Schultern, schwieg aber.

»Glauben Sie mir, daran haben Will und ich auch gedacht. Doch je länger wir darüber nachgegrübelt haben, desto sicherer waren wir, dass es nicht sein kann. Nein, unser Sohn hat sich nicht selbst das Leben genommen. Er wusste doch schon lange vor ihrem Überraschungsbesuch, dass Lou verheiratet ist, ein glückliches Leben mit einem anderen Mann führt. Und es schien ihm nichts mehr auszumachen. Ganz im Gegenteil, er lebte längst sein eigenes Leben. Hatte in der Zwischenzeit auch Damenbekanntschaften, von denen einige sogar längere Zeit hielten.«

»Nein, Glen hat sich ganz sicher nicht umgebracht«, mischte sich jetzt auch Will ein, sah Lizzy durchdringend an. »Ich bin sein Vater, ich weiß das einfach. Er hat sich das nicht selbst angetan.«

»Und was, denken Sie, war dann der Grund für diesen Unfall, dieses vermeintliche Abdrängen von der Fahrbahn, durch das Ihr Sohn zu Tode kam?«

»Ich denke, dass das, was unserem Jungen zustieß, mit dem Verschwinden deiner Schwestern zusammenhing. Da gibt es irgendetwas, was ich nicht greifen und erklären kann. Aber da ist etwas ...«

EINUNDZWANZIG
LONDON

2022

Sierra barg ihr Gesicht in den Händen, weinte inzwischen hemmungslos. Als ihre Tränen nach einer gefühlten Ewigkeit versiegten, wusste sie nicht, wie lange sie hier gesessen und sich selbst bemitleidet hatte.

Wie hatte sie nur jemals annehmen können, dass ihre Taten ungesühnt bleiben würden?

Man erntet, was man sät – der Lieblingsspruch ihrer Großmutter.

Karma vergisst eben nicht …

Schwachsinn, sprach sie sich selbst zu. Da draußen liefen noch mehr Menschen mit einer dunklen Vergangenheit unbehelligt herum. Selbst solche, die sich auch eines Verbrechens schuldig gemacht hatten.

Sie alle lebten ihre Leben. Vielleicht sogar relativ unbeschwert.

Sierra holte Luft, öffnete die Augen, überlegte, dass es auch ihr lange Zeit gut gegangen war, dass auch sie ihr Leben genossen hatte.

Nach der Hochzeit an Bradys Seite.

Nach Lucys Geburt.

Viele Jahre hatte sie kaum an damals gedacht.

Erst als ihre Tochter unheilbar krank geworden war,

hatte sie sich zum ersten Mal wieder gefragt, ob Gott – falls es ihn oder eine andere übergeordnete Macht gab – sie bestrafte.

Aber warum hatte es dann Lucy getroffen und nicht sie? Warum hatte Lucy für die Sünden ihrer Mutter bezahlen sollen?

Sie war ein unschuldiges Kind gewesen.

Zu jung, um schon so krank zu werden und zu sterben.

Doch dann hatte sie sich wieder gesagt, dass auch die Kinder anderer Eltern an Krebs erkrankten und starben. Es war so, wie Brady sagte. Sie waren nichts Besonderes … Nicht Lucy, nicht er, nicht sie.

Es war einfach nur Pech gewesen und kein beschissenes Karma. Andernfalls wäre Gott, oder was oder wer auch immer ihnen Lucy genommen hatte, ein größeres Monster als sie.

Aber warum ging es ihr dann so beschissen? Warum spielten ihre Nerven ihr auf einmal so furchtbare Streiche?

Warum sah und hörte sie Lucy?

Warum tat sie Dinge, ohne sich hinterher daran erinnern zu können?

Wann hatte all das überhaupt angefangen?

Der Überfall …

Richtig, alles war erst nach dem Überfall passiert.

Nachdem dieser Typ ihr die Tasche entrissen hatte.

Kurz darauf war sie Hope zum ersten Mal begegnet.

Einer jungen Frau, die sie vom ersten Augenblick an tief im Innern berührt hatte, weil sie sie auf schmerzliche Weise an Lucy erinnerte.

Sie sah ihr so ähnlich.

Benahm sich wie Lucy, sang und gab sich so wie sie. Sie schien sogar ähnliche Interessen zu haben wie ihre Tochter.

Aber was wusste sie darüber hinaus von Hope?

Sierra spürte, wie tief in ihrem Innern etwas bröckelte. Es war, als stürzte eine Mauer ein, die sie zuvor davon abgehalten hatte, klarzusehen.

Sie schnappte nach Luft.

Natürlich war es ihr in der Zeit vor dem Taschenraub und bevor Hope hierher gezogen war, auch nicht gut gegangen. Sie hatte getrauert, sich vor allem und jedem zurückgezogen, hatte es nicht geschafft, zu schreiben.

Doch all das war nur ein Prozess der tiefen Trauer gewesen, die sie noch immer empfand. Es war, wie die Ärzte gesagt hatten. Männer und Frauen unterschieden sich in ihren Verhaltensweisen. Brady versuchte, um jeden Preis nach vorne zu sehen. Sie brauchte länger, um mit der Trauer zu leben, die sie bis an ihr Lebensende begleiten würde. Aber irgendwann würde sie damit besser umgehen können.

Tief im Innern hatte sie gespürt, dass sie eines Tages auch an den Punkt kommen würde, an dem Brady sich jetzt schon befand. Anfangs hatte es sich erschreckend angefühlt, ohne Lucy weiterzuleben. Ohne ihr Lachen, ohne die Lebenslust, die sie begleitet hatte, aber es wäre wieder ein Leben. Anders zwar, aber erträglich.

Sie hatte immer gewusst, dass sie es Lucy schuldig war, weiterzumachen.

Wann war diese Gewissheit verschwunden, wann war sie noch tiefer abgestürzt?

Wann hatte sie sich völlig verloren?

Die Antwort erschreckte sie.

Es war, nachdem Hope ins Haus gezogen war. Hope, die sie so schmerzlich an Lucy erinnerte.

Anfangs hatte es sich seltsam tröstlich angefühlt, eine junge Frau zu kennen, die so war, wie sie sich Lucy als Frau vorgestellt hatte. Zugleich hatte ihr Unterbewusstsein ihr signalisiert, dass sie dabei war, sich in reinem Wunschdenken zu verlieren.

Dann hatten diese merkwürdigen Anfälle begonnen.

Die Augenblicke, in denen sie Stimmen gehört hatte.

Dann der Abend, als sie geglaubt hatte, Lucy zu sehen.

Mit ihr zu sprechen.

All das hatte mit Hope begonnen. Einer Fremden, zu der

sie nur Vertrauen aufgebaut hatte, weil sie sie vage an den schönsten und zugleich traurigsten Teil ihrer Vergangenheit erinnerte.

Vor Hopes Einzug hatte sie nie irgendwelche Stimmen gehört oder Geister gesehen. Geschweige denn ihr Gesicht auf Fotos zerkratzt oder auf andere Weise Selbstverstümmelung betrieben.

Lag all das wirklich nur daran, dass sie ein bisschen von ihrer toten Tochter in Hope sah? Oder steckte am Ende mehr dahinter?

Sie nahm ihr Handy zur Hand, loggte sich bei Instagram ein, suchte nach Jimmy Gallup, dem Besitzer der Wohnung, in der Hope lebte. Doch anscheinend hatte Jimmy dort keinen Account.

Frustriert legte Sierra ihren Kopf in den Nacken.

Jimmy und Leo wohnten schon lange unter ihr. Wieso hatte sie es nie über sich gebracht, sich mit den beiden näher anzufreunden? Dann hätte sie jetzt eine Telefonnummer, die sie anrufen könnte.

Die alte Dame aus dem ersten Stock fiel ihr ein.

Sie wollte schon aufstehen und nach unten gehen, um sie nach Jimmys Nummer zu fragen, als ihr noch etwas einfiel.

Bei Instagram und TikTok tummelten sich vor allem junge Leute, weshalb sie sich schon vor Jahren dort angemeldet hatte, um auch die Generation Z ihrer Leser zu erreichen. Sie stand auf, lief ins Büro, griff sich ihren Laptop und eilte zurück ins Wohnzimmer.

Sie legte den Rechner auf dem Wohnzimmertisch ab, öffnete ihn und loggte sich seit Langem wieder bei Facebook ein. Sie gab Jimmys Namen in der Suchleiste ein und fand ihn tatsächlich. Sie klickte auf das Profilbild ihres Nachbarn und hielt betroffen den Atem an, als sie sah, wie glücklich Jimmy an Leos Seite ausgesehen hatte. Dass gerade sie so blind für seine Trauer um den geliebten Partner gewesen war, verursachte ihr ein Ziehen im Magen.

Mit schlechtem Gewissen scrollte sie durch sein Profil, bemerkte, dass er erst gestern ein neues Foto von sich hochgeladen hatte. Demnach war er vielleicht regelmäßig online.

Sie klickte auf das Nachrichtenfeld, tippte:

Hi Jimmy,

sorry, dass ich mich so lange nicht habe blicken lassen. Was Leo passiert ist, tut mir so leid.

Sei dir gewiss, dass meine Gedanken bei dir sind, auch wenn ich nicht für dich da war, als du vielleicht Hilfe gebraucht hättest. Ich bin untröstlich, dass ich sogar die Beerdigung verpasst habe. Es war nicht meine Absicht, so egoistisch zu sein.

Über meinem eigenen Unglück habe ich auch dich sträflich vernachlässigt. Die Sache mit Brady und Lucy hat mich einfach taub und blind gemacht für alles, was ringsum passiert ist.

Es tut mir unendlich leid, bitte verzeih mir.

Doch es gibt einen weiteren Grund dafür, dass ich dir schreibe. Ich habe mich mit Hope, deiner Untermieterin, angefreundet. Sie scheint nett zu sein.

Dennoch wollte ich dich fragen, woher du sie kennst und was du über sie weißt. Ich bin ein wenig eigen, was Bekanntschaften angeht, und will einfach nicht verletzt oder ausgenutzt werden.

Aber mach dir keine Sorgen, mit deiner Wohnung ist alles in Ordnung. Neulich war ich unten und alles sah vollkommen normal aus. Sie ist eine ruhige Mieterin, sehr höflich, ich denke, sie war die richtige Wahl für dich. Mich interessiert einfach nur, wer sie ist und woher du sie kennst …

Ich wäre dir wirklich dankbar, wenn du mir so schnell wie möglich ein Feedback geben würdest.

Liebe Grüße

Sierra, deine Nachbarin, die sich sehr schämt, weil sie vergessen hat, dass es auch anderen Menschen in ihrem Umfeld beschissen geht!!!

Als sie fertig war, las sie alles noch mal durch, klickte nach einem Augenblick des Innehaltens auf *Abschicken.*

Sierra war gerade dabei, die letzten Alben vom Tisch zurück in den Schrank zu räumen, als es an der Tür klingelte.

Nicht jetzt, nicht ausgerechnet jetzt!

Augenblicklich brach ihr der Schweiß aus. Das konnten nur Brady oder Hope sein. Vielleicht auch Amanda …

Sie ging zur Tür, spähte durch den Spion, zuckte zurück, als sie sah, dass Hope draußen stand.

Kurz erwog sie, die junge Frau stehen zu lassen. Aber Hope würde ihr kaum abnehmen, dass sie nicht da war. Sie musste sie gehört haben. Ihre Schritte, das Räumen …

Es half nichts, sie musste ihr öffnen. Und noch hatte sie keinerlei Beweise dafür, dass Jimmys Untermieterin nicht die war, die sie zu sein vorgab.

Hope Clark – so hatte sie sich ihr vorgestellt. Aber war sie das wirklich? Sie würde es herausfinden!

Sie genau beobachten.

Tief Luft holend, konzentrierte sie sich darauf, einen neutralen Gesichtsausdruck aufzulegen, öffnete die Tür.

Hope grinste sie an, hielt ihr eine Tüte entgegen.

»Was ist das?«, fragte Sierra irritiert.

»Ich war bei dem süßen kleinen Feinkostladen zwei Straßen weiter und dachte mir, ich überrasche dich mit etwas Leckerem.«

Ein kalter Schauer lief über Sierras Rücken, als sie beiseitetrat und Hope in ihre Wohnung ließ. Lächelnd nahm sie ihr den Beutel ab.

»Das ist total lieb von dir«, sagte sie und hoffte, dass Hope ihr die aufgesetzte Begeisterung abnahm, obwohl genau dieses Mitbringsel ihr Misstrauen schürte.

Es war keine Stunde vergangen, seit sie vor ihrem fast

leeren Kühlschrank gestanden und nur noch Trauben und Käse gefunden hatte. Konnte Hope hellsehen? Es fühlte sich wirklich unheimlich an, dass ihre neue Nachbarin sie jetzt mit Köstlichkeiten überraschte.

Zufall?

»Setzen wir uns ins Wohnzimmer?«, fragte Hope leichthin, als sei sie hier die Gastgeberin. »Der Ausblick über die Stadt ist einfach atemberaubend.«

Sierra nickte, rang sich noch mal ein Lächeln ab.

Erschrocken bemerkte sie, dass ihr Laptop noch geöffnet auf dem Tisch stand. Mit Jimmys Profil auf dem Bildschirm. Schnell eilte sie Hope voraus, klappte das Gerät zu, drehte sich dann zu ihr um.

»Setz dich schon mal, ich hole uns ein paar Teller und Besteck.«

»Bring auch Gläser mit, ich hab den guten Weißen gekauft, den du so liebst.«

Sierra schluckte unbehaglich. »Das ist lieb von dir, wirklich. Aber ich versuche gerade, weniger zu trinken. Es tut mir nicht gut.«

Hope verzog das Gesicht, nickte enttäuscht.

»Weißt du was?«, schlug Sierra vor. »Ich mach die Flasche trotzdem auf, dann kannst du den edlen Tropfen genießen. Ich begnüge mich mit einem Tee und freue mich aufs Essen.« Sie öffnete den Beutel, spähte hinein.

»Ich hab Oliven und Käsecreme gekauft, ein paar Garnelen und eingelegte Meeresfrüchte, dazu ein frisches Ciabatta.«

»Du bist ein Schatz, ich hab wirklich einen Bärenhunger und fast nichts im Haus.«

In der Küche stellte Sierra die kleinen Behälter aus der Tüte auf ein Tablett, legte Besteck dazu, ein Weinglas und zwei Teller, brachte alles ins Wohnzimmer. »Es ist noch warm draußen. Wollen wir auf der Dachterrasse essen?«, fragte sie, um Hope aus dem Raum zu lotsen.

Hope nickte strahlend, stand auf, ging zu der großen

Flügeltür, öffnete sie. Danach nahm sie Sierra das Tablett aus den Händen und verschwand summend auf der Terrasse. Wieder ein Song von Adele …

Ein heißer Schmerz schoss durch Sierras Innerstes.

Ein Gefühl von etwas Falschem überkam sie.

Anders als bei früheren Begegnungen rührte sie die Musikwahl Hopes nicht. Im Gegenteil. Am liebsten hätte sie ihr zugezischt: *Hör sofort auf damit.*

Sie floh regelrecht in die Küche zurück, setzte Wasser auf, bereitete alles für einen kräftigen Schwarztee vor. Für einen sehr kräftigen Tee! Sie musste wach bleiben, fit sein, solange Hope hier in ihren Räumen war.

Als das Wasser kochte, gab sie es zu den Teeblättern, trug die Kanne und ihre Tasse auf die Terrasse. Hope hatte es sich bereits auf dem Loungesofa bequem gemacht.

Sie trug ein knappes Shirt, das gerade eben so bis über ihren Nabel reichte. Dabei war es heute recht frisch.

»Falls dir zu kalt wird, kannst du eine Strickjacke von mir haben«, schlug Sierra vor. Sie wollte ihrer Besucherin zwar auf den Zahn fühlen, durfte aber keinesfalls ihr Misstrauen wecken.

»Ach was, ich bin hot«, kicherte Hope.

»Na dann«, sagte Sierra, sich etwas sicherer fühlend. Inzwischen hoffte sie zumindest, dass Hope ihr nichts vorspielte. Sie griff nach der Kanne, füllte ein wenig Tee in ihre Tasse, trank einen Schluck. Danach nahm sie ein bisschen von dem Brot, biss ein Stück davon ab.

Hope nahm den Becher mit den Oliven, reichte ihn ihr. »Die kommen aus Sizilien und sind wirklich köstlich.«

Sierra angelte sich eine der Früchte, steckte sie sich in den Mund.

Hope grinste zufrieden, stellte den Becher zurück auf den Tisch, stand auf und ging zur Brüstung.

»Was würde ich dafür geben, diesen Ausblick täglich zu genießen.« Lachend beugte sie sich ein Stück über das Geländer, um nach unten sehen zu können. »Von hier oben sieht alles anders aus, findest du nicht? Irgendwie friedlich.« Sie drehte sich zu ihr um, strahlte übers ganze Gesicht.

Sierra nickte. Plötzlich stach ihr etwas ins Auge.

Hopes Shirt war ein wenig nach oben gerutscht, entblößte einen Teil ihres Unterleibs, weil die Jeans, die sie trug, locker saß.

Sierra wurde heiß und kalt zugleich, als sie begriff, was sie da sah.

Hope hatte ein Tattoo.

Nicht irgendeins.

Und nicht an einer beliebigen Stelle.

Hopes Tattoo sah genauso aus wie das Tattoo der Frau in dem Video, das von Bradys Handy geschickt worden war. Und es war an exakt der gleichen Stelle.

Sierra konnte nicht das ganze Motiv erkennen, aber es genügte, und sie brauchte alles, was sie an Schauspielkunst aufbringen konnte, um sich nichts anmerken zu lassen. Sie blieb sitzen, zwang sich dazu, den Becher mit den Garnelen zu nehmen, sich eine davon in den Mund zu stecken.

Während sie kaute, hatte sie das Gefühl, sich übergeben zu müssen, doch sie schaffte es, den Bissen hinunterzuschlucken.

Sie machte eine auffordernde Kopfbewegung in Hopes Richtung. »Wenn du nicht mitfutterst, ist alles schneller weg, als du bis zehn zählen kannst.« Sie lachte, hoffte, dass es nicht zu gekünstelt klang.

Schließlich stand sie auf, sah Hope an. »Ich glaube, ich trinke jetzt doch ein Glas Wein.«

Hope nickte erfreut, kam zum Tisch zurück, setzte sich. »Trinken ist eine Sache, die zu zweit einfach mehr Spaß macht, finde ich.«

»Ich geh rasch ein zweites Glas holen«, stieß Sierra aus, verschwand von der Terrasse.

Sie lief ins Bad, verschloss die Tür hinter sich, setzte sich auf den Toilettendeckel. Hope war demnach die Frau, die mit Brady geschlafen hatte.

Und sie war es wohl auch gewesen, die ihr das Video geschickt und es später wieder gelöscht hatte.

Sierra barg ihr Gesicht in den Händen, stieß ein hysterisches Lachen aus. Vor ihrem inneren Auge fügten sich Puzzleteile zu einem Bild. Noch konnte sie nicht das große Ganze sehen, doch zumindest etwas wurde ihr klar.

Eine wichtige Sache, vielleicht die wichtigste überhaupt …

Sie legte ihren Kopf in den Nacken, lachte noch heftiger, obwohl ihr zum Schreien zumute war.

Wie hatte sie nur dermaßen bescheuert sein können?

So vollkommen blind und realitätsfern?

ZWEIUNDZWANZIG
SANKT IVES

2019

»Wie geht es dir heute Morgen? Du siehst schlimm aus?« Thelma musterte sie besorgt.

Lizzy hob die Schultern. Nachdem sie gestern zurück in den Pub gekommen war, hatte sie es gerade noch geschafft, etwas zu essen, und war dann todmüde ins Bett gefallen, doch wirklich Ruhe gefunden hatte sie nicht. Die halbe Nacht lang hatte sie sich im Bett herumgewälzt und war das Gespräch mit Will und seiner Ehefrau immer wieder Wort für Wort durchgegangen. Sie trank einen Schluck von dem Kaffee, den Thelma ihr hingestellt hatte, und nickte ihr dankend zu. »Den habe ich jetzt wirklich gebraucht.«

»War es so schlimm bei den Benneths?«

»Aufwühlend war es«, antwortete Lizzy. »Wusstest du das von Glen?«

Thelma runzelte fragend die Stirn. »Du meinst, ob ich von seinem Unfall wusste? Ja sicher. Jeder hier im Ort weiß davon. Er war genau wie sein Vater ein starker Trinker, hat sich systematisch in den Abgrund manövriert.«

»Seine Eltern glauben, dass sein Tod mit dem zusammenhängt, was meinen Schwestern passierte.«

Thelma stieß ein Lachen aus. »Wie kommen sie denn auf diesen Mist?«

»Weil Glen mit der Tochter der Parkers, mit Lou, befreundet war. Sie sind ein Paar gewesen, drei Jahre lang.«

Thelma schüttelte den Kopf. »Davon weiß ich nichts. Glen war ein Luftikus, hatte ständig ein anderes Mädchen an seiner Seite. Möglich, dass ich ihn auch mal mit Lou Parker gesehen habe, doch dass beide was Festes am Laufen hatten, das ist mir neu.«

»Seltsam, auch die Geschichte mit den zweifelhaften Umständen von Glens Unfall hätte bekannt sein müssen.«

Thelma runzelte die Stirn. »Wie kommen seine Eltern darauf, zu glauben, Glens Unfall hatte was mit der Entführung deiner Schwestern zu tun?«

Lizzy erzählte Thelma von Lous letztem Besuch bei den Benneths und davon, dass sie nach Glen gesucht habe.

»Auch das ist mir neu«, erklärte Thelma nachdenklich. »Trotzdem verstehe ich den Zusammenhang noch immer nicht. Okay, sie war hier, hat ihren Ex gesucht. Aber wieso sollte das irgendwas mit seinem Unfall zu tun haben? Oder mit deinen Schwestern?«

»Keine Ahnung«, antwortete Lizzy. »So langsam gehen mir auch die Möglichkeiten aus. Ich weiß nicht, wo ich noch weiter nach Lou Parker suchen soll. Aber ich muss sie finden und mit ihr sprechen.«

»Vielleicht solltest du wirklich mal mit der Polizei reden. An dem Fall waren etliche Beamte beteiligt, unter anderem auch Tonja Hunter. Sie lebt hier in Sankt Ives, ist die Dienststellenleiterin der hiesigen Polizeiwache. Tonja ist okay, wenn du zu ihr gehst, wird sie sich sicher Zeit nehmen. Auch sie kannte deine Eltern recht gut.«

Als Lizzy eine knappe Stunde später aus ihrem Wagen stieg und auf das winzige Gebäude zuging, in dem sich die örtliche Polizeiwache befand, hatte sie ein ungutes Gefühl.

Mit ehemaligen Freunden ihrer Eltern zu sprechen, war

eine Sache. Doch mit den damals ermittelnden Beamten über den Fall zu reden, machte ihn greifbarer und auf eine brutale Art für sie erst richtig real.

Die Vorstellung, einer Polizistin gegenüberzusitzen, die ihr vielleicht in aller Ausführlichkeit Einzelheiten offenlegte, die nie an die Öffentlichkeit gelangt waren, und ihr womöglich alle Hoffnung auf einen positiven Ausgang der Geschichte nahm, machte ihr schreckliche Angst.

Sie drückte die Klinke hinunter, betrat den winzigen Vorraum, in dem ein junger Mann saß und sie freundlich anlächelte. »Mein Name ist Lizzy Russel«, stellte sie sich vor. »Ich würde gerne mit Tonja Hunter sprechen.«

»Haben Sie einen Termin?«

Lizzy schüttelte den Kopf. »Es geht um eine ältere Geschichte, um den Vermisstenfall. Vielleicht wissen Sie mehr darüber? Tonja war damals eine der Ermittlerinnen. Ich bin extra aus Kendal hergekommen, daher wäre es wirklich nett, wenn Sie sie fragen könnten, ob sie ein paar Minuten Zeit für mich hat.«

Der junge Mann starrte sie an, dann nickte er abrupt. »Okay, kleinen Moment.« Er sprang auf und verschwand in einem der hinteren Zimmer.

Als er nach wenigen Augenblicken zurückkam, grinste er. »Tonja lässt Ihnen ausrichten, dass sie momentan keine Zeit hat, sie in ihrem Büro zu empfangen. Aber in einer knappen Stunde hat sie Mittagspause und schlägt vor, dass Sie sich mit ihr auf einen schnellen Lunch im Bistro Shelby treffen. Das Shelby ist in der Fußgängerzone, keine zehn Minuten Fußmarsch von hier entfernt. Dort gibt es eine sehr leckere Auswahl an Sandwiches und süßem Gebäck. Wäre das okay für Sie?«

Lizzy stieß erleichtert die Luft aus, nickte. »Dann warte ich dort auf Tonja, haben Sie vielen herzlichen Dank.«

Die Wartezeit hatte Lizzy sich mit Bummeln in der Fußgängerzone vertrieben, wo sie sich eine Kette aus Muscheln gekauft hatte.

Jetzt saß sie an einem Fenstertisch im Shelby und wartete auf Tonja Hunter. Diese war bereits zehn Minuten zu spät dran, doch Lizzy schätzte, dass dies bei einer Polizistin nicht ungewöhnlich war.

Daher beschloss sie, schon mal ihre eigene Bestellung aufzugeben. Sie winkte dem Kellner, einem jungen Mann mit Pferdeschwanz und Hipster Bart, orderte einen Kräutertee und dazu ein Stück Victoria-Cake, angeblich eine Spezialität des Hauses.

Der Kellner stellte das Gewünschte gerade auf ihrem Tisch ab, als die Türglocke schrillte.

Lizzy wandte sich dem Geräusch zu und war sicher, dass die eintretende Frau Tonja sein musste. Sie sah wirklich genau so aus, wie man sich die Polizistin in einer typisch englischen Krimiserie vorstellte. Blondes, akkurat zu einem Pagenschnitt frisiertes Haar, feine, beinahe aristokratische Gesichtszüge und einen Gesichtsausdruck, der keinerlei Widerspruch zu dulden schien.

Und sie schien recht zu behalten. Die Frau sah sich um und als sie Lizzy entdeckte, steuerte sie geradewegs auf sie zu. Sie wirkte ernst und geschäftig, als hätte Lizzy sie von etwas Wichtigem weggeholt.

»Miss Russel?«, fragte sie, wartete nicht mal, bis Lizzy antwortete, setzte sich und winkte ungeduldig nach dem Kellner.

Dieser kam sofort an ihren Tisch geeilt. »Wie immer?«

Tonja nickte knapp, wandte sich dann Lizzy zu. »Können Sie sich ausweisen?«

Lizzy zuckte zusammen, griff nach ihrer Tasche, die über der Stuhllehne hing, fummelte ihre Geldbörse hervor. Als sie ihren Ausweis hatte, reichte sie ihn Tonja.

Die Polizistin studierte ihn gründlich, bevor sie ihn ihr wiedergab.

»Ich erinnere mich sehr gut, dass ihre Mutter hochschwanger war, als die Tragödie geschah. Sie hätte Sie beinahe verloren, wussten Sie das?«

Lizzy schüttelte erschrocken den Kopf.

»Sie kam mit Ihrem Vater von einem Kurzurlaub zurück. Vor dem Haus Ihrer Eltern herrschte das Chaos. Ihre Mutter wusste zu dem Zeitpunkt noch nicht, was passiert war, doch sie ahnte es wohl. Sie erlitt schwere Blutungen, wahrscheinlich ausgelöst durch den Schock, musste ins Krankenhaus, wo die Ärzte durch einen Notkaiserschnitt Ihr Leben retteten. Ich weiß das noch so gut, weil ich die ersten Gespräche mit Ihrer Mutter an deren Krankenbett geführt habe.«

»Bis vor wenigen Tagen wusste ich so gut wie nichts über das, was damals passiert ist«, erklärte Lizzy. »Meine Eltern starben, ohne je mit mir darüber gesprochen zu haben.«

Lizzy realisierte, dass Tonja keine Miene verzog, so als wisse sie bereits, dass ihre Eltern nicht mehr am Leben waren.

»Was führt Sie her?«

»Ich wollte mit Ihnen …«

»Ich meinte nicht zu mir, sondern allgemein. Was führt Sie nach Sankt Ives?«

Lizzy schluckte. Dann erzählte sie Tonja von dem Termin bei Jenkins und dem Mietcontainer, in dem sie die Hinterlassenschaften ihrer Eltern entdeckt hatte.

»Dann befinden Sie sich quasi auf den Spuren Ihrer Vergangenheit?«

Lizzy nickte.

»Und was haben Sie sich als Ziel gesetzt? Was erhoffen Sie sich von Ihrem Besuch hier in der Stadt?«

»Ich will Lou, die Tochter der Parkers, finden und mit ihr sprechen.«

»Weil Sie hoffen, durch sie an Hinweise zum Verbleib Ihrer Schwestern zu kommen?«

»Ja. Sie sind alles, was von meiner Familie übrig ist. Sofern beide noch am Leben sind.«

Die Polizistin nickte und zum ersten Mal bemerkte Lizzy eine Spur von Mitgefühl auf deren Gesicht.

»Dann haben Sie sicher schon mit Frau Parker gesprochen und wahrscheinlich auch mit Familie Benneth?«

Lizzy nickte betrübt. »Leider bislang ohne Ergebnis.«

»Was damals geschah, ging an niemandem hier im Ort spurlos vorbei. Nicht an den direkten Beteiligten, nicht an Außenstehenden und auch nicht an uns, den ermittelnden Beamten. Sie sollten wissen, dass wir damals nichts unversucht gelassen haben, Ihre Schwestern zu finden. Die Suche ging über Jahre, selbst heute noch bekommen wir regelmäßig Anrufe von Leuten, die die Mädchen überall auf der ganzen Welt gesehen haben wollen.«

»Gehen Sie diesen Hinweisen denn immer nach?«

Tonja nickte. »Bislang führte aber keiner dieser Hinweise zu seiner echten Spur.«

»Warum haben Sie damals meine Eltern verdächtigt?«

Tonja sah sie ernst an. »Weil das Routine ist. In vielen Fällen von vermisst gemeldeten Personen steckt am Ende ein Angehöriger dahinter. Genau wie bei Mordfällen meist ein Angehöriger der Täter ist oder zumindest jemand, der das Opfer gut kannte. Wir mussten Ihre Eltern als mögliche Täter in Betracht ziehen, doch beide hatten ein Alibi, somit waren Sie schnell vom Tisch bei uns.«

»Und was ist mit dem Kindermädchen, mit Lou?«

Tonja sah Lizzy durchdringend an. »Was sie angeht, haben wir auch alle möglichen Optionen in Betracht gezogen. Allerdings war die junge Frau damals verletzt und nachweislich körperlich so geschwächt, dass ihre Geschichte absolut glaubwürdig war.

Sie wurde niedergeschlagen und verlor das Bewusstsein. Mehrere Ärzte haben unabhängig voneinander bestätigt, dass eine Kopfverletzung wie die ihre, eine Bewusstlosigkeit nach sich zieht. Zudem hat der Täter auf sie eingestochen, wodurch sie viel Blut verlor. Als sie zu sich kam, schleppte sie sich zum Telefon, rief um Hilfe, versuchte anschließend, sich zu den Zimmern der Mädchen zu schleppen. Meine Kollegen und ich fanden sie ungefähr in der Mitte der Treppe nach oben. Sie war körperlich am Ende. Und diese Verletzungen, kann sie sich unmöglich selbst zugefügt haben. Das wäre schlicht und ergreifend unmöglich gewesen.«

»Könnte sie einen Komplizen gehabt haben?«

Tonja nickte ernst. »Auch das haben wir in Erwägung gezogen. Doch ihre Schilderung der Augenblicke vor dem Angriff ergab Sinn und sie hat sich auch während der gesamten Befragungen niemals widersprochen. Sie sagte, dass sie dabei war, sich etwas zu essen zuzubereiten, als sie niedergeschlagen wurde. Und tatsächlich fanden wir auf der Ablage in der Küche alle Zutaten, die darauf schließen ließen, dass sie sich ein Sandwich machen wollte.«

»Gab es Einbruchspuren?«

»Eines der Fenster der Hintertür ist zerstört worden.«

»Das heißt, wer auch immer das war, ist auf diese Weise ins Haus gekommen?«

»Richtig.«

»Haben Sie Fingerabdrücke gefunden?«

»Nur die Ihrer Familie und der Babysitterin sowie von ein paar Freunden Ihrer Eltern. Wir haben jeden einzelnen überprüft. Alle hatten für den Tatzeitpunkt ein Alibi.«

»Was ist mit Glen?«

»Glen Benneth?«

Lizzy nickte.

»Er war damals mit der Tochter der Parkers liiert, hat sie an jenem Tag aber nicht gesehen. Auch er hatte ein Alibi. Seine Eltern sagten aus, dass er in jener Nacht die ganze Zeit in seinem Zimmer war und geschlafen hat.«

Lizzy runzelte die Stirn. »Er könnte sich rausgeschlichen haben. So was hab ich als Teenager unzählige Male getan und meine Mutter ahnte nichts.«

»Warum haben Sie sich so auf das Kindermädchen Ihrer Eltern eingeschossen? Sie kennen sie nicht, wissen nichts über sie und dennoch scheinen Sie zu glauben, sie hätte etwas mit dem Verschwinden der Kinder zu tun.«

»Bis gestern habe ich nicht in diese Richtung gedacht. Ich wollte sie nur finden, weil sie die Einzige ist, die meine Schwestern kannte, sie gut kannte, und mir etwas über sie erzählen könnte. Doch nach dem Gespräch mit Will und Emmy Benneth sehe ich das etwas anders. Beide haben mir vom Unfall ihres Sohnes erzählt und davon, dass Lou noch mal hier gewesen ist, wenige Wochen bevor er diesen Unfall hatte und starb.«

»Ach die Geschichte. Glen hatte zu viel getrunken, nicht zum ersten Mal übrigens. Bei seinem Lebenswandel war abzusehen, dass alles in einer Katastrophe endet.«

»Seine Eltern sind da anderer Meinung.«

Tonja stöhnte leise. »Sie haben Ihnen den Floh ins Ohr gesetzt, dass der Tod ihres Sohnes mit dem zu tun hat, was Ihren Eltern passierte?«

Lizzy nickte. »Ganz so abwegig ist das doch nicht. Ich finde es auch seltsam, dass die Tochter der Parkers jeden Kontakt zu ihrem früheren Leben abgebrochen hat und dann aus heiterem Himmel eines Tages vor der Tür der Benneths steht, um Glen zu sprechen.«

»Das Verhältnis zwischen Lou und ihren Eltern war damals nicht das Beste. Ich weiß das, weil ich mit allen dreien persönlich gesprochen habe. Außerdem haben die Leute hier im Ort die junge Frau damals nicht gerade mit Samthandschuhen angepackt. Sie wissen, wie die Menschen ticken … Nach einer Katastrophe sehnen sich die meisten von ihnen nach einem Abschluss. Ein Schuldiger muss her, damit alle wieder in Frieden leben können. Viele der Einwohner hatten sich aus unerfindlichen Gründen Lou Parker als Sündenbock auserkoren, was der Grund dafür war, dass sie die Stadt verlassen hat. Der Einzige, der damals zu ihr hielt, war Glen. Ist es da nicht verständlich, dass er der Einzige war, den sie sehen wollte, als sie nach Jahren wieder einmal herkam?«

»Soweit ich weiß, glaubte auch ihre Mutter an ihre Unschuld, was das Verschwinden meiner Schwestern anging.«

»Wie gesagt, Sie sollten nicht so viel in die Worte von Menschen hineininterpretieren, die sich in irgendwelche Verschwörungstheorien flüchten, nur weil sie sich nicht eingestehen wollen, dass ihr Sohn wegen Trunkenheit im Straßenverkehr zu Tode kam.«

»Was genau glauben Sie, was damals passiert ist?«

Die Polizistin seufzte leise. »Es gibt so viele Irre da draußen. Manchmal genügt eine kurze Begegnung, um diese Individuen zu einer Kurzschlussreaktion zu animieren.«

»Sie glauben, jemand hat meine Schwestern gesehen, sie beobachtet und verfolgt, sie schließlich entführt?«

Tonja hob die Schultern.

»Warum?«

»Ich habe nicht die geringste Ahnung, aus welchen Grund Menschen sich an Kindern vergreifen, sie misshandeln oder sexuell missbrauchen, sie sogar töten. Irgendwas in ihren Gehirnen muss da fehlgepolt sein, sie sind krank, anders lassen sich diese grausamen Taten nicht erklären.«

Lizzy spürte, wie ihr kalt wurde.

Sie starrte die Polizistin an, die Gedanken in ihrem Kopf drehten sich im Kreis.

»Sie wussten, dass meine Eltern tot sind«, stieß sie schließlich aus. »Sie waren nicht mal überrascht, als ich das erwähnte.

Tonja nickte zögernd. »Das mit Ihrem Vater weiß ich seit Langem, Ihre Mutter hat es mir gesagt. Und dass Ihre Mutter gestorben ist … Ich weiß es seit zwei Tagen, weil ich mit den Kollegen in Kendal telefoniert habe, nachdem ich sie nicht erreichen konnte.«

»Warum wollten Sie meine Mutter sprechen?«

Tonja schwieg, sah sie nur düster an.

»Und wieso haben Sie gerade eben davon gesprochen, dass Sie nicht verstehen, wieso Menschen Kinder umbringen?«

»Ich kannte Ihre Mutter, sehr gut sogar. Sie und ich, wir waren zwar keine Freundinnen, haben uns aber immer gut verstanden. Als das mit ihren Schwestern passierte, hab ich Ihrer Mutter ein Versprechen gegeben. Ich sagte ihr, dass ich mich melde, sobald es eine neue Entwicklung gibt, und daran habe ich mich immer gehalten. Ich wusste von ihrer Krankheit, war eine der wenigen, der sie es erzählt hat.« Sie brach ab, sah Lizzy betreten an, wirkte mit einem mal unschlüssig, fast verunsichert.

»Was ist los? Sie wissen doch etwas!«

»Ich darf eigentlich nicht darüber sprechen.«

»Worüber genau?«

»Diese Sache wird unter strengstem Verschluss gehalten, solange wir nichts Konkretes wissen. Es ist …« Sie stieß die Luft aus, legte ihren Kopf in den Nacken. Schließlich sah sie Lizzy wieder an, wirkte wütend. »Kennen Sie den Wald, drüben bei Falmouth?«

Lizzy verneinte stumm.

»Ein kleiner Teil davon befand sich viele Jahrzehnte in Privatbesitz. Die Gemeinde Falmouth hat ein paar Mal versucht, dem Besitzer das Gebiet abzukaufen, doch die Familie lehnte immer ab. Vor einigen Jahren verkaufte sie das Waldstück dann an eine große Firma, die dort eine Cottage-Anlage baut. Jeder versucht hier, irgendwie an das Geld der Touristen zu kommen, verstehen Sie?«

Lizzy schluckte angestrengt. »Ja, schon. Und was hat das mit meiner Mutter zu tun? Was wollen Sie mir damit sagen, Tonja?«

Die Polizistin holte tief Luft, stieß sie dann wieder aus.

»Die Arbeiten dauern schon eine Ewigkeit an, aber ein paar der Hütten stehen inzwischen. Letzte Woche gingen die Baggerarbeiten nach einem Stillstand von fast einem Jahr endlich weiter und kürzlich bekamen meine Kollegen in Falmouth einen Anruf. Es sind ein paar Knochen gefunden worden. Knochen eines Kindes.«

Lizzy riss die Augen auf, spürte, wie ihr übel wurde. Sie schnappte nach Luft, bekam keinen Ton heraus.

Tonja griff über den Tisch nach ihrer Hand, drückte sie sanft.

»Noch wissen wir gar nichts, okay? Die Kollegen in Falmouth haben das Gebiet weiträumig abgesperrt, die Arbeiten an den Cottages bis auf Weiteres auf Eis gelegt. Die Spurensicherung ist noch immer dabei, den Waldboden vorsichtig abzutragen, um keine Schäden an weiteren eventuell vergrabenen Überresten zu verursachen. Der Teil der Knochen, der bereits geborgen wurde, befindet sich inzwischen im kriminaltechnischen Labor.«

Lizzy kämpfte gegen die Tränen. »Ist es möglich … Ich meine, könnten es … kann es sein … dass das die Überreste meiner Schwestern sind?«

Tonja räusperte sich. »Ja. Die Beschaffenheit der Knochen deutet auf ein Kleinkind hin. Doch bis jetzt wissen wir weder, ob es sich um die Überreste eines Mädchens handelt, noch, ob die Knochen zu einem oder zu zwei Kindern gehören. Hinzu kommt, dass meine Kollegen noch nicht einmal einen Bruchteil des Gebiets umgegraben haben. Wir wissen also nicht, ob da noch mehr Knochen unter der Erde liegen.«

DREIUNDZWANZIG
LONDON

2022

Sierras Herz hämmerte so heftig gegen ihren Brustkorb, dass sie kaum noch atmen konnte.

Diese Frau auf ihrer Terrasse, Hope, sofern dieser Name überhaupt stimmte, war gefährlich, vielleicht sogar irre!

Sie hatte sich nicht nur ihren Ex-Ehemann gezielt ausgesucht, mit ihm gevögelt, ihn mit Sicherheit ausgehorcht, sondern außerdem dieses Haus mit Kalkül gewählt, genau die Wohnung unter ihr. Und es war auch kein Zufall, dass sie sie an Lucy erinnerte.

Sie schloss die Augen, konzentrierte sich auf die zeitlichen Abläufe. Beginnend mit dem Diebstahl ihrer Tasche – und alles ergab einen Sinn.

Der Dieb oder die Diebin musste ihr Handy ausgelesen haben, hatte so alles über Lucy und sie erfahren. Dass sie noch immer die Instagram-Seite ihrer Tochter hegte und pflegte, es bislang nicht übers Herz gebracht hatte, sie zu löschen.

Auf diese Weise war es leicht, an Bilder und Besonderheiten von Lucy zu kommen, und sich wiederum ihr, Sierra, zu nähern, ihr Vertrauen zu gewinnen, sich gar mit ihr anzufreunden.

Sierra keuchte, als ihr auch bewusst wurde, dass es ein

Leichtes für Hope gewesen war, sich einen Zweitschlüssel für ihre Wohnung anfertigen lassen. Unter der Hand natürlich, denn offiziell käme kein Mitarbeiter eines Schlüsseldienstes auf die Idee, sich auf diese Weise strafbar zu machen. Da waren die Sicherheitsrichtlinien von Schließanlagen streng.

Doch wie hatte Hope es geschafft, Lucys Stimme zu imitieren?

Und dann fiel es ihr ein.

Ihre Tochter hatte für ihr Leben gerne gesungen, sich hin und wieder selbst aufgenommen. Und diese Aufnahmen existierten auf allen möglichen Kanälen und Speicherplätzen.

Hope konnte auf alte WhatsApp-Sprachnachrichten zurückgegriffen und daraus irgendwelchen Mist zusammengeschnitten haben.

Und sie hatte allen Ernstes geglaubt, dass ihre Tochter zu ihr sprach. In ihrem Kopf, aus dem Grab heraus.

Fassungslos schüttelte Sierra den Kopf. Sie war kein Technik-Ass, doch eines wusste sie – dass der Aufwand, den Hope betrieben hatte, um sie in die Irre zu treiben, riesig gewesen sein musste. Und warum das alles? Wer zum Henker war diese Frau?

Ein irregeleiteter Fan ihrer Bücher?

Dafür waren die Versuche, sie fertigzumachen, zu perfide.

Nein.

Was Hope von ihr wollte, musste damit zusammenhängen, was damals passiert war.

Doch wie war das möglich?

Niemand ahnte auch nur, wer sie war. Niemand wusste, wo sie sich aufhielt.

Die einzige Person, der sie jemals gesagt hatte, dass sie inzwischen in London lebte, war ihre Mutter, und die würde sie niemals verraten, zumal auch sie nicht ihre genaue Adresse kannte.

Sie trug längst einen anderen Namen.

Hatte sich auch beruflich immer strikt daran gehalten, im Hintergrund zu bleiben, sich selbst auf Drängen ihres Verlages geweigert, in die Öffentlichkeit zu treten.

Ihre Bücher erschienen unter einem Pseudonym, das nach wie vor geheim war. Bis auf einen winzigen Ausrutscher war kein Bild von ihr jemals in einer Zeitung erschienen.

Das stimmt nicht ganz. Er hat dich damals gefunden …

Bei der Erinnerung zog sich Sierras Magen zusammen.

Sie schüttelte den Kopf, zwang sich, an etwas anderes zu denken.

Der Drecksack war tot, seit Langem unter der Erde. Und das war auch gut so.

Außerdem ahnte nicht einmal die Polizei, was damals wirklich passiert war.

Sie waren gründlich gewesen, hatten bedacht gehandelt und sie selbst hatte alles riskiert, um nicht verdächtigt zu werden.

Alles war genau so eingetreten, wie sie es geplant hatten, nachdem damals alles so entsetzlich aus dem Ruder gelaufen war.

Und Hope … was für eine Rolle konnte sie in all dem spielen?

Sie ergab am wenigsten Sinn.

Sierra schloss die Augen, weil vom angestrengten Nachdenken ihr Kopf bereits schmerzte.

Erinnere dich, mahnte die Stimme in ihrem Innern. *Du warst damals mit Lucy beschäftigt, hattest gerade eben die Gewissheit bekommen, dass sie es nicht schaffen würde. Du warst am Ende und dann kam der Brief von deiner Mutter. Sie hatte ihn an das vereinbarte Postfach geschickt. Du hast ihn erst Wochen später abgeholt, ihm keinerlei Bedeutung beigemessen, weil du zu dem Zeitpunkt wusstest, dass Lucy schon bald sterben würde.*

Dann der Anruf der Polizistin aus Sankt Ives.

Sie wollte dich sehen, doch als du ihr sagtest, dass deine

Tochter an Leukämie erkrankt war, nicht mehr lange zu leben hatte, erklärte sie sich bereit, nach London zu kommen, um mit dir zu sprechen.

Sierra nickte, stöhnte leise.

Und dann fiel der Vorhang, sie verstand endlich, wie alles gekommen sein könnte.

Sie hatte damals schreckliche Angst gehabt, dieser Polizistin gegenüberzutreten. Hatte die Befürchtung, dass Lucys Krankheit sie schwächer wirken ließ, sie ihre Fassade nicht mehr würde aufrecht halten können. Doch dann hatte sie das Gespräch mit Tonja Hunter routiniert wie immer hinter sich gebracht, sich wie zuvor schon in keinerlei Widersprüche verstrickt, war bei ihrer Story von damals geblieben.

Tonja hatte nichts gegen sie in der Hand gehabt, noch nicht einmal den Ansatz von Misstrauen ihr gegenüber erweckt. Sie war nach Sankt Ives zurückgefahren, und seit jenem Tag hatte sie nichts mehr über den Fall der Zwillinge gehört.

Sie waren gefunden worden, besser gesagt ihre Überreste, und die Polizei war überzeugt, dass es sich um einen Täter handelte, einen Wahnsinnigen oder Pädophilen, der längst über alle Berge war.

Und die toten Mädchen?

Ganz England hatte nach dem Knochenfund, als feststand, dass es die Russel-Zwillinge waren, um sie getrauert, und die meisten Leute waren davon ausgegangen, dass die beiden Opfer eines Zufalls geworden waren.

Ein Verrückter, der ins Haus eingedrungen war, das Kindermädchen niedergeschlagen und die Mädchen mitgenommen hatte, um sie zu missbrauchen und anschließend zu töten.

Die Polizei hatte überall im Land die Alibis von Verdächtigen mit pädophilem Hintergrund in der Tatnacht überprüft, doch bislang keinerlei Erfolg erzielt.

Sie schluckte.

Wie zum Teufel hatte diese Irre sie also finden können?

Tonja hatte versprochen, ihre Identität weiterhin geheim zu halten. Genau wie ihre Mutter.

Wie also war es möglich, dass diese Frau sie gefunden hatte?

Ein Plingen ertönte.

Sie blickte auf ihr Handy, sah, dass es Jimmy war, der ihr über Facebook endlich zurückgeschrieben hatte.

Sie las seine Worte, spürte, wie ihr übel wurde.

WTF???

Was soll das heißen, da ist jemand in meiner Wohnung???

Ich hab sie nicht untervermietet, okay? Und ich kenne auch keine Hope Clark!

Geh sofort zu den Bullen, klar?

Ich komme, so schnell es geht, nach Hause!

Jimmy

Sierra stöhnte leise, ließ das Handy fallen.

Sie hätte Jimmy nicht anschreiben sollen …

Somit gab es jetzt einen zusätzlichen Zeugen, vor dem sie sich würde erklären müssen, wenn es vorbei war.

Sierras Gedanken wirbelten in ihrem Kopf herum.

Sie konnte nicht mal zur Polizei gehen.

Und sie musste endlich aus dem Badezimmer heraus, diesem Weibsbild weiterhin etwas vorspielen und sie dann in einem geeigneten Augenblick aus dem Weg schaffen.

»Scheiße, verdammt«, stieß sie aus.

Warum zum Teufel war ihr nicht schon am ersten Tag nach dem Einzug der Frau aufgefallen, dass etwas nicht stimmte?

Warum hatte sie nicht gesehen, was so offensichtlich war?

Weil sie deine Trauer benutzt hat, um deinen Scharfsinn zu schwächen. Sie hat deine Sinne vernebelt, und das ziemlich gekonnt.

Sierra nickte, straffte die Schultern, stand auf.

Schlagartig fügte sich alles für sie zusammen. Es gab keine Hope. Dahinter steckte niemand anderes als Elisabeth Russel. Diese mochte eine schlaue Person sein. Ein gerissenes kleines Ding. Aber sie … sie war bis jetzt immer davongekommen, die Starke gewesen, obwohl alle sie für schwach hielten.

Sie holte tief Luft.

Auch diesmal würde sie sich nicht unterkriegen lassen.

Was hatte Glen ihr damals eingeschärft?

Du darfst niemals einknicken, hörst du? Es geht um alles! Um dein Leben, um deine Zukunft. Fast war es, als hörte sie seine Stimme in ihrem Innern.

Sie stieß die Luft aus, schnappte sich den metallenen Klobürstenhalter, leerte den widerlichen Inhalt in die Toilette, griff nach der Klinke, drückte sie hinunter.

Als sie hinaustrat, ihre provisorische Waffe schlagbereit vor sich, spürte sie einen Lufthauch, dann einen heftigen Schmerz, der sie in die Knie zwang.

Das Letzte, was sie sah, war Hope … oder besser gesagt Lizzy Russel, die sie mit eiskaltem Blick anfunkelte.

Sie röchelte, als ihr dickflüssiges Blut den Rachen hinunter in Speise und Luftröhre lief.

Dann wurde es schwarz.

VIERUNDZWANZIG
LONDON

2022

»Wurde auch Zeit«, sagte Lizzy höhnisch, als Sierra endlich zu sich kam. Sie hatte fest zugeschlagen, um sicherzugehen, dass sie wirklich außer Gefecht gesetzt war, um sie fesseln zu können.

Sie beobachtete, wie Sierra sich wand und krümmte, gegen den Knebel in ihrem Mund anbrüllte.

Bedächtig holte sie ein Messer aus ihrer Tasche, ließ es aufschnappen, ging damit auf Sierra zu. Deren Augen weiteten sich panisch.

Lizzy lachte. »Du musst keine Angst vor mir haben. Von uns beiden bist wohl du die Wahnsinnige, da sind wir uns doch einig, oder? Ich bin nur hier, um dir dabei zu helfen, endlich das Richtige zu tun.«

Sie näherte sich der Gefesselten, sah Sierra fest in die Augen. »Ich nehme dir jetzt den Knebel raus, damit wir reden können. Solltest du schreien, muss ich dir wehtun, ob ich will oder nicht. Nicke, wenn du das begriffen hast!«

Sie wartete, bis Sierra reagierte, stieß die Luft aus. Dann riss sie an einem Zipfel des Tuchs, das sie tief in deren Mund gestopft hatte.

Lizzy zog einen kleinen Apparat aus ihrer Hosentasche. »Weißt du, was das ist?«

Sierra schüttelte den Kopf.

»Damit kann man Handys blockieren. Man kann dann noch nicht mal mehr den Notruf wählen.

Sierra sah sie verständnislos an.

Lizzy seufzte, als hätte sie es mit einer Idiotin zu tun. »Jimmys Nachricht? Schon vergessen? Er wollte, dass du die Polizei rufst, doch du hast es nicht einmal versucht, nicht wahr?

Ist zu gefährlich für dich, nicht dass am Ende doch noch ans Licht kommt, wer du bist und was du getan hast.«

Lizzy legte eine bedeutungsvolle Pause ein. Dann grinste sie breit. »Du hast dich selbst verraten, weißt du das?

Sierra wand sich, versuchte etwas zu sagen.

»Zappel nicht so rum, hör besser genau zu«, warnte Lizzy. »Es wird dich vielleicht wundern, aber bis vor ein paar Sekunden hatte ich noch einen winzigen Zweifel, dass doch alles ganz anders gewesen sein könnte. Ich dachte, dass du vielleicht doch unschuldig sein könntest. Glaubte, dass ich mich lediglich in etwas verrannt habe und nur nach einem Sündenbock gesucht hatte. Doch dann …« Sie brach ab, lachte.

»Was …«, nuschelte Sierra durch den Tuchknebel.

»Du liest Jimmys Nachricht. Seine Warnung, die Polizei zu rufen, und trotzdem tust du es nicht? Jeder normale Mensch hätte sich vor Angst in die Hose geschissen, wäre im Bad geblieben und hätte den Notruf gewählt. Du aber hast nach dem erstbesten Ding gegriffen, das du als Waffe gegen mich verwenden kannst, und bist auf Angriff gegangen.«

Sierra grunzte etwas Unverständliches. Richtig artikulieren konnte sie mit dem restlichen Tuchknebel im Mund immer noch nicht.

Lizzy zog es heraus. »Besser so?«

Sie wartete nicht auf eine Antwort, fuhr fort.

»Nur Menschen, die schuldig sind, handeln so wie du.

Menschen, die etwas zu verbergen haben. Monster, die Angst haben, geschnappt zu werden. Monster wie du!«

»Ich weiß nicht, wovon du sprichst«, stieß Sierra aus.

Lizzy ging neben ihr in die Hocke, setzte sich im Schneidersitz neben sie, sah sie an. »Bist du es nicht leid? Leid, zu lügen, zu betrügen, zu morden, zu vertuschen?« Sie brach ab, stieß einen theatralischen Seufzer aus. »Der arme Glen. Weißt du, dass seine Eltern die Sache mit dem angeblichen Unfall nie geglaubt haben? Es ist unter anderem ihr Verdienst, dass ich hier bin. Sie wussten schon damals, als ihr Sohn starb, dass sein Tod etwas mit dem Verschwinden der Mädchen zu tun haben muss. Sie sagten es mir, als ich dort war. Ihretwegen hat sich das Bild, dass du mit allem zu tun hast, in meinem Kopf erst so richtig festgesetzt.«

Sie musterte Sierra, sah in deren Augen, dass sie einen inneren Kampf ausfocht.

»Wie hast du mich überhaupt gefunden?«, fragte Sierra schließlich.

»Wie bist du mir auf die Schliche gekommen?«, stellte Lizzy die Gegenfrage. »Ich weiß, dass du, als wir uns das letzte Mal sahen, völlig arglos warst. Und dennoch hab ich heute bemerkt, dass du mir gegenüber reservierter warst.«

In Sierras Gesicht wechselten die Emotionen, sie schien mit sich zu kämpfen.

»Was hat dich misstrauisch gemacht?«

»Es war zu viel, du hast übertrieben. Du wolltest es zu sehr.«

Lizzy runzelte verwirrt die Stirn, was Sierra ein Lächeln entlockte.

»Dein Aussehen. Dein Auftreten. Du wolltest mich an Lucy erinnern, unbedingt. Die Stimmen, die ich gehört habe, der Geruch nach Lucys Parfum, das Mädchen vor meiner Tür und im Keller, das wie Lucy aussah. Der Diebstahl meiner Tasche. Dann die Sache mit den Fotos und zu guter Letzt Brady.«

»Was ist mit ihm?«

»Ich habe dich auf dem Video erkannt, genauer an deinem Tattoo. Du hast Brady nur verführt, um etwas über mich, seine Ex, zu erfahren. Und dann dein heutiger Auftritt mit dem Essen aus dem Feinkostgeschäft. Ich vermute, du hast beobachtet, wie ich nur Reste aus dem Kühlschrank gefischt habe.« Sierra schüttelte den Kopf. »Du hast dir zu viel Mühe gegeben, verstehst du, hast es einfach übertrieben.«

Lizzy legte den Kopf schräg, schmunzelte. »Nobody is perfect – doch wem sage ich das, nicht wahr?«

Sie wurde wieder ernst, musterte Sierra. »Als mich diese Polizistin aus Sankt Ives anrief, und mir mitteilte, dass meine Schwestern tot sind, da ist etwas in mir zerbrochen. Der Tod meines Vaters war schlimm, der meiner Mutter grausam, doch die Zwillinge … Zwei kleine Mädchen, einfach ermordet von einem Monster! Es gab nichts, was ich mir zu diesem Zeitpunkt mehr gewünscht habe, als das sie am Leben sind. Dass zumindest ein Teil meiner Vergangenheit noch irgendwo greifbar ist. Dass ich sie irgendwann finde, sie kennenlernen darf. Doch diese Knochen, die in Falmouth bei den Bauarbeiten auftauchten, die Tatsache, dass es absolut keine Spur gab, keinen Hinweis, was genau passiert sein könnte … Dann erfuhr ich die Sache mit Glen. Selbst Tonja glaubte, dass er wirklich verunglückt ist, weil er betrunken war. Einzig seine Eltern konntest du nicht täuschen, genauso wenig wie mich.

Ich bin keine Polizistin, aber eines wusste ich schon damals: Wenn ich nur lange genug dranbleibe, dich finde und in die Enge treibe, wirst du dich am Ende verraten. Und so war es dann ja auch.«

Sierra schüttelte den Kopf, seufzte schmerzerfüllt. »Wie hast du mich gefunden?«

»Tonja«, gab Lizzy zurück.

»Du lügst«, stieß Sierra aus. »Tonja ist Profi durch und durch. Sie würde niemals Informationen zu meinem

Aufenthaltsort rausrücken. Sie wusste, wie sehr mir daran liegt, alles hinter mir zu lassen.«

»Oh ja«, unterbrach Lizzy sie. »Tonja hast du genauso getäuscht wie alle anderen. Aber eines hast du nicht bedacht – dass Tonja nicht nur Polizistin sondern auch ein Mensch ist.«

»Was willst du damit sagen?«

»Tonja hat mitgefühlt, als das mit deiner Tochter war. Du hast ihr leidgetan, verstehst du? Und Menschen, die Gefühle zulassen, machen Fehler. Sie hat sich schlicht und ergreifend verquatscht. Von ihr erfuhr ich, dass deine Tochter krebskrank war. Dass sie sterben würde. Tonja war es, von der ich wusste, dass deine Tochter Lucy hieß, gerade elf Jahre alt war, als sie krank wurde. Ich musste also nur noch warten und regelmäßig das Internet durchforsten. Irgendwann war es dann so weit. Ich fand einen Aufruf nach einem Knochenmarkspender. Wenig später las ich die Todesanzeige einer Familie Smith aus London, die um ihre dreizehnjährige Tochter Lucy trauerte und darum bat, von Beileidsbekundungen am Grab abzusehen.

Ich musste also nur noch auf den Friedhof kommen, die Trauergesellschaft aus der Ferne beobachten und anschließend Erkundigungen über dich einholen.

Ich kam recht schnell dahinter, dass du tatsächlich Sierra Louise Parker bist, das Kindermädchen, das damals auf meine Schwestern aufpasste, während meine Eltern ihren Hochzeitstag feierten. Ich habe dich fast ein Jahr lang beobachtet, jeden deiner Schritte verfolgt, und mit jedem Tag wurde mein Gespür, dass du in der Sache um meine Schwestern mit drinsteckst, stärker. Ich kann nicht sagen, woran es lag, ich schätze Karma oder vielleicht die Seelen meiner Eltern oder Schwestern, das mich antrieb, weiter an dir dranzubleiben. Also schmuggelte ich mich in Jimmys und Leos Firma, fing als Aushilfe an, arbeitete für die beiden als freie IT´lerin.

Dann starb Leo und ich bekam mit, dass Jimmy aus der

Stadt rausmusste, und genau das war meine Chance. Ich schaffte es, mir einen Schlüssel von Jimmy zu besorgen, fand einen Penner, der sich ein paar Scheine verdienen wollte und bereit war, deine Tasche zu klauen.

Ich ließ mir von meinem Kontakt auch deinen Schlüssel nachmachen, habe dein Penthouse auf den Kopf gestellt, während du in diesem Hotel warst. Dein Handy war schwieriger, aber auch keine besonders große Herausforderung für mich. Ich erstellte eine Kopie von allen Inhalten, warf die Tasche samt Inhalt, aber ohne Geld, in einer guten Gegend Londons in einen Mülleimer. Mein Plan ging auf. Danach musste ich mir nur noch ein paar Clips zusammenschneiden, besorgte mir winzige Lautsprecher, die ich tief in den Lüftungsschlitzen versteckt habe, präparierte deinen Laptop, und schon konnte es losgehen.«

Sierra sah sie wachsam an, schien sich von dem Schlag auf die Nase erholt zu haben. »Was genau hattest du vor? Wolltest du, dass ich zusammenbreche?«

Lizzy schmunzelte, riss ihre Perücke herunter, schüttelte ihr blondes Haar aus.

»Das wäre mir am liebsten gewesen, ja. Ich hoffte, dass dich mein Auftritt als erwachsene Lucy so richtig erschüttert. Dass deine Fassade einen Knacks bekommt, und das tat sie ja auch. Ich wollte, dass du an deinem Verstand zweifelst, irgendwas machst, das mich wissen lässt, dass ich richtig liege.«

»Und dann … Ich meine, was genau hast du vor?«

Lizzy schluckte. »Ich werde dich umbringen«, gab sie schließlich zu. »Du hast nicht nur meine Schwestern und Glen auf dem Gewissen, sondern auch meine Eltern. Sie sind deinetwegen so früh gestorben, weil der Kummer sie krank gemacht hat.«

Eine Weile herrschte Stille zwischen ihnen, dann fing Sierra an zu weinen. »Es war nicht meine Schuld, das musst du mir glauben. Es war Glens Idee. Er rief mich an jenem Abend an, wollte, dass ich zu ihm in die Hütte komme.

Schon Wochen zuvor hatten ein paar seiner Freude gemunkelt, dass er was mit einer anderen habe, mich abschießen wolle, weil ich ihm zu langweilig war. Ich wollte ihn nicht verlieren, deswegen habe ich die Zwillinge warm eingepackt und mich auf den Weg gemacht. Glen hatte sich von irgendwoher eine Waffe besorgt, wollte damit zuerst auf Büchsen, dann auf Tiere schießen.

Er drückte mir das Ding in die Hand, feuerte mich an, es auch mal zu versuchen. Das tat ich dann …« Sierra stoppte, schnappte nach Luft. »Es war ein Querschläger, verstehst du? Er muss irgendwo abgeprallt sein und hat eines der Mädchen erwischt. Deine Schwester war sofort tot, und natürlich sind Glen und ich in totale Panik verfallen. Er hatte dann schließlich die Idee, dass wir es vertuschen müssen.«

Lizzy wurde augenblicklich eiskalt. »Das heißt, ihr habt meine andere Schwester vorsorglich auch umgebracht?«

Sierra wich ihrem Blick aus, nickte kaum wahrnehmbar. »Glen hat das getan. Er hat sie in den Arm genommen, als würde er sie trösten wollen, hat ihr dann das Genick gebrochen.«

Lizzy zitterte inzwischen am ganzen Körper, wusste nicht, ob es Schmerz, Wut, Trauer oder pure Abscheu war.

»Und dann? Wie ging es weiter?«

»Glen hat die Leichen der Kinder in der Jagdhütte seines Vaters versteckt, ist mit mir zurück ins Haus deiner Eltern gefahren. Dort haben wir alles so glaubhaft wie möglich präpariert. Die Hintertür, die Unordnung in der Küche, dann schlug er mich nieder, stach mir, während ich bewusstlos war, in die Schulter und verschwand. Es war seine Aufgabe, die Leichen zu entsorgen, während ich der Polizei später nur meine Story glaubhaft verklickern musste.«

»Dann hatten all die Menschen, die dich für ein Ungeheuer hielten, also recht?«

Sierra schüttelte heftig den Kopf. »Ich habe deine

Schwestern nicht bei einem Ritual geopfert. Es war ein bedauernswerter Unfall! Ich mochte die Mädchen und ich habe deine Eltern respektiert. Was damals passiert ist, das tat mir wirklich aus tiefster Seele leid.«

Lizzy neigte ihren Kopf, starrte Sierra böse an. »Es tat dir leid? So leid, dass du später Glen getötet hast?«

»Er hat mich erpresst. Was hätte ich tun sollen? Sein Vater zwang ihn, in seiner Firma zu arbeiten, als er kurz nachdem ich meinen zweiten Bestseller fertiggestellt hatte – einen Schnappschuss von mir entdeckte. Ein Schmierfink von irgendeinem Käseblatt hat mich erwischt, als ich aus dem Verlag raus bin, wo ich ein paar Bücher signiert habe. Brady ist an jenem Tag dabei gewesen, deswegen sah man mich nur von der Seite, meinen Mann jedoch direkt von vorn. Unsere Anwälte einigten sich mit dem Journalisten und seinem Arbeitgeber. Doch mein Bild war bereits in gedruckter Form im Handel. Die Zeitschrift bekam eine Abmahnung, musste einen Batzen Geld bezahlen, weil durch dieses Foto meine Identität fast aufgeflogen wäre, doch außer Glen hat mich niemand sonst erkannt.

»So hat er dich gefunden?«

»Ja, nicht nur das. Glen wusste jetzt, dass ich Geld habe, verheiratet bin. Er fand mich, indem er Bradys Gesicht durch die Suchmaschine laufen ließ und so auf seine Firma stieß, wo ein Foto mit Kontaktdaten hinterlegt war. So kam er über Brady auch an meine Adresse.«

»Was wollte er jetzt noch von dir?«

»Er erpresste mich anonym, behauptete, Glen und mich damals beobachtet zu haben.«

»Und deshalb wolltest du mit ihm sprechen?«

»Ja. Ich bin zu ihm gefahren und er heulte mir etwas vor, sagte, dass auch er einen Erpresserbrief erhalten habe und nicht wisse, wie er die Summe aufbringen solle. Sein Plan war es, doppelt abzukassieren, obwohl alles seine Schuld war. Ich kannte Glen, ahnte, dass er dahintersteckte, sprach ihn darauf an und er ist richtig aggressiv geworden. Mir war klar, dass er eine Gefahr für sich selbst und für mich war, nur deswegen habe ich ihn Wochen nach meinem Besuch in Sankt Ives von der Straße gedrängt. Er hat nichts gespürt, war auf der Stelle tot. Und er hatte es verdient zu sterben.«

»Genau wie du«, stieß Lizzy aus. »Du bist kein bisschen besser als er. Du hättest die Wahrheit sagen und dich stellen können, hattest über zwanzig Jahre Zeit dazu.«

Sierra nickte resigniert.

»Wie willst du es machen?«

»Was?«

»Mich töten. Du sagtest doch, dass du mich umbringen wirst. Wie willst du es also tun?«

Lizzy lachte bitter. Dann zog sie ihr Handy aus der Tasche. »Du bist so schlau gewesen all die Jahre. Und dann lässt du dich durch ein paar Fesseln und ein Messer einschüchtern.« Sie schüttelte den Kopf, wischte übers Display, bis ein Knistern erklang. Dann ertönte Sierras Stimme.

»Du hast mein Geständnis auf Band aufgenommen?«

Lizzy nickte. »Jedes einzelne Wort.«

»Du weißt, dass die Aufnahme vor Gericht keinen Bestand haben wird, weil ich nicht wusste, dass du alles aufzeichnest.«

Lizzy winkte ab. »Es geht hier um drei Morde, zwei davon betreffen vierjährige Kinder. Die Polizei wird sich auf dich stürzen und nicht locker lassen, bis sie haben, was sie brauchen, um dich anzuklagen. Du wirst lebenslang ins Gefängnis gehen und hinter Gittern sterben. In der Öffentlichkeit wird man dich nicht als Beststeller-Autorin und trauernde Mutter der kleinen Lucy in Erinnerung behalten, sondern als kaltblütige Mörderin. Dein Exmann Brady wird dich verachten. Der Verlag wird deine Bücher einstampfen, deine Mutter wird dich hassen. Und selbst, wenn diese Aufnahme vor Gericht nicht zugelassen wird, du also auf freiem Fuß bleibst, wirst du gebrandmarkt sein. In den

Augen der Menschen wirst du wieder das Monster sein, das sie schon in dir sahen, bevor du wegliefst.«

Sierras Augen zuckten. Es sah aus, als würde sie verzweifelt nach einem Ausweg suchen.

»Es gäbe auch noch eine zweite Möglichkeit.«

Sierra sah sie mit geweiteten Augen an.

»Ich gebe dir die Möglichkeit, es selbst zu beenden. Wenn du dich von der Terrasse deines Penthouses in die Tiefe stürzt, wirst du einen schnellen und weit gnädigeren Tod sterben, als er meinen Schwestern zuteil wurde. Es wird vorbei sein, ehe du bis zehn gezählt hast.«

Sierra wurde blass, dann ging ein Ruck durch ihren Körper. »Okay«, stieß sie aus, doch Lizzy hatte das verräterische Funkeln in ihren Augen erkannt.

»Du willst nur, dass ich dich losmache, nicht wahr? Dann hast du die Chance, mich zu überwältigen.« Lizzy lachte. »Ich habe gewusst, dass du so reagieren würdest. Nein …« Sie brach ab, machte eine bedeutungsvolle Pause. »Du wirst einen Tablettencocktail trinken, okay? Du trinkst ihn, während du noch gefesselt bist. Sobald du eingeschlafen bist, mache ich dich los. Alles, was du tun musst, ist, es auszusprechen. Du musst laut und deutlich sagen, dass du lieber tot bist, als für deine Taten zur Verantwortung gezogen zu werden. Danach halte ich dir das Glas mit dem Medikamentencocktail an die Lippen. Du musst nur noch schlucken. Überlege es dir einfach. Aber stell meine Geduld nicht zu lange auf die Probe.«

»Sie werden dir auf die Schliche kommen!«

»Wie kommst du darauf?«

»Jimmy, schon vergessen? Er weiß von dir.«

»Er weiß von einer Hope Clark, die angeblich in seiner Wohnung haust. Doch Hope Clark existiert nicht. Meinen richtigen Namen verbindet er mit einer ehemaligen, aber sehr zuverlässigen freien Mitarbeiterin seiner Firma. Niemand wird herausfinden, dass ich dahinterstecke. Und dann ist da noch die Sache mit der Glaubwürdigkeit. Jimmy kennt den Namen Hope Clark von der Nachricht einer psychisch kranken Frau, die bis zu seiner Rückkehr vielleicht tot ist und deren Ehemann aussagen wird, dass sie Stimmen hörte und einen Geist gesehen hat. Einen Geist, der in Wahrheit eine arbeitslose Schauspielerin war.«

»Die Frau aus dem ersten Stock hat dich auch gesehen.«

»Die Ärmste ist steinalt und leicht senil. Das wüsstest du, wenn du ein Auge für deine Mitmenschen hättest. Doch selbst wenn alle Stricke reißen und die Polizei dahinterkommt, dass ich mich in Jimmys Wohnung geschlichen habe, was soll mir schon passieren? Ich habe niemanden getötet, habe mich nur unberechtigt in eine Wohnung geschlichen. Es wird auf eine Geldstrafe hinauslaufen. Vielleicht bekomme ich einen Monat auf Bewährung. Doch die Menschen werden Mitgefühl mit mir empfinden, weil ich das alles nur getan habe, um der Mörderin meiner Schwestern auf die Schliche zu kommen.«

Sierra sah sie an, sagte nichts. Nach einer Weile schloss sie ergeben die Augen. »Bring mir das Glas!« Ihre Stimme klang leise, gebrochen.

»Bist du sicher?«

»Es ist, wie du sagtest. Ich dachte, ich habe schon alles verloren. Doch das stimmt nicht. Wenn rauskommt, wer ich bin und was ich getan habe, werde ich für alle nur noch das Monster sein. Und Lucy, meine Tochter, wird das Kind sein, das von einer Mörderin aufgezogen wurde und gestorben ist. Ich beschmutze auch ihr Ansehen, zerstöre alles, was sie war – unschuldig, ein gutes Kind. Das Gegenteil von dem, was ich bin.«

»Okay.« Lizzy schnalzte zufrieden mit der Zunge, stand auf, eilte in die Küche, wo das Weinglas mit dem Tablettengemisch bereits parat stand. Sie zog Gummihandschuhe an, gab einen Strohhalm in die milchige Flüssigkeit, ging damit zu Sierra. Sie hockte sich vor sie, musterte sie. »Willst du das wirklich?«

Sierra nickte.

Lizzy stellte das Glas vor ihr ab, nahm ihr Handy, schaltete auf Video. »Nur zu meiner Sicherheit«, erklärte sie. »Wenn ich den Aufnahmeknopf drücke, dann sagst du laut und deutlich, dass du lieber tot bist, als für den Mord an den Russel-Kindern und Glen Benneth lebenslang ins Gefängnis zu gehen, okay? Anschließend beugst du deinen Oberkörper vor und trinkst das Glas leer.«

Sierra stieß einen letzten tiefen Seufzer aus, sah sie an. »Ich bin bereit.«

Lizzy drückte den Aufnahmebutton, hielt das Handy so, dass sie Sierra komplett drauf hatte.

»Leg los!«

Sie wartete, bis Sierra die Worte in die Kamera sprach, die sie ihr vorgegeben hatte, ließ es zu, dass sie sich auch direkt an Brady, ihre Mutter und ihre Tochter wandte. Als sie schließlich verstummte, sahen sie sich einen Moment in die Augen, dann beugte Sierra sich vor. Sie trank das Glas innerhalb weniger Sekunden leer.

FÜNFUNDZWANZIG
EPILOG

2023

Sechs Monate später …

»Schön, dass Sie gekommen sind«, sagte Tonja, lächelte sie an. »Wir haben ja noch einiges zu besprechen, bevor es dann endlich so richtig losgeht.«

Zum ersten Mal bemerkte Lizzy, wie hübsch die Polizistin war und dass sie viel jünger als fünfundfünfzig aussah.

Sie setzte sich, straffte die Schultern. »Warum sollte ich auch nicht kommen? Immerhin geht es um Gerechtigkeit für meine Familie. Außerdem habe ich Ihnen viel zu verdanken.«

»Am Ende war ja der Staatsanwalt in London auch einsichtig.«

»Ja, und es ist allein Ihr Verdienst, dass ich mit einer Geldstrafe und einem Monat gemeinnütziger Arbeit davonkomme. Die Staatsanwaltschaft wollte mich wegen Einbruchs zu einer dreimonatigen Haftstrafe verknacken. Was das angeht, hatte ich mich ziemlich verschätzt.«

»Na ja«, gab Tonja zurück, »Sie selbst haben auch einen

Teil dazu beigetragen, dass alles so gekommen ist. Immerhin konnten wir mit Ihrer Hilfe drei Mordfälle aufklären und zu den Akten legen. Und die Benneth-Familie hat endlich Gewissheit, was Glens Tod angeht, wenngleich sie vollkommen entsetzt war, als sie erfuhr, dass ihr Sohn eine Vierjährige umgebracht hat. Sie sind eben keine Verbrecherin. Das war sowohl dem Richter als auch dem Staatsanwalt klar.«

»Ich wollte doch nur eins: den Mord oder das Verschwinden meiner Schwestern aufklären.«

»Um jeden Preis und Ihnen war jedes Mittel recht.« Tonja brach ab, schmunzelte.

»Was?«

»Ich muss zugeben, dass ich Ihnen nicht zugetraut habe, dass Sie trotz allem, was Ihrer Familie zugestoßen ist, noch einen derartig schwarzen Humor haben könnten.«

»Sie meinen wegen Sierra?«

Tonja nickte grinsend.

»Bitte erzählen Sie mir noch mal, was Sierra gesagt hat, als sie im Krankenhaus zu sich gekommen ist und bemerkt hat, dass sie noch lebt, und ich nur geblufft habe, als ich drohte, sie zu töten. Außerdem interessiert es mich brennend, was Sie danach offiziell ausgesagt hat.«

Tonja stöhnte gespielt genervt. »Das wievielte Mal ist das, Lizzy? Das zehnte Mal? Oder eher das zwanzigste?«

»Egal«, gab Lizzy zurück und konnte sich das Lachen kaum verkneifen, »ich war ja nicht dabei und es tut so verdammt gut, es wieder und wieder zu hören. Das verstehen Sie doch sicher.«

Tonja nickte schmunzelnd. »Also gut, aber das ist jetzt wirklich das allerletzte Mal. Immerhin beginnt in zwei Wochen der Prozess und dann wird Sierra ihre gerechte Strafe für alles erhalten. Schlussendlich hat Sierra freiwillig gestanden. Sie wusste, dass Sie alles aufzeichnen, und hat haarklein alles zugegeben. Den vermeintlichen Todescocktail hat sie nur getrunken, um sich straffrei davonzustehlen.«

Lizzy setzte sich kerzengerade hin, sah Tonja erwartungsvoll an. »Nun legen Sie schon los!«

ENDE

GEWINNSPIEL

Liebe Leserin, lieber Leser, ***Das Penthouse*** ist mein 44. Thriller. Und natürlich freue ich mich sehr, dass es stetig mehr Leser werden :-)

Deswegen möchte ich auch diesmal wieder unter jenen meiner Leser, die nicht bei Facebook oder Instagram sind, ein Gewinnspiel veranstalten. Verlost werden insgesamt mehrere Preise (Buchpakete, Amazon-Gutscheine und vieles mehr) unter all meinen Newsletter-Abonnenten.

Wer mitmachen möchte und bereits meinen Newsletter abonniert hat, muss nichts weiter tun, da er automatisch im Lostopf ist und dies auch bei künftigen Veröffentlichungen sein wird. Alle anderen schreiben mir bitte eine Mail an:

autorin@daniela-arnold.com

und landen somit in meinem Newsletter-Verteiler und im Lostopf.

DANKSAGUNG

Ich danke meiner grandiosen Coverdesignerin Kristin Pang, für das tolle Cover! Auf eine weiterhin so fruchtbare Zusammenarbeit!

Ich danke meiner Lektorin Inca Vogt und meiner Korrektorin Ilka Bredemeier. Ihr habt wieder einmal eine wunderbare Arbeit geleistet, danke für das tolle Teamwork mit euch.

Ich danke Inca Vogt, dafür, dass sie meinen Büchern ein so wundervolles Innendesign verpasst.

Ich danke all jenen Lesern und Kollegen, die mich bei der Coverauswahl und sonstigen Problemchen unterstützt haben. Ich drücke euch von Herzen und bestimmt kann ich das auch ganz bald wieder in der Realität. Hoffen wir auf nächstes Jahr, was Buchmessen angeht.

Ich danke euch Bloggern da draußen, für all das, was ihr für uns Autoren macht. Eure Arbeit und Mühe ist so wertvoll – danke sehr!

Ich danke meinen Kollegen für das offene Ohr in Hinsicht auf Klappentext-Bastelarbeiten (das ist wirklich keine meiner Stärken). Besonderer Dank geht vor allem auch an Inca Vogt, die neben dem Buch-Layout auch noch mit wachsamen Augen über den gesamten Text geht und im Zuge dessen, schon so manchen Klopper entdeckt hat.

Ich danke meinem Sohn, der, obwohl er meine Bücher nicht liest, dennoch Verständnis hat, wenn ich mich tagelang im Büro verbarrikadiere und zickig bin wie … (mir fällt gar kein Vergleich ein, so schlimm ist das manchmal) ;-).

Nicht zuletzt, danke ich meinen Freunden, die mich aufbauen, wenn ich am Boden bin.

Eventuelle Fehler, die meinen Protagonisten bei der Ermittlung unterlaufen sind, gehen übrigens einzig und allein auf meine Kappe oder sind meiner Fantasie geschuldet. Im Übrigen habe ich mir auch in diesem Roman wieder einige künstlerische Freiheiten genommen – welche selbstverständlich nicht verraten werden.

Über Mails mit Anregungen und Kritik freue ich mich unter:

autorin@daniela-arnold.com

LESEPROBE WEITERER BÜCHER

KEINE PERFEKTE EHEFRAU

SYLT-THRILLER

Daniela Arnold

Ein glückliches Paar
Ein ungebetener Gast
Ferien, die sich zum Albtraum entwickeln

Marika hat an alles gedacht, um ihren Ehemann Thomas mit dem perfekten Urlaub zu überraschen. Auf einer Trauminsel im hohen Norden hat sie ein abgelegenes, luxuriöses Strandhaus gebucht.

Doch die Idylle kippt, als ein schweres Unwetter über die Insel hinwegfegt. Die Telefonleitungen samt Handynetz brechen zusammen und Sylt ist vom Rest der Welt abgeschnitten.

Gerade als das Paar glaubt, dass es schlimmer nicht mehr kommen könne, klopft eine verängstigte junge Frau an die Tür des Ferienhauses und bittet um Hilfe. Thomas lässt sie trotz Marikas Bedenken herein, doch schon bald wird klar, dass die Fremde etwas vor ihnen verbirgt. Als auch noch der Strom ausfällt, begreift Marika, dass mit ihrem Gast etwas Dunkles ins Haus eingedrungen ist.

Etwas ... oder jemand, der ihnen nach dem Leben trachtet.

Sie spürt, dass sie niemandem mehr trauen darf.

Nicht dieser Frau. Und schon gar nicht ihrem Ehemann.

PROLOG

Wo zur Hölle bist du?, tippte Stine in ihr Handy und schickte die Nachricht ab. Dann wartete sie.

Aus Sekunden wurden Minuten, schließlich eine halbe Stunde.

Sie seufzte, sah auf ihre Armbanduhr. Inzwischen war es nach acht Uhr und Anneke hatte sie bereits vor einer halben Stunde in der gemeinsamen Wohnung treffen wollen, damit sie zusammen zur Party gehen konnten.

Wo blieb sie nur?

Ihre Freundin wusste doch, dass sie sich genierte, allein bei einer riesigen Menschenansammlung aufzukreuzen. Stine überlegte. Hatte sie vergessen, die SMS abzuschicken, oder einen Anruf von Anneke verpasst? Vorsichtshalber sah sie auf das Display ihres Handys, doch sie hatte Empfang, ihre Nachricht musste demnach durchgegangen sein.

Scheiße, wann kommst du endlich?, tippte sie eine weitere Nachricht. Den Finger bereits über dem Sende-Button, hielt sie inne, löschte den Text und steckte ihr Handy ein. Nein, sie wollte vor Anneke nicht wieder hilflos erscheinen, als unselbstständige Person, die nichts allein auf die Reihe bekam. Heute würde sie cool bleiben und endlich mal über ihren Schatten springen.

Sie rappelte sich von ihrem Bett auf, das tagsüber als Sofa diente, ging zum Spiegel an der Wand, betrachtete sich. Eigentlich ganz okay, fand sie. Nichts, wofür man sich schämen musste. Sie riss ihren Cardigan vom Klamottenständer, schlüpfte hinein, dann griff sie nach ihrer Handtasche, marschierte entschlossen los. Auf dem Flur zum Treppenhaus kam ihr eine Blondine entgegen, vermutlich eine Kommilitonin ihrer Freundin. »Hast du Anneke gesehen?«, fragte sie.

Die Blondine – vage erinnerte sie sich, dass sie Silvia hieß – stoppte, krauste nachdenklich ihre Stirn. »Komisch, dass du fragst«, antwortete sie. »Tatsächlich hab ich sie schon eine Weile nicht mehr gesehen. Auch nicht bei den Vorlesungen, wahrscheinlich hat sie sogar die letzte Prüfung verpasst.«

Stine sog scharf den Atem ein. »Bist du sicher?«

Silvia nickte. »Was ist mit ihr? Wann hast du sie denn zuletzt gesehen?«

»Vor drei Tagen«, antwortete Stine. »Allerdings übernachtet sie oft bei ihrem Freund.«

»Na, das erklärt es doch«, gab die Blondine zurück. »Vielleicht hatte sie einfach was Besseres zu tun?«

»Du kennst sie nicht«, entgegnete Stine schroffer als beabsichtigt. »Anneke würde niemals wegen ihres Kerls eine Vorlesung ausfallen lassen.« Sie verstummte, als sie den irritierten Gesichtsausdruck der anderen bemerkte, stieß die Luft aus. »Sorry, ich wollt dich nicht so anfahren.«

»Kein Ding.« Silvia nickte ihr zu und lief an ihr vorbei.

Stine sah ihr kurz nach, dann legte sie den Kopf in den Nacken und überlegte angestrengt.

Anneke und sie kannten einander seit mehr als fünfzehn Jahren, waren seither die engsten Freundinnen. Nicht ein einziges Mal hatte Anneke sie ohne Bescheid zu sagen versetzt, geschweige denn einen Kontaktversuch ignoriert. Sie standen einander so nahe wie Schwestern und wussten genau, wie die andere tickte. Nie hatte es Streit oder auch nur eine Meinungsverschiedenheit zwischen ihnen gegeben. Sie beide waren wie zwei Hälften eines Ganzen.

Es gab nur wenige Dinge in ihrer beider Leben, in denen sie sich voneinander unterschieden. So hatte sie sich zum Beispiel für den Studiengang Physik entschieden und nicht für Annekes Wahl. Sie hatten Kurse zu unterschiedlichen Zeiten und konnten nicht mehr ständig alles gemeinsam unternehmen wie früher. Auch mochten sie nicht die gleiche Musik, hatten einen vollkommen unterschiedlichen Geschmack, was Männer anging.

Stine sah Silvia immer noch hinterher, als sie längst im Gang verschwunden war. Sie schüttelte sich, als müsse sie zurück in die Gegenwart finden, als sie zu ihrem letzten Gedanken zurückkehrte.

War es das? Ging es um Männer?

Hatte Anneke es ihr übel genommen, dass sie neulich im Suff zugegeben hatte, dass sie ihren Freund nicht ausstehen konnte?

Anneke hatte zwar gelacht und zumindest in dem Augenblick nicht beleidigt gewirkt, aber vielleicht täuschte sie sich ja in ihr. Kannte sie ihre Freundin doch nicht so gut, wie sie dachte?

Sie straffte die Schultern, sah erneut auf die Uhr. Fast neun … Anneke war mittlerweile weit über eine Stunde zu spät.

Seufzend machte sich auf den Weg nach unten. Vielleicht sollte sie allein zur Party gehen.

Doch Annekes ominöse Unzuverlässigkeit ließ ihr keine Ruhe. Ob sie bei ihrem Freund war? Oder vielleicht wusste er, wo sie war? Sie hatte zwar keine Telefonnummer von ihm, wusste aber, in welchem Haus er wohnte. Sie beschloss, zu ihm zu gehen, ihn nach Anneke zu fragen.

Nach zehn Minuten Fußmarsch stand sie nass geschwitzt vor seiner Tür. Sie drückte auf die Klingel, hörte wenig später ein Krächzen aus der Sprechanlage. Dann ein unfreundliches *Verpisst euch!*

Stine zuckte zurück, schnappte nach Luft. Als sie sich wieder im Griff hatte, räusperte sie sich. »Ich bin es, Stine. Ich suche Anneke. Ist sie bei dir?«

Ein bitteres Lachen tönte ihr entgegen. »Warum sollte sie?«

»Ähm.« Verwirrt runzelte sie die Stirn. »Hast du was genommen, sag mal? Du bist doch mit Anneke zusammen oder hab ich was verpasst?«

Eine Weile herrschte Stille, dann ein langes Stöhnen. »Sie hat Schluss gemacht. Schon vor drei Tagen.«

»Oh«, brachte Stine betreten hervor. »Das wusste ich nicht. Alles okay bei dir?«

»Klinge ich, als sei alles okay?«

»Sorry«, gab sie schnell zurück und verfluchte sich in Gedanken für ihre Blödheit. Dann schüttelte sie den Kopf. Irgendwas passte da nicht. Die beiden waren glücklich gewesen, hatten sogar schon übers Zusammenziehen gesprochen. Warum zum Geier sollte Anneke Schluss machen?

Aus genau dem Grund, aus dem sie dich heute versetzt hat.

Erschrocken hing Stine diesem Gedanken kurz nach, dann räusperte sie sich. »Tut mir leid, dass ich dich gestört hab. Es ist nur … ich mach mir Sorgen um sie und …«

Ein Kratzen erklang.

Hatte er etwa aufgelegt?

»Hallo ...«, rief sie.

Die Sprechanlage blieb stumm.

Er hatte wohl genug von ihrem Gequatsche über Anneke. Kein Wunder, wenn er gerade seine Wunden leckte wegen der Trennung.

Sie trat den Rückzug an, machte sich auf den Weg zum *Forever Twentyone* – der Bar, in der heute die Party für die

Neuankömmlinge stattfand. Unterwegs versuchte sie, sich auf das Treffen mit den anderen zu freuen. Doch immer wieder glitten ihre Gedanken zu ihrer Freundin.

Wo konnte sie nur sein?

Doch die wichtigere Frage lautete: Ging es ihr gut?

Je mehr sie darüber nachgrübelte, umso klarer zeichnete sich ein neues Bild von ihrer Freundin ab. Sie war nicht mehr die Gleiche wie früher, nicht mehr ihre zweite Hälfte. Schon eine Weile nicht mehr.

Früher war Anneke immer für jeden Spaß zu haben gewesen, voller Energie und Lebensfreude. Doch in den letzten Monaten hatte sie oft verschlossen, abwesend und hin und wieder sogar unglücklich gewirkt. Stine hatte das auf den Stress geschoben, den Annekes anspruchsvolles Studium mit sich brachte, doch was, wenn es da noch etwas anderes gab? Etwas, wovon ihre Freundin ihr nie erzählt hatte?

Früher hätte sie ihr auch niemals verschwiegen, dass sie sich von ihrem Freund trennen wollte, sie hätten tagelang immer wieder darüber diskutiert, bevor Anneke so einen drastischen Schritt machte und ihre Beziehung beendete.

Was verschwieg Anneke ihr noch?

Aber vielleicht war sie ja schon auf der Party, beruhigte sie sich, als sie an der Bar angekommen war.

Sie stieß sie die Tür auf, trat in den Innenraum. Es waren schon eine Menge Leute in der Bar. Suchend blickte sie sich um, konnte jedoch keine Spur von ihrer Freundin entdecken.

»Ganz alleine heute?«

Sie wirbelte herum, sah sich Joe gegenüber, einem Typen Mitte zwanzig, der sie schon ein paar Mal um ein Date gebeten hatte. Sie versuchte sich an einem Grinsen. »Scheint so.«

»Du wirkst, als sei dir eine Laus über die Leber gelaufen. Alles klar bei dir?«

Kurz überlegte Stine, einfach zu nicken und es dabei zu

belassen, doch dann brach es aus ihr heraus: »Anneke ist weg. Ich such sie.«

Joe riss die Augen auf. »Was soll das heißen?«

»Na ja, sie wollte heute mit hierher, hat mich aber versetzt. Und sie hat völlig überraschend mit ihrem Typen Schluss gemacht, war auch schon länger nicht mehr bei ihren Vorlesungen. Das alles passt einfach nicht zu Anneke.«

»Ich hab sie auch schon eine Weile nicht mehr gesehen«, antwortete Joe und musterte sie ratlos. »Allerdings hab ich auch nicht drauf geachtet.«

»Ich mach mir wirklich Sorgen um sie. Irgendwas stimmt da nicht.«

Stine zuckte zurück, als plötzlich die Tür aufging und ein junger Kerl in den Vorraum der Kneipe trat. Er sah sich um, wirkte, als stünde er vollkommen neben der Spur. Als eine junge Frau auf ihn zugelaufen kam, sich in seine Arme warf, sah er für den Bruchteil einer Sekunde aus, als bräche er in Tränen aus. Stine stutzte, konnte den Blick nicht von ihm abwenden.

Was zur Hölle ging hier vor?

Auch das Mädchen in den Armen des Jungen sah ihn entsetzt an. »Was ist los?«, wollte sie wissen.

Er sah sie an, verzog das Gesicht. »Da steht jemand auf dem Dach des Chemikums. Es sieht aus, als ob sich da jemand in die Tiefe stürzen will. Ich konnte nicht mal hinsehen, ohne dass mir übel wurde.«

Die junge Frau starrte ihren Freund an. »Was sagst du da?«

Er nickte. »Auf dem Vorplatz hat sich eine riesige Menschentraube versammelt. Einige von denen sind richtige Wichser. Sie schreien und johlen, feuern die arme Seele auf dem Dach noch an, zu springen.«

Stine wurde es allein schon vom Zuhören übel.

Auf dem Dach des Chemikums!

Ausgerechnet da ...

Als der Blick des jungen Mannes den ihren traf, lief sie auf ihn zu. »Hast du die Person erkannt? Konntest du sehen, ob es eine Frau ist?«

Er hob die Schultern. »Keine Ahnung. Ich hab fast nichts erkannt, nur dass da oben jemand an der Kante steht. Das Gebäude ist vierzig Meter hoch.«

Stines Atem stockte, sie drehte sich zu Joe um. »Kommst du mit?«, fragte sie einem Impuls folgend.

Er nickte benommen. »Klar. Mein Auto steht nur zwei Minuten von hier. Wir können bis fast vor die Tür fahren.«

Als sie wenig später angekommen waren, spürte Stine, wie die feinen Härchen in ihrem Nacken sich aufrichteten. Inzwischen war es fast zehn Uhr und stockfinster. Vor dem Chemikum mussten sich um die zweihundert Leute versammelt haben. Alle starrten nach oben. Auch die Polizei war inzwischen eingetroffen und versuchte, die kreischende Menge zu beruhigen und zurückzudrängen.

Als Joe den Wagen geparkt hatte, riss Stine die Seitentür auf, stürmte nach draußen, versuchte, sich durch die Menge nach vorne zu schlängeln. Doch es war zwecklos. Die Schaulustigen ließen niemanden vor oder zurück, um nur ja nicht ihren Platz in den ersten Reihen einzubüßen. Schließlich blieb Stine stehen, sah nach oben, kniff die Lider zusammen, um etwas schärfer sehen zu können.

Die Person auf dem Dach war tatsächlich viel zu weit weg, um sie erkennen zu können. Erst jetzt wurde ihr bewusst, dass sie schon die ganze Zeit befürchtet hatte, es könne Anneke sein. Wie kam sie nur darauf?

Wieso sollte es sich bei der lebensmüden Seele auf dem Dach um ihre Freundin handeln?

Sie atmete gegen die Beklemmung in ihrer Brust an, versuchte, klar zu denken. War der Gedanke so abwegig?

Unbewusst schluckte sie, versuchte, ihre beschleunigte

Atmung in den Griff zu bekommen, als ihr immer neue Erinnerungsfetzen durch den Kopf gingen. Warum hatte Anneke sich in letzter Zeit so zurückgezogen? Selbst zu der Party heute hatte sie ihre Freundin überreden müssen. Sie aß zu wenig, hatte abgenommen, sah in letzter Zeit blass und vollkommen übermüdet aus.

Das alles hatte sie auf den Prüfungsstress geschoben, doch eigentlich tat sich ihre Freundin mit dem Lernen leicht, hatte keine Probleme damit gehabt, sich auf Herausforderungen vorzubereiten. Anneke war die schlaueste Person, die Stine kannte. Sich vorzustellen, dass sie austickte, weil sie überfordert war, ergab absolut keinen Sinn.

Verzweifelt versuchte Stine, aus dem Stimmengewirr ringsum herauszuhören, ob jemand etwas über die Person auf dem Dach wusste. Fragte nach, erntete nur Schulterzucken.

Schließlich kämpfte sie sich wieder aus der Menge. Als sie es fast geschaffte hatte, bemerkte sie eine junge Frau, die durch ein Fernglas nach oben glotzte. Ohne nachzudenken, eilte auf sie zu, riss ihr das Ding aus der Hand und hob das Fernglas vor ihre Augen. Sie drehte an der Schraube, bis sie eine scharfe Sicht hatte. Als sie den Hoodie mit dem Kreuz erkannte, stieß sie einen Schrei aus.

Die Frau, der sie das Fernglas entrissen hatte, starrte sie sensationsgeil an. »Weißt du, wer das ist?«

Stine ignorierte sie ebenso wie das Zittern, das ihren Körper ergriffen hatte. Erneut hob sie das Fernglas kurz an ihre Augen. Ein lautes Raunen ging durch die Menge, lenkte sie ab. Ein Typ mit bunt gefärbten Haaren vor ihr stieß einen begeisterten Schrei aus, klatschte in die Hände.

Am liebsten hätte Stine ihm so fest, wie sie nur konnte, in den Arsch getreten.

Stattdessen wehrte sie die Besitzerin des Fernglases ab, die ihr das Gerät wieder entwinden wollte. »Moment noch!«, herrschte sie sie an und versuchte, die Linse noch schärfer einzustellen. Doch das Gesicht der Person blieb unscharf. Aber es war eine Frau, eine kleine Frau, wahrscheinlich kaum einssechzig groß, mit leuchtend naturrotem Haar.

Genau wie Anneke!

Das Shirt, die Haare, die Gestalt. Ihre Gedanken wirbelten durcheinander. Sie sah nicht nur genau aus wie Anneke.

Das ist sie, du weißt es!

Nein!

Alles in ihr wehrte sich dagegen.

Sie kniff die Augen zusammen. Redete sich ein, dass sie sich irren musste. Dass ihre Instinkte und ihre Ängste sie täuschten.

»Kann ich jetzt mein verdammtes Fernglas wiederhaben?«

Stine riss die Augen auf, sah die Brünette vor sich, der sie das Fernglas entrissen hatte, knallte es ihr vor die Brust. »Viel Spaß damit!«

Sie beachtete die keifende Person nicht weiter, schob sich durch die Menge nach hinten, bis sie endlich im Freien stand. Scharf die Luft einsaugend, rannte sie links an der Menge vorbei zum Eingang des Gebäudes.

»Sie können nicht da rein«, wurde sie von einer Polizistin zurückgehalten.

Stine schüttelte stur den Kopf. »Ich muss da hoch! Das da oben könnte meine Freundin sein.«

Die Polizistin musterte sie, legte die Stirn in Falten, schien zu überlegen.

Erneut versuchte Stine, sich an ihr vorbeizuschieben.

Wieder schnellte der Arm der Polizistin nach vorne, stoppte sie. Verzweifelt hielt sie dem Blickkontakt stand, glaubte Mitleid in ihrem Ausdruck zu erkennen.

»Das ist Anneke, stimmt es?«, fragte sie bang. »Lassen Sie mich zu ihr, bitte!«

»Es geht nicht, wirklich. Unsere Kollegen sind auf dem

Weg nach oben und sie haben einen Verhandlungsspezialisten dabei. Außerdem ist die Feuerwehr soeben eingetroffen und bereitet das Absprungnetz vor. Bitte gehen Sie und lassen Sie uns unsere Arbeit machen.«

»Wissen Sie denn, um wen es sich handelt? Ist es Anneke?«

Die Polizistin sah sie nur an, zuckte mit den Schultern. »Bitte gehen Sie endlich, wir kümmern uns um alles.«

Stine nickte, machte wie betäubt kehrt, wollte an der Menschentraube vorbeilaufen, als ein ohrenbetäubender Schrei erklang. Bruchteile von Sekunden später fing die Menge an zu johlen und zu klatschen. Stine kam es vor, als bewegte sich die Welt um sie herum in Zeitlupe, als sie sich umdrehte.

Schaulustige brachen nach vorne durch die Polizeiabsperrung, andere hielten sich entsetzt die Hände vors Gesicht.

»Er ist gesprungen,« ertönte die Stimme eines Mannes knapp neben ihr.

»Alter, das ist ne Tussi,« nur wenig später eine weitere Stimme.

»Das war eine Tussi. Jetzt ist sie Brei.« Ein Mädchen neben ihr lachte abfällig.

Stine ballte die Hand zur Faust, drehte sich in die Richtung, aus der die Stimmen gekommen waren. Niemand nahm Notiz von ihr. Alle starrten wie gebannt nach vorne, in der Hoffnung, einen Blick auf was auch immer zu erhaschen. Plötzlich spürte sie eine Hand, die nach ihr griff. Sie wollte sie schon wegreißen, als sie Joe erkannte.

»Ich muss da vor«, stammelte sie.

Er schüttelte den Kopf, sah aus, als müsse er sich übergeben. »Das solltest du lassen. Ich hab es gesehen.« Er sah sie an, sein Gesicht sprach Bände. »Es ist … es ist … furchtbar. Das viele Blut, der Kopf … das darfst du nicht sehen.«

»Warst du ganz vorne?« Ihre Stimme war nur mehr ein heiseres Krächzen.

Er nickte.

»Und hast du ...« Stine schaffte es nicht, weiterzusprechen.

Joe räusperte sich, sah sie düster an, nickte.

»Ist sie es?«

Eine Weile sahen sie einander einfach nur an, dann drehte er seinen Kopf weg, als könne er ihrem Blick nicht länger standhalten.

Stine spürte, wie die Beine unter ihrem Körper nachgaben, dann wurde ihr speiübel. Die Welt um sie herum drehte sich schneller. Sie bemerkte Hände, die sie aufzufangen versuchten, dann spürte sie den Boden unter ihrem Rücken.

Anneke … war das Letzte, was sie dachte, bevor es dunkel wurde. *Warum hast du das gemacht?*

SYLT/ARCHSUM

2019

Marika

Wie lange war es her, dass andere sie als gutaussehende Frau beschrieben hatten? Zierlicher Körperbau, straffe Konturen mit Polstern an den richtigen Stellen. Ein bildhübsches Gesicht, das die Aufmerksamkeit so manches Mannes auf sich gezogen hatte.

Monate?

Jahre?

Marikas Spiegelbild zeigte tiefbraune Augen in dunklen Höhlen, die, selbst wenn sie mal ausgeschlafen war, müde wirkten. Ihr Mund, einst herzförmig und immer fröhlich lächelnd, hatte heute etwas Verkniffenes an sich. Und ihre Haut bestätigte den Spruch, dass sie ein Spiegel ihrer Seele war. Früher stets rosig und frisch, war sie inzwischen fettig und teigig. Alles an ihr wirkte krank oder zumindest so, als habe sie längst aufgehört, sich selbst zu mögen und entsprechend zu pflegen.

»Schatz? Alles klar?«

Marika zuckte zusammen, verzog das Gesicht, streckte ihrem Spiegelbild die Zunge heraus.

»Ich komme gleich, Liebling«, rief sie und bemühte sich,

zumindest ihre Stimme so klingen zu lassen, als fühle sie sich wohl in ihrer Haut.

Sie nahm einen Zopfgummi von der Ablage, band sich ihre langen braunen Haare zu einem Dutt zusammen, fixierte ihn zusätzlich mit einer Klammer am Oberkopf. Sie selbst mochte diese Frisur nicht besonders, doch sie wusste, dass Thomas es liebte, wenn sie ihr Haar auf die Weise frisierte. Und das war ja immerhin ein Zugeständnis, oder etwa nicht?

Auch die Zähne putzte sie sich, wie es sich gehörte, gönnte sich gar eine winzige Katzenwäsche, verteilte etwas von ihrem Lieblingsparfüm auf ihrem Oberkörper, bevor sie dem Ruf ihres Mannes folgte.

Auf dem Weg nach unten schnupperte sie. Es roch nach frisch aufgebrühtem Kaffee, knusprig gebratenem Speck und Rührei.

Auch das noch!

Augenblicklich drehte sich ihr der Magen um.

Früher hätte sie für ein herzhaftes Frühstück morden können, doch inzwischen hatte selbst ihr einst so gesegneter Appetit seinen Dienst quittiert. Sie hatte immer mit Genuss gegessen, doch heute aß sie nur der Nahrungsaufnahme wegen und meist nur winzige Mengen, gerade so viel, damit sie nicht aus den Latschen kippte.

Als sie in die Küche trat, sah sie Thomas am Herd stehen. Er war gerade dabei, das Essen auf zwei Tellern zu verteilen, und als er sie bemerkte, wirbelte er herum, musterte sie besorgt. »Hast du diesmal ein wenig Schlaf gefunden?«

Sie nickte, obwohl es gelogen war.

»Hunger?«

Wieder nickte sie, schluckte gegen die aufsteigende Übelkeit an.

Thomas hatte sich so viel Mühe gegeben, sie wollte ihn nicht verletzen und wenigstens so tun, als würde sie das alles noch wertschätzen.

Er grinste breit, stellte einen voll beladenen Teller vor ihr ab, küsste sie auf den Scheitel.

Sie sah zu ihm auf, versuchte sich an einem Lächeln. »Du bist der Beste, danke dir.«

Schließlich setzte er sich ihr gegenüber, fing an, sich Gabel für Gabel in seinen Mund zu schaufeln. »Schon eine Idee, was wir heute machen könnten?«, fragte er, nachdem er innerhalb kürzester Zeit die Hälfte seines Essens verputzt hatte. Etwas, was ihre Appetitlosigkeit weiter anstachelte. Sie konnte nicht mal mehr anderen beim Essen zusehen, ohne es zu verabscheuen.

Sie schüttelte den Kopf, sah ihn entschuldigend an.

»Was hältst du davon, wenn wir ein wenig shoppen gehen?«, kam es nach einer Weile von ihm. »Immerhin sind wir nicht mehr allzu lange auf der Insel und ich finde, unser Zuhause könnte ein bisschen nordisches Flair vertragen. In der Fußgängerzone hab ich neulich einen Laden entdeckt, in dem es ausgesprochen hübsches Dekozeugs gibt.«

Ein Lachen brach aus Marika hervor. Sie sah ihren Mann an. »Du willst mit mir Dekoration shoppen gehen? Dein Ernst?«

Er verzog das Gesicht. »Na ja, das ist nicht meine Lieblingsbeschäftigung, da hast du schon recht, aber ich will dich glücklich machen. Und shoppen magst du doch? Jede Frau mag das.«

Marika sah ihren Mann liebevoll an, griff nach seiner Hand, drückte sie sanft. »Das bezweifle ich zwar, aber okay.« Sie ließ seine Hand wieder los, legte den Kopf schräg. »Das Wetter ist heute nicht besonders. Was hältst du davon, wenn wir uns später mit einer Flasche Wein in den Whirlpool setzen? Jetzt, wo wir wissen, dass es mit dem Baby wieder nicht geklappt hat, sollte das ja kein Problem sein.«

Sie wich seinem Blick aus, doch er hatte den zitternden Unterton in ihrer Stimme bemerkt. Sofort war er auf den Beinen, kam zu ihr, umschlang sie mit seinen Armen.

»Schatz, bitte mach dich nicht so fertig deswegen. Du bist erst sechsunddreißig, hast noch alle Zeit der Welt. Wir beide haben noch alle Zeit der Welt.«

Er löste sich von ihr, ging vor ihr in die Hocke, griff nach ihren Händen, sah sie ernst an. »Ich kenne unzählige Geschichten von Paaren, wo es erst geklappt hat, nachdem beide sich auch emotional haben fallen lassen. Der Druck muss weg, dann wird das schon.«

Marika wich seinem Blick aus, blinzelte gegen die Tränen an.

Sie spürte seine Hand an ihrem Kinn, den sanften Druck, mit dem er sie zwang, ihn anzusehen.

»Ich bin eine Versagerin«, stammelte sie. »Vollkommen nutzlos. Was willst du eigentlich von mir?« Ihre letzten Worte hatten ihren Mund forscher als beabsichtigt verlassen und sie befürchtete schon, Thomas verletzt zu haben, doch er sah sie nur weiter liebevoll an. »Du bist keine Versagerin und ich liebe dich über alles. Erinnerst du dich an unsere Hochzeit und daran, was ich in meinem Gelübde gesagt habe?«

Sie nickte stumm, spürte, wie heiße Tränen ihre Wangen hinabliefen.

»Jedes einzelne Wort davon ist wahr gewesen. Du bist alles, was ich je wollte, alles, was ich brauche, für immer.«

Sie schluckte gegen die Tränen an, versuchte sich an einem Lächeln. »Ich liebe dich auch«, brachte sie mühevoll hervor, spürte aber zugleich, wie ihr Innerstes sich verkrampfte, und versuchte, sich zu erklären. »Ich habe dich nicht verdient. Du bist einfach perfekt, zu perfekt fast schon, und ich … ich schaffe es nicht einmal, deinen sehnlichsten Wunsch wahr werden zu lassen.«

Er musterte sie liebevoll. »Du irrst dich, Schatz. Vater zu werden ist nicht mein sehnlichster Wunsch. Viel mehr liegt mir daran, dass unsere Ehe funktioniert, wir beide glücklich sind.«

Sie sah ihn zweifelnd an. »Bist du denn glücklich … mit mir?«

Er nickte, sah absolut aufrichtig aus. »Und du?«

Sie wich seinem Blick aus. Schnappte nach Luft, sah ihn wieder an. »Du machst mich glücklich. Aber die äußeren Umstände meines Lebens … alles, was passiert ist … ich weiß nicht, ich hab manchmal das Gefühl, nicht mehr atmen zu können.«

Er zog sie fest in seine Arme, strich ihr sanft über den Rücken.

»Das wird schon wieder, da bin ich sicher. Du gehst weiterhin zur Therapie, wenn wir wieder zu Hause sind. Und sogar hier auf der Insel hast du doch jemanden gefunden, zu dem du gehen kannst, um zu reden.« Er stoppte, sah sie forschend an. »Ich hab den Eindruck, dass es dir besser geht, wenn du bei der Therapeutin warst. Über Gefühle zu reden und an sich zu arbeiten, hat schon immer eine heilende Wirkung gehabt.«

»Spricht da jetzt der Mediziner aus dir?« Sie schmunzelte.

Er schüttelte den Kopf. »Eher der besorgte Ehemann.«

»Ich weiß wirklich nicht, womit ich dich verdient hab.«

»Du darfst dich nicht immer so runterziehen, ja? Außerdem … sieh dich um«, wechselte er das Thema. »Du bist es doch gewesen, die diese traumhafte Villa gefunden und darauf bestanden hat, dass ich endlich mal wieder Urlaub mache. Deinetwegen fühle ich mich inzwischen wie neugeboren und nicht mehr wie ein ausgemergelter Schatten meiner selbst. Du hast mich quasi gezwungen, mit dir in den Urlaub zu fahren.«

Sie lachte, stupste ihn spielerisch in die Seite. »Ich hab dich nicht gezwungen, sondern dir ans Herz gelegt, mal wieder Pause zu machen.«

»Und du hast diese Villa für uns gemietet. Ein Haus mit Whirlpool, von dem aus man einen grandiosen Blick aufs Wattenmeer hat. Das war eine tolle Überraschung von dir.«

»Eine Überraschung, die du bezahlt hast. Ich könnte mir hier auf Sylt nicht einmal einen Zeltplatz leisten.«

»Wir sind verheiratet. Was mir gehört, gehört auch dir.«

»Vielleicht sollte ich wieder arbeiten gehen, damit ich wenigstens zu etwas nutze bin.«

Er sah sie ernst an. »Warum solltest du? Ich verdiene mehr als genug für uns beide. Wir brauchen nicht mehr Geld. Stattdessen solltest du dich darauf konzentrieren, wieder gesund zu werden. Und wenn du erst schwanger bist und wir Eltern sind, hast du genug mit unserem Baby zu tun.«

Ihr Mund verzog sich zu einem Lächeln. »So wie du es sagst, klingt es ganz leicht.«

»Das ist es auch. Genieße doch einfach, was wir haben, der Rest kommt dann von allein.«

»Und wenn nicht? Was, wenn alles, was jetzt passiert oder bereits passiert ist, eine Art Strafe ist?«

Sein Gesicht verdüsterte sich. »Eine Strafe wofür?«

»Weil ich kein guter Mensch bin.« Sie hob die Schultern, wich seinem Blick aus, fühlte sich kraftlos und leer wie noch nie zuvor in ihrem Leben. »Oder hast du vergessen, was ich getan habe?«

Printed in Poland
by Amazon Fulfillment
Poland Sp. z o.o., Wrocław

29444999R10138